COLLECTION FICTION

Lithuanian Culture Institute

Cet ouvrage est publié avec le concours de l'Institut Culturel Lituanien.

Cofinancé par l'Union européenne

Cet ouvrage a été lauréat du Prix de littérature de l'Union européenne (EUPL) en 2022 et cette traduction française est publiée avec le concours de l'EUPL.

La relecture éditoriale de ce roman a été effectuée par Faustine Thivet.

VAISETA, Tomas Vaiseta. *Supplice*
Titre original : *Ch.*

ISBN : 978-2-373-05779-9
Dépôt légal : 1re édition, octobre 2024

Couverture : Elena Vieillard
www.elenavieillard.fr

Les Éditions Aux forges de Vulcain
1 rue de la Montagne
77600 Bussy-Saint-Martin
www.auxforgesdevulcain.fr

Supplice

Tomas Vaiseta

Traduit du lituanien par Agathe S. V. Kazakevicius

Les Éditions Aux forges de Vulcain

À Saulina,
nous avons aimé Charlie tous les deux

« La pensée seule sépare la guillotine du corps. »
Marcelijus Martinaitis

Très cher lecteur,

je ressens le devoir pressant (et que serions-nous sans devoir !) d'évoquer un type de représentation théâtrale qu'organisaient d'ardents chrétiens du Moyen Âge. Honneur à ces gens ! Ils invitaient une foule de spectateurs et mettaient en scène de manière assez vivante, en exploitant les moyens de création possibles pour l'époque, la fin dramatique, épouvantable, mais à la gloire du Seigneur tout puissant, de la vie de saint Denis. Dans cette représentation théâtrale, l'évêque de Paris, Denis, est fait prisonnier sur ordre de l'impitoyable empereur romain Dèce par des militaires qui le torturent. Au début, il est dévêtu et flagellé. Après, il est allongé sur un gril – une table en métal chauffée à blanc, sous laquelle se déchaînent des flammes – puis il est enfermé dans la cage de bêtes sauvages affamées qui le déchirent pendant quelques semaines, jeté dans une fournaise et finalement mis en croix. Les spectateurs de cet affreux spectacle hurlent de peur, sanglotent, prient avec compassion, s'évanouissent, mais restent néanmoins jusqu'à la fin du spectacle, car le Seigneur protège saint Denis et ce dernier reste en vie. Et quand ses bourreaux lui tranchent finalement la tête, l'évêque de Paris la prend dans ses mains et quitte la scène. Gloire à saint Denis, gloire au Seigneur tout puissant,

humblement vôtre –
Charlie

CHAPITRE PREMIER

Devoir

J'étais en charge du nettoyage de la scène après les représentations.

Mais, vous m'excuserez, comment pouvais-je ne pas aider avec les autres tâches ? À peine entré dans le bureau de monsieur le Metteur en scène, j'avais compris que ce n'était pas un théâtre normal. Quoique, ce serait m'avancer de dire que j'avais compris quoi que ce soit. Je l'avais vaguement pressenti, ou peut-être flairé, comme un corniaud vagabond et engourdi à qui il ne resterait rien d'autre que son pauvre odorat, sa truffe reniflant furieusement, l'aidant à dénicher des restes de nourriture dans les recoins des rues, dans les égouts et les poubelles, et lui permettant de voir s'écouler, à peine vivant, les unes après les autres, les malheureuses journées. Pauvre clébard, pauvres animaux errants. Je n'ai rien contre eux. Je les plains beaucoup, et même, étonnamment, je les aime. Oui, c'est le mot qui convient, il me semble. Je les aime. Mon cœur se déchirait à chaque fois que je voyais un chat ou un chien errant battre le pavé. Et leur agressivité, leurs grognements, leurs feulements lorsque j'essayais de m'approcher d'eux, sont tout à fait compréhensibles, tout à fait humains, si je peux le formuler de cette manière, et avant que je n'arrive au théâtre, quand j'avais encore mon chez-moi… Pourquoi est-ce que je commence à parler de mon chez-moi ? Je parle de mon flair, pas parce qu'il a quelque chose de particulier. Tout simplement parce qu'il ne m'avait jamais, ou presque jamais trompé. Et mon existence s'est déroulée de telle manière que je n'ai jamais été confronté, j'ose le penser, à de terribles escroqueries. C'est peut-être lui qui m'a protégé ? En disant « flair », je ne parle pas spécialement d'odeurs, tu vois, je ne dis pas que le bureau de monsieur le Metteur en scène était envahi d'effluves désagréables et suspects. Dieu m'en garde, ce n'était pas le cas. C'est fréquent, on parle par exemple d'avoir du nez quand, en réalité, c'est à son intuition que l'on pense, n'est-ce pas ? Le nez, on peut le toucher, le chatouiller, le curer et même en retirer tout un tas de choses – évidemment, c'est mieux de faire ça à l'abri du regard des autres – alors que ce qui bat à l'intérieur de nous, ce qui peut nous pétrifier ou nous emporter dans des abîmes invisibles, ce que nous appelons intuition, reste intangible, terrifiant et, il me semble, lointain, comme si des tenailles glacées nous pinçaient le cœur ; c'est la raison pour laquelle nous devons trouver d'autres noms pour en parler, qui nous sont proches et connus, comme notre nez. Dans le cas où j'aurais flairé quoi que ce soit dans le bureau de monsieur le Metteur en scène, cela aurait été une jouissance secrète et une joie encore plus secrète qui me chatouillerait le nez comme de la poussière soulevée dans l'air, de me trouver, moi, Charlie, assis dans un théâtre, un sanctuaire de l'art, sous le regard scrutateur et intéressé, si ce n'est pas trop vaniteux de le formuler de cette manière, de monsieur le Metteur en scène.

Je le sais, je ne suis pas obligé de dire à qui que ce soit ce que je ne veux pas dire. C'est mon droit présumé, et je compte, sans en abuser, y avoir recours, comme je l'ai déjà fait plus d'une fois, peu importe la gêne que cela pourrait produire. Mais je sens que c'est le moment de reconnaître que ce regard porté par monsieur le Metteur en scène - regard scrutateur, et, à sa manière, caressant mon modeste amour-propre - m'avait en premier lieu déçu. En réalité, son regard à lui n'y était peut-être pour rien. C'est plutôt qu'il - le regard - incarne la personne à qui nous faisons face, et les gens en général ne se laissent voir que par le biais de leur regard ; pour le formuler autrement, ils se dissimulent derrière leur regard. Voilà pourquoi je dis « le regard », alors qu'en réalité c'est de monsieur le Metteur en scène lui-même dont je parle. Lorsque je pénétrai dans son bureau - j'appris plus tard que monsieur le Metteur en scène pestait comme un enfant lorsque quelqu'un appelait cet espace qui lui était intime par ce nom simple et compréhensible par tout un chacun, « bureau », car, vous comprenez, c'était son studio de création (hélas, je n'ai jamais compris la différence, ni à l'époque où je m'y suis retrouvé pour la première fois, ni par la suite) -, il se tenait sur le large rebord en bois de la fenêtre et, entouré de l'immense cadre rectangulaire, protégé par la vitre de la pénombre extérieure, il donnait l'impression de poser pour un portrait. Or, si c'était pour un portrait qu'il posait, l'artiste qui le peignait protestait capricieusement contre les canons du genre ou, à défaut d'une description plus adaptée, contre le calme qui découle de notre abnégation face au destin, sa ténacité, sa prévisibilité et toute autre forme de cohérence qui le caractérise... Je ne sais pas, ce sont des phénomènes si mystérieux et impénétrables que je ne peux que les flairer, pas les exprimer. Cette rébellion, pour autant que j'ai pu l'observer, cherchait à réduire la grandeur et à enlaidir la beauté. Et monsieur le Metteur en scène – je prononce les mots qui suivent en comprenant que je n'oserais jamais les envoyer au visage de monsieur le Metteur en scène – s'affirmait de plus en plus comme l'exemple de l'échec de cette rébellion ratée. Eh bien, je le reconnais, et cela ne me fait pas honneur, mais il me semble que ça ne me cloue pas non plus au pilori de la honte, qu'un certain type d'art, qui est par ailleurs le seul à être considéré de nos jours par une certaine catégorie de gens, m'est incompréhensible ; avant d'arriver au théâtre, je ne connaissais presque rien à l'art, et je ne dis pas cela pour me vanter de l'étendue actuelle de mes connaissances et de ma compréhension de l'art, ni pour renier mon impression première, et, comme vous le voyez, je n'ai pas oublié les propos que j'ai tenus auparavant. L'art qui transcende le beau et la grandeur déprécie notre sacrifice, et y penser me donne mal à la tête. Je vous prie de m'excuser, je me suis égaré et j'ai perdu le fil de ma pensée. Ce que je voulais dire, c'est que l'apparence de monsieur le Metteur en scène m'avait déçu, car elle ne correspondait pas à l'image que j'avais de lui.

J'aimerais le dépeindre le plus précisément possible, tout en sachant combien, bien souvent, mes propos manquent de justesse, et en même temps je redoute que cette précision ne crée encore plus de confusion et de doute ; le pire serait qu'elle soit à l'origine d'une certaine colère, car, en effet, lorsque nous ne comprenons pas, c'est dans la colère que nous cherchons un réconfort. Mais je dirais quand même : ce premier soir, en dévisageant monsieur le Metteur en scène, c'était principalement à la trigonométrie humaine que je songeais. Vous voudrez bien m'excuser, j'ai l'impression de ne pas avoir choisi mes mots de manière appropriée, et voilà maintenant cet homme – je vous préviens que je parle d'un homme distingué et estimable – que je traite comme si je l'enfermais dans un sac poubelle ; je veux dire, je commence à parler de lui non pas en évoquant ses qualités morales les plus hautes, mais par des particularités physiques secondaires, ces reliquats de notre propre existence dont nous sommes accablés et que, ne parvenant pas à nous en débarrasser (quelqu'un de plus courageux que moi dirait : « Ne faisant pas d'effort pour... »), nous acceptons comme s'ils relevaient de l'essence même de notre existence. Monsieur le Metteur en scène n'était pas mathématicien – mais j'ai parlé trop vite et, en y réfléchissant, ai-je le droit de lui retirer cette caractéristique avec une telle désinvolture ? – toutefois, monsieur le Metteur en scène, le Seigneur soit avec moi, je ne cherche à duper personne en disant cela, n'était pas mathématicien au sens strict du terme. Son corps et le contact de son corps avec ce qui l'entourait forçaient à se rappeler ces propriétés de géométrie et ces calculs de trigonométrie que moi, Charlie, je maîtrisais encore moins bien que je m'y connaissais en art. Si j'avais plus de connaissances artistiques, j'aurais peut-être facilement retrouvé le paradoxe devant lequel nous nous trouvions, mis en évidence par un savant de la Grèce antique ou un scientifique anglais de l'époque moderne. Hélas, je ne connais aucune théorie grecque ancienne, ni anglaise de l'époque moderne, donc j'en suis réduit à décrire ce que je vis. Je vous ai dit que monsieur le Metteur en scène se tenait sur le rebord en bois de la fenêtre, d'une telle façon qu'il n'était pas du tout assis, mais se tenait debout et bien droit – il était coincé contre le cadre de la fenêtre comme le serait une branche apportée par une crue et bloquée dans un amas de débris coincés sous un pont. Il avait l'air trop grand pour cette fenêtre, souffrant de la surabondance de son corps produite par les extrémités allongées de ses membres, et en même temps – j'espère être bien compris – trop petit pour elle, comme s'il était noyé dans la fenêtre ou dans l'épaisse pénombre à peine visible de l'autre côté de la vitre, et le dormant de la fenêtre ne faisait pas penser à un obstacle, mais à une balustrade à laquelle il se raccrochait avec ces mêmes extrémités – ici, ses doigts – pour se sauver, se rattraper. Il semblait normal qu'il soit debout, appuyé ou assis sur le rebord de la fenêtre, car à deux pas à sa droite, une chaise était poussée sous la table et semblait – d'ailleurs – trop petite pour lui : on aurait dit qu'il n'y tiendrait que sous la forme d'une longue corde enroulée. Et, bien qu'il ne soit pas compliqué de se représenter son corps grand et mince comme un morceau de corde – je ne suis pas enclin à utiliser des épithètes offensantes, mais il y avait vraiment chez lui quelque chose d'excessivement maigre – on ne pouvait pas l'enrouler, ça devrait être évident pour tout le monde. Et en même temps, la chaise était bien plus grande que lui. Il arrive que certains sièges semblent coulés sur mesure pour une personne en particulier : les contours de l'objet et de la personne se confondent parfaitement, c'est la bénédiction de la pleine lune qui les réunit ; on peut penser qu'à notre naissance, nous perdons non seulement notre deuxième moitié, dont nous sommes séparés, mais aussi et surtout notre meuble, et que le plus grand bonheur serait de les retrouver durant notre vie. C'est une pensée sacrilège, de celles que les objets ont la capacité de réveiller. Donc, vous auriez pu au moins vous douter que cette chaise était coulée pour n'importe qui sauf pour monsieur le Metteur en scène, et, pour le formuler plus grossièrement : elle était faite uniquement dans le but de ne pas convenir à monsieur le Metteur en scène – car s'il s'y était assis, il aurait disparu, perdu dans les coutures du dossier. Je le répète, je cherche à transmettre mon impression de la manière la plus visuelle possible, et non pas à proférer des accusations ou des reproches, car il n'y aurait rien de plus absurde, ni de plus inopiné, en parlant d'objets banals et quotidiens comme une chaise, que d'exprimer des soupçons à leur encontre. Et s'il est possible de parler d'une telle chose, je dirais ce qui suit : le corps de monsieur le Metteur en scène faisait des reproches à la chaise, et vice versa.

C'est sans doute l'expression la plus adaptée, faire des reproches, quoique, comme vous l'aurez très certainement remarqué, j'ai du mal à trouver les mots adaptés. Pour dire vrai, il faisait des reproches à la fenêtre, à la chaise, au bureau... au studio de création, et – ça me passe par la tête maintenant, alors qu'un certain temps a passé – à moi aussi, qui étais en quelque sorte passé chez lui fortuitement en cette fin d'après-midi, et donc, non moins fortuitement, était tombé dans ce flot de reproches, ou peut-être me faudrait-il l'appeler un rituel de reproches inarticulés, dans lequel serait tombé n'importe quel inconnu. (Ai-je jamais été pour lui autre chose qu'un inconnu ?) Je ne pense pas, et je ne chercherai pas à me convaincre d'avoir été même une chose à ses yeux. Les reproches qu'il m'adressait nous mettaient simplement à égalité – comme si, de son point de vue, nous partagions la même culpabilité. Il est tout à fait juste – et nécessaire – de prêter attention au fait que monsieur le Metteur en scène était, lui aussi, l'objet de reproches. Il subissait les reproches de la fenêtre, de la chaise, de la pièce sans expression, excessivement austère et indolente ; et même moi, Charlie, je me retrouvais sans le vouloir parmi les accusateurs, tout aussi muet que les meubles, les murs et la lumière du jour s'évanouissant derrière la vitre, et je n'ai jamais, ni auparavant ni par la suite, embrassé un rôle de la sorte, dont il ne fait aucun doute que personne ne devrait avoir à l'embrasser – si ce n'est devant un tribunal –, même si, au cours de la vie, il arrive que se présentent des situations dans le cadre desquelles il nous semble juste d'embrasser cette fonction inéluctable. Je soulignerai, par souci d'impartialité et au risque d'en froisser certains, qu'à ce moment-là je ne pensais ni à la culpabilité ni au devoir. Peut-être même ne pensais-je pas à grand-chose : j'étais là car je cherchais du travail et, enveloppé par le regard perçant et même désagréable de monsieur le Metteur en scène, j'avais ressenti que quelque chose ne tournait pas rond ici. Me suis-je trompé en décrivant cette impression, ou m'en suis-je quelque peu approché ? Je ne peux le décrire que de la manière suivante : monsieur le Metteur en scène avait l'air d'avoir douloureusement dépassé les limites de l'espace, et son environnement ainsi que les objets qui le meublaient semblaient l'avoir vaincu et affaibli. Si j'étais pris au dépourvu et forcé de devoir exprimer ce qu'à mon avis monsieur le Metteur en scène devrait être, je répondrais scrupuleusement – et personne ne pourrait me reprocher de faire des compromis avec cette force bizarre et acharnée qu'est la conscience – que monsieur le Metteur en scène aurait pu être n'importe quoi, tout simplement n'importe quoi, sauf cette grande perche qui tenait entre les montants de la fenêtre, mais qui ne tenait pas dans mon imagination. Et inversement, bien sûr, et inversement. Peut-être qu'il ne pouvait tout simplement pas se contrôler. Il me semble qu'avec cette hâte infortunée qui est la mienne, j'ai omis de dire que monsieur le Metteur en scène était, avant toute chose, à la fois trop grand et trop petit pour lui-même. Il m'arriva par la suite plus d'une fois de le voir semblable à du champagne débordant du goulot de sa bouteille, alors qu'il était planté devant moi, d'apparence calme et imperturbable. Ou peut-être est-ce moi, Charlie, qui ne sais pas rester maître de moi-même ? Veuillez me pardonner.

Mais je ne compte pas passer mon temps à présenter des excuses. Permettez-moi de vous prendre par le bras pour faire un écart, comme si nous étions en compagnie d'un groupe nombreux et bruyant, et devions discuter à voix basse d'une affaire urgente et secrète, et alors, à petits pas, sans excès de zèle, je m'efforcerais de ne pas m'éloigner du cœur du sujet, et, je vous le promets, le groupe n'aura pas le temps de remarquer notre absence. Pour des raisons qui me sont obscures, la probité d'une personne est liée aux propos qu'elle tient, et que nous qualifierons – c'est là, je pense, d'un point de vue purement linguistique, un terme particulièrement exact – de directs. De plus, un homme honnête est parfois décrit comme une « personne droite », comme si elle était une rue bien goudronnée à sens unique. Goudronnée de valeurs comme la vérité, le scrupule, le franc-parler, la sincérité, la générosité – c'est une liste infinie et, j'en suis sûr, chacun d'entre vous trouverait de quoi la compléter. Même sans être très attentif – et moi, Charlie, j'ai l'habitude de ce manque d'attention et le considère comme un cadeau qui me permet de gagner en humilité –, il vous faudrait remarquer que moi aussi, me considérant comme quelqu'un jouissant des plus hautes qualités morales, je fais appel avec circonspection à ma conscience, que je brandis comme une lampe à gaz en vous cherchant dans la nuit de la suspicion. Comme vous l'avez très certainement compris, ce n'est pas par hasard que j'ai choisi cette comparaison avec la rue et que je louvoie un brin, et vous pourriez à bon droit vous en indigner, pourquoi donc ai-je choisi un chemin détourné pour parler de l'honnêteté d'une personne ! Cela se fait-il ? Mais si je peux vous parler de l'ambiguïté avec sincérité, n'est-il donc pas possible de discuter de la sincérité de manière ambiguë ?

Pardonnez-moi, pardonnez-moi, je me suis comporté lamentablement. Je n'aime pas jouer ainsi sur les mots, et ces réflexions ne nous permettent ni d'avancer ni de nous comprendre. Je compte sur votre patience et votre clémence pour continuer à être entendu. Mais tout de même : une personne douée des plus hautes qualités morales est très dangereuse. Oui, dangereuse ! Eh bien, comme je le dis, dangereuse ! Je suis résolu à défendre cette épithète et à ne pas bouger d'un iota devant le dragon tricéphale de l'étonnement, de l'inquiétude et de la désapprobation qui me souffle son haleine brûlante sur le visage. Je ne suis pas particulièrement leste, je ne pourrais pas lui couper la tête. Je vais tout de même essayer de m'expliquer, même si mes forces ont la mauvaise habitude de m'abandonner. Il serait plus simple de crier « oubliez tout cela ! » et de continuer mon bonhomme de chemin. Voilà, pour bouger, il arrive parfois soudainement d'attraper au vol une idée brillante et il suffit de la rapporter encore fumante : nous nous déplaçons bien par le biais des mots, n'est-ce pas ?

C'est par les mots que nous nous approchons et nous éloignons, que nous nous unissons et nous séparons, que nous contournons et nous frayons un chemin jusqu'au cœur, que nous sautons de hauteurs vertigineuses et plongeons dans des profondeurs terrifiantes, que nous faisons un pas de côté et nous préparons à nous défendre. Je tremble, rien qu'à la pensée de tous ces mouvements que nous réalisons grâce à eux – et je pense que n'importe qui tremblerait à l'idée que les mots ne sont pas des outils, des moyens ou des manières, ni non plus, comme on le dit parfois, des ponts, des pigeons voyageurs ou des fusées, mais bien le mouvement en lui-même. Avec eux, nous empruntons, et je surveille mon langage, des rues à la réputation douteuse, bordées de lampadaires cassés, de porches aveugles, de caniveaux pleins de pisse – pardonnez mon langage –, de bacs à ordures incendiés, et fréquentées par des filles de mauvaise vie, des dealers agités de tremblements, et des retraités tirant des cabas à roulettes sur les trottoirs. Cette rue que nous appellerons la vie. Donc, une rue. Nous devons l'emprunter à la manière d'acrobates, et je ne sais pas si je parviendrai à défendre l'idée que faire demi-tour est aussi important qu'aller de l'avant. Et un homme droit ne nous permet pas cela ! Il ne voit qu'une seule direction – en avant ! Ses qualités morales sont comme un raz de marée qui rampe vers l'avant en rasant et en détruisant tout sur son passage, sans laisser la possibilité de se retourner. Vous m'excuserez, les mots droits qu'il prononce ne sont autres que des actes brutaux, du viol et de la prison.

Cela ressemble à une forme de maigreur, très éloignée de la réalité, ce qui ne m'est pas très familier, en ce qui me concerne, et je m'effraie à l'idée de ressembler à une araignée suspendue à un fil invisible au milieu de la pièce, sans conscience de moi-même ni but précis. Mais si moi, Charlie, je ne vous ai pas induits en erreur, nous venons de terminer nos messes basses à bonne distance du groupe et le rejoignons discrètement, sans être remarqués, nous retournons au sujet de départ. Je considère monsieur le Metteur en scène comme une personne douée de hautes qualités morales, et je répète ceci non pas parce que j'ai oublié ce que j'ai déjà dit, mais bien pour souligner que je ne renie pas les propos que j'ai tenus. Seulement, je dissocie les qualités morales de monsieur le Metteur en scène et la droiture dont je viens de médire. Pour être plus clair : si j'avais rencontré le type de qualités que je viens de décrire, je serais sorti du théâtre sans attendre et aurais laissé monsieur le Metteur en scène se débattre tout seul avec son épine dans le pied dans sa cellule matelassée. Mais cet homme à la fois trop grand et trop petit, nonobstant ma déception sans fond, m'annonça que mes responsabilités seraient d'arranger la scène après les représentations, et nous luttâmes tous les deux contre la pensée que cette affirmation avait pour objectif d'être ambiguë – et c'était le cas. Je devrais à nouveau vous prendre à part et vous mener discrètement dans un coin éloigné pour vous expliquer de manière exhaustive les fondements de cette impression et son bien-fondé, mais si l'occasion de l'éviter se présente, je m'en tiendrais à dire que j'avais compris que monsieur le Metteur en scène savait faire usage de la pression produite sur l'espace par son existence trigonométrique pour étouffer de telles ambiguïtés. Son bureau... studio de création ne s'était pas étendu, gonflé qu'il était de défiance, au contraire, il n'en avait que des contours plus fermes. Je confirmerais sans trop m'étendre que l'ambiguïté est quelque chose que j'estime. C'est un héros silencieux qui se bat pour notre liberté pendant que nous vénérons la droiture autoritaire. Je pourrais formuler cela d'une autre manière : l'ambiguïté est un portillon qui se referme derrière nous sans grincer, mais dont la serrure ne se verrouille pas. Votre chemin est devant vous, dirait mielleusement ce portillon, je vous protège de tout ce qui reste derrière vous, mais au cas où quelque chose ne réussissait pas, ne se passait pas comme prévu, ou si vous vouliez sortir et chercher un autre chemin, poussez-moi à votre guise et partez où vous le désirez. Un homme droit n'est pas libre, il n'entend pas l'appel du portillon. Il est rendu sourd par son devoir et cherche à rendre les autres sourds. Comment donc, permettez-moi de vous le demander sans insolence cachée, endurer cette droiture vis-à-vis de tous ?

Et comment moi, Charlie, aurais-je pu refuser de m'occuper des autres tâches ? Mon Dieu, je faisais déjà un tas d'autres besognes : j'aidais à porter toutes sortes de charges et à préparer la scène, je bricolais des éléments de décors ou des aménagements dans le théâtre quand il y en avait besoin – monsieur le Metteur en scène m'en informait, ou alors je le comprenais moi-même –, je m'occupais des acteurs, de leur humeur ou, pour être plus précis, de leur disposition, pour qu'ils ne s'éparpillent pas, n'entreprennent pas une activité accessoire avant la représentation, pour qu'ils ne se turlupinent pas les uns les autres. Qui ignore que les acteurs, et même ces acteurs-ci, sont des enfants orgueilleux, capricieux, maussades, indisciplinés. Quand l'heure du spectacle approchait, ils se mettaient à courir partout et à caqueter comme une bande de poules effrayées, à la recherche de leur texte, de leurs accessoires ou de leur tête. C'était à la fois drôle et navrant de les voir ainsi, alors je prenais soin d'eux avant le spectacle, et à la fin de celui-ci, jamais pendant, j'allais nettoyer une chambre – Moi, Charlie, j'étais partout, tout le temps à portée de main, comme un soleil ne tenant pas compte des lois de la nature, prêt à se lever pour aider à n'importe quelle heure du jour ou de la nuit. Ces responsabilités qui étaient les miennes, incertaines, excessivement sèches et étroites, cette ambiguïté formulée à voix haute – j'aurais bien pu m'en offusquer ou me sentir humilié sur le moment, purement par principe, car en général je donne peu d'importance à ce penchant que nous avons à nous vexer – nous avait libérés, et peut-être même un peu rapprochés, monsieur le Metteur en scène et moi-même. J'avais alors pu constater, une fois de plus, à quel point nous comprenons incorrectement ce qui nous anime : si je parle de rapprochement, ce n'est autre qu'un rapprochement favorisé par deux causes opposées. Monsieur le Metteur en scène recherchait-il une approbation ? Peut-être aurais-je tendance à le penser, pourtant je savais dans quel genre de théâtre je m'étais présenté, et je ne voulais pas être en désaccord avec lui, mais tout simplement ne pas m'en préoccuper. Ces causes se percutèrent de plein fouet et provoquèrent une réaction en chaîne par laquelle les significations se multiplièrent. Il serait plus adapté d'appeler cette ambiguïté triple sens, quadruple sens, quintuple sens, etc., car d'une graine d'ambiguïté jetée dans la discussion par monsieur le Metteur en scène se mettaient immédiatement à pousser d'autres ambiguïtés, elles foisonnaient, se multipliaient, se ramifiaient chaque fois que nous laissions le silence s'installer un instant, et lorsque l'un d'entre nous reprenait la parole, il était pris dans une forêt d'ambiguïtés. Si cela avait été pensé à l'avance, monsieur le Metteur en scène méritait vraiment le titre de mathématicien.

Ne vous y trompez pas, je ne cherche en aucune façon à vous induire en erreur, ce sont des questions accessoires, un penchant que j'ai pour elles, devant lequel je baisse la garde. En réalité, ma responsabilité principale était de ranger la scène après la représentation. Je patientais dans les coulisses, sans même essayer de regarder ce qui se passait sur la scène et dans le public, j'écoutais le feu du spectacle s'éteindre petit à petit et la cire du silence se figer. À ce moment-là, les applaudissements retentissaient pendant dix à quinze minutes, jusqu'à ce que les derniers spectateurs quittent la salle, – et c'était là que j'entrais en scène.

CHAPITRE DEUX

CHARLEMAGNE

Comme cela semble prétentieux : je ne suis pas obligé de dire ce que je ne veux pas dire. Mais il serait plus juste de déclarer autre chose – c'est que j'en savais très peu. Je n'aime pas particulièrement sautiller sur les tables comme un moineau mendiant des miettes, si vous voyez ce que j'entends par là. Si vous voulez un compte-rendu plus complet ou si vous vous intéressez à des questions concrètes, je vais vous décevoir – je n'ai jamais vraiment pris parti, je ne me suis jamais mêlé des affaires des autres, ni ne me suis empressé de donner des conseils ou des préconisations. Peut-être l'aurait-il fallu, peut-être aurais-je dû tenir compte, disons, des situations spécifiques ou des circonstances particulières, mais, grand Dieu, je ne me suis jamais senti ni spécial, ni singulier, ou à même d'endosser un tel rôle – seulement, parfois, des choses me tombaient dans l'oreille ou devant l'œil lorsque je m'activais aux travaux quotidiens. Et s'il en sortait une observation parmi d'autres qui se révélait plus pertinente que les autres, s'il en sortait, disons, une généralisation, celle-ci était purement fortuite, fragmentaire, pour autant qu'elle puisse être considérée comme une généralisation. Voici, par exemple, une de ces constatations, pour en dire quelques mots, simplement pour que vous vous fassiez une idée : les acteurs prennent un malin plaisir à parler et à reparler du trac et nous bernent avec impertinence, car nous croyons qu'ils ont peur de monter sur scène, alors qu'en réalité c'est de la quitter qu'ils ont peur. Eh bien, vous voyez, et maintenant je me comprends moi-même, cette constatation n'est pas nouvelle, c'est tout. Cela m'avait tout simplement semblé particulièrement intéressant : là où c'est le drapeau blanc que nous voyons flotter au début du spectacle, les acteurs, eux, voient le carré noir et immobile de la fin. Ils n'ont pas peur d'être regardés, mais d'être jugés, pas de se tromper, mais de s'être trompé, pas d'entrer dans la peau de leur personnage, mais d'en être dénué. Je suis bien d'accord, cela ne me regarde pas et je ne prétends en aucun cas parler au nom des acteurs. Qu'est donc ma voix en comparaison de ces maîtres que nous admirons et louons, qui incarnent les personnages les plus dramatiques et les plus tragiques, bouillonnent d'émotions et de pensées qui leur sont étrangères, comme s'ils étaient enivrés de cette eau bouillante, comme s'ils en étaient arrosés ? Je n'en toucherais pas un mot si, après chaque représentation, après avoir traversé la passerelle arquée qui relie les coulisses à la scène, je n'étais pas confronté à ces peurs. Je n'ai pas chronométré les spectacles, cela ne fait pas partie de mes attributions, et quel sens cela aurait-il, mais il semblait que les peurs des acteurs étaient en retard sur ces derniers d'une demi-heure ou d'une heure. Ceux-là se démaquillent et se changent déjà, et leurs peurs ne sont plus que de vains mots, des soupirs poussés au mauvais moment, des décors percutés, des grimaces trop appuyées – leurs spectres se démènent encore sur la scène, bégaient le texte de la pièce, dansent enlacés, sanglotent, et c'est seulement lorsqu'ils sont épuisés qu'ils partent à la recherche de leur maître. Et je ne mettrais pas ma tête à couper qu'ils le trouvent à chaque fois.

Où avaient bien pu s'envoler les peurs du lourdaud Paulius ? Il était allongé sur le ventre comme un petit tas déversé arbitrairement quelque part dans les profondeurs de la scène. Dans la pénombre, on distinguait à peine son corps à moitié nu. Sa peau, au lieu d'être blanche et brillante, était d'une transparence mate, inhabituelle chez les gens ayant de l'embonpoint, elle étonnait les autres et forçait l'admiration ; lorsque quelqu'un demandait à la toucher, Paulius soulevait sa chemise et, la mine sérieuse, lui ordonnait d'enfoncer son doigt au fond de son nombril (je dois avouer que mon doigt, celui de Charlie, y avait aussi été). Des entailles profondes, ensanglantées et juteuses, nettes comme des braises sous le souffle du vent, se dessinaient dans la chair de son dos. Je poussai de toutes mes forces le chariot cliquetant et contournai le lourdaud : pas moins de deux mètres de haut, cent vingt kilogrammes, il serrait le manche d'un fouet dans sa puissante main droite de chauffeur routier. Les trois cordes en cuir traînaient par terre à côté de lui, comme des serpents repus, couverts de plombs pointus entre lesquels s'étaient coincés des morceaux de chair et des lambeaux de peau claire. Que faire ? Rien que pour soulever sa main et retirer le fouet de son poing pétrifié, il me fallut beaucoup de force ! C'est pourquoi, bien que j'aie du mal à le reconnaître (car je suis convaincu que chacun a le devoir d'exécuter ses fonctions de manière autonome, puisque rien d'autre ne nuit tant à l'ordre quotidien que le non-respect de ce principe), je devais trouver quelqu'un pour m'aider. J'aurais peut-être l'air excessivement scrupuleux ou superstitieux, or je ne le suis aucunement, cela je l'ai prouvé plus d'une fois et suis résolu à le démontrer de nouveau, et bien que, Dieu nous protège, je ne me compare ni aux acteurs ni à leur vocation, moi, Charlie, j'ai peur, comme eux, de quitter la scène sans avoir accompli mon travail.

Si je me suis hasardé à partager ces quelques observations, je ne vous fatiguerai peut-être pas excessivement en y ajoutant une autre, et je promets, au moins pour un moment, d'arrêter de le faire (que veulent dire ces promesses inutiles ?) : les décisions que nous prenons dans notre vie sont prédestinées par certains verbes. Pouvoir, devoir, falloir. Voici ma conclusion. Elle a peut-être l'air élémentaire, énervante, et même bizarrement hâtive, mais je n'ai pas honte de dire que j'y crois fermement. Selon moi – il est évident que je ne fais pas partie des grands cerveaux de l'humanité –, trois verbes suffisent à déterminer comment vous vivrez. Et, cela va de soi, à évaluer comment vous avez vécu. Trois verbes ! Pouvoir. Devoir. Falloir. Je m'imagine en prononçant ces mots un pont fait de cordes, que chacun d'entre nous traverserait en produisant les plus grands efforts pour ne pas regarder en bas, là où la gadoue écume dans le courant, pue comme la vie, charrie une mort limpide. Ce pont est façonné à partir de planches faites de ces trois verbes. Comprenez-moi bien – je n'essaie ni de faire des raccourcis, ni de résoudre des équations, je résume simplement trente-deux ans d'expérience en bibliothèque, où cela ? Dans une petite bibliothèque, bien que, pour être exact, il faudrait préciser que les sept dernières années, et peut-être même les dix dernières, cet endroit faisait plutôt penser à un cybercafé, ou bien à un endroit où emprunter des romans érotiques bleus et roses à petit prix, un lieu de réconfort où des cinquantenaires étiolées venaient chercher de l'excitation intime, ou au contraire un apaisement, et sans doute pas uniquement elles ; en effet, plus d'une fois, j'ai pu constater moi-même que les adolescents aussi, des gosses quoi – pardonnez-moi, je ne pense pas que je devrais parler de cela – apaisaient fréquemment, tout simplement sur place, leurs éruptions hormonales, et d'une main, c'est-à-dire de l'autre, tripotaient des claviers d'ordinateur en fixant les écrans où brillait... je n'ai aucune idée de ce qui pouvait bien y briller. (Pour que vous sachiez combien de fois, après avoir salué les derniers usagers – à vrai dire, virés ces gamins, excusez-moi, ces jeunes immatures collés à leurs sièges – et après avoir fermé à clef la porte de la bibliothèque, je me demandais : qui suis-je ? J'ai longtemps pensé que c'était les gens spéciaux, différents, doués d'un don particulier qui se posaient cette question, mais, avec la perspective que m'accorde mon âge, je constate que moi, Charlie, je la répète constamment ! Formidable. Et triste. On dirait que cela reflète la direction du mouvement de notre monde, s'il est toujours possible de parler de direction – en espérant que ce mot n'ait pas perdu de son éclat. Cela signifie-t-il que cette question n'est en aucune façon réservée à un certain type de personnes ? Que, de nos jours, elle s'est estompée, déchirée, désagrégée ? Ou bien... ? Qui suis-je ? Un accoucheur de passions littéraires ou un vendeur de jeux vidéo ? Voilà ce que je me demandais, sans voir encore tourbillonner à l'horizon les conséquences de ces questions.) Je vous en prie, ne voyez pas de désespoir là où il n'y en a point. J'aurais pu choisir à l'époque de ne pas travailler en bibliothèque. J'aurais dû quitter ce travail, car il ne m'apportait ni argent, ni réelle satisfaction, seulement de longues heures de somnolence troublée, interrompue par le strident sifflement des ordinateurs à la fin d'un jeu, et la voix sourde de femmes d'un certain âge demandant si c'était déjà arrivé ? Qu'est-ce qui est arrivé ? Non, non, la semaine prochaine. Vous aviez pourtant dit... Madame, je commande les livres, je ne les transporte pas. Je pouvais essayer. Je devais ne pas avoir peur. Je devais courir. Je devais prendre le risque. Il me fallait assumer ma fonction.

Je contournai une fois de plus le corps du lourdaud Paulius, qui à présent était plein de vide. Raide, mais suintant, rempli, mais résonnant. Il ressemblait singulièrement à un volcan entré en éruption peu de temps auparavant, uniformément recouvert d'une lave sanguine. Celle-ci se répandait dans ses cheveux noirs, qu'il ne coupait plus ces derniers temps, et qui donc recouvraient sa large nuque. Je compris immédiatement que ce n'était pas bien. Le sang ne tarderait pas à coaguler et abîmer sa chevelure, il faudrait les mouiller et les laver, et cela détériorerait de manière irrémédiable leur texture, c'est pourquoi je tirai des ciseaux de la banane grise dans laquelle je mettais mes outils et les coupai le plus près possible de la racine. Avec des mouvements de la main vifs et délicats, je nettoyai le sang, j'enroulai les cheveux et les mis précautionneusement dans un sac en tissu que j'accrochai à côté de la banane. Je sortis du chariot de grands draps propres. J'en pliai un en quatre et en recouvris le dos du lourdaud. Il prit immédiatement les couleurs du ciel lors d'un coucher de soleil venteux. Agenouillé, j'utilisai les autres draps pour essuyer ou, pour être plus précis, absorber – comme si j'avais été une sorte de suceur de sang, je ne pouvais penser à autre chose à ce moment-là – le sang qui avait coulé et qui commençait à coaguler autour de Paulius. Je tirai ensuite un seau du chariot et y jetai les draps alourdis par le sang épaissi. Le chariot était vide. Il attendait le corps. Tu n'iras nulle part – il fallait que j'essaie.

Je m'allongeai près de Paulius et, en louchant sur l'arrière de son crâne et les cheveux mal coupés qui y poussaient – il avait cinquante-six ans et n'avait pourtant pas encore commencé à les perdre –, je rassemblai mes forces. Je soulevai sa main droite débarrassée du fouet et me glissai sous son bras. Le lourdaud m'embrassa de sa morte pesanteur.

Je sentais les odeurs du bois verni, du sang et de la transpiration – elles rivalisaient de suavité à m'en dégoûter. Je fourrai mon bras droit sous le corps de Paulius et tentai de le soulever comme si j'étais un monte-charge. Un espace noir béait à peine entre son corps et la scène. J'y mis une épaule et, en deux temps, trois mouvements – la tête aussi. La peau de sa poitrine collait à ma nuque – douce, lisse, glabre. Peu après, j'étais à moitié sous Paulius, de l'extérieur seules mes jambes dépassaient, elles battaient dans l'air à la recherche d'un point d'appui et j'aurais évoqué, à n'importe qui entrant sur la scène à ce moment-là, le prophète Jonas, avalé par un énorme poisson à la bouche innocente. Je tournai dans le sens contraire des aiguilles d'une montre. Je déplaçai le poids vers ma poitrine et soulevai le bassin, laissant un espace pour y passer mes jambes. Le poisson m'avala petit à petit en ondoyant et m'entraîna dans ses entrailles.

Une fois tout mon corps glissé sous le lourdaud, je pris appui sur mes coudes et tentai de me lever. Les kilomètres que Paulius avait accumulés en roulant reposaient dans sa masse molle sur mon dos Il aurait pu choisir des nuits de route et des heures de sommeil dans des stations-service – et il l'avait fait. Mais cela avait-il vraiment été un choix ? Pardonnez-moi, comment pourrais-je le savoir ! Il répétait que sa vie avait été comme un rêve, car rien ne différenciait la route d'un rêve – il y voyait les mêmes images : dans un seul plan, des lignes blanches discontinues qui se mélangeaient, des plaines, des arbres et des putains – pardonnez-moi, ce ne sont pas là mes mots (je ne pense pas que qui que ce soit les ait mérités, même ces filles que, oui, j'ai appelées filles de mauvaise vie, mais tout de même pas putains !), Paulius n'a toutefois pas non plus mérité que je lui enlève la parole, mais nous apportons si peu de valeur à nos mots que je suis disposé ici, et autre part s'il le faut, à faire une exception. Il avait été victime d'un affreux accident lorsqu'il travaillait dans le bâtiment, s'était retrouvé au chômage quelques années, les employeurs le trouvaient trop vieux, puis il avait passé son permis poids lourd. Évidemment, il avait des enfants, une femme, mais je ne lui avais jamais posé de questions. Comme je l'ai dit, je m'efforçais de ne mettre mon nez ni dans les événements du théâtre, ni dans la présumée intimité des acteurs, à laquelle, dans un groupe si petit, libertin, sans liens avec le monde, ce mot – intimité –, à mon humble avis, ne convenait presque plus. Je ne pourrais pas affirmer que cela n'était pas à l'origine de certaines difficultés, tout pouvait arriver. C'était le travail... Et quand il arrivait à Paulius, pourtant réservé, de vouloir se confier, je l'arrêtais – à quoi bon vainement gaspiller sa salive. Mes responsabilités n'impliquaient pas de compatir à ses malheurs, mais de nettoyer la scène, et je préciserais même : sa future scène. Ne pensez pas qu'il s'agit ici de l'aveu d'un homme insensible – si vous voulez me qualifier ainsi. Un homme qui aime son travail peut-il être insensible ? J'entends mes mots, comme une brindille qui griffe une fine glace en verre, et même à moi ils me semblent grossiers, cavaliers – ils n'ont rien en commun avec la personne que je suis, moi, Charlie ! Comme je l'ai dit, il manque à ces mots une couleur imprévisible, pas une couleur définie, mais bien l'imprévisibilité de cette couleur, lorsque l'on peut opiniâtrement se disputer pour savoir si c'est un simple noir ou un bleu nuit, un rouge brique ou un brun rouille, un vert citron ou un jaune citron. Permettez-moi d'attirer l'attention sur le fait que le théâtre est plein de cette imprévisibilité : il est plus fort que les couleurs qu'il crée, plus important que les gens qu'il libère de leur platitude, plus prononcé que les représentations théâtrales avec lesquelles sont réveillés et apaisés les désirs, plus précieux que ce récit, qui...

Pauvre de moi, j'entends mes mots, j'entends, et j'entends aussi votre silence plein de reproches. J'endure ce silence comme faisant partie de mon travail et je l'assume, comme je l'ai enduré et, me semble-t-il, je l'endurerai encore plus d'une fois, car telle est, pour le dire très simplement, la part de Charlie. Et je n'ose même pas penser que quelque chose aurait pu changer en précisant que je coupais court au monologue du lourdaud, mais cela ne veut pas dire que je n'avais pas eu le temps d'entendre ce qu'il racontait, ce qu'il avait envie d'exprimer. Paulius était devenu – pas ici au théâtre, sans doute quelque part en chemin, dans l'habitacle enfumé d'un poids lourd, dans une station-service décatie en bord de route, au bras d'une fille... d'une putain fatiguée – prévisible, monochrome comme la pleine nuit, la rouille, un citron, une banalité, tout ce que vous voulez, ce que vous imaginerez, mais monochrome, rien d'autre que : sa route, sa femme et ses enfants. Comprenez-moi bien : j'ai dit qu'il était devenu monochrome, mais j'ai en tête qu'il pouvait, et très certainement qu'il devait, le devenir, mais qu'il ne fallait pas qu'il le devienne. Cela introduit peut-être une certaine clarté ? Telle est la dualité de mon observation, à la fois naïve et drastique (me fallait-il me taire à cause de cela ?) sur les trois verbes de la vie : la femme et les enfants sont le territoire du « pouvoir » et « devoir ». La famille, à mon humble avis, n'entre jamais dans la zone étroitement surveillée du « falloir », zone dans laquelle on ne peut s'introduire qu'au compte-gouttes, pour ainsi dire, après mûre réflexion. Je dois reconnaître que je ne sais pas si Paulius est jamais parvenu dans la zone du « falloir ». Il était arrivé près de moi et avait beuglé : il fallait que je continue, quoi que j'aie vu, il fallait que je continue (ou peut-être utilisait-il un subjonctif imparfait – il fallait que je continuasse ? Je ne me souviens pas !), je l'ai vue, je les ai vus, j'ai vu et ne me suis pas arrêté, car il fallait que je continue, toutefois, je maintiens que, jusqu'à la fin, dans sa tête, cela prenait cette forme : je pouvais continuer ou je devais continuer. J'ai dit ce que j'ai dit, tirez-en une conclusion vous-mêmes, sans faire attention à moi. D'ailleurs, moi aussi je pouvais et devais. Mais il me le fallait aussi...

À présent, il fallait que le lourdaud m'aide. Il fallait qu'il se confronte à son sens du devoir. Je poussai de toutes mes forces, les paumes au sol, la tête tombante de Paulius reposant sur mon épaule comme un animal domestique affectueux, son sang et ma transpiration gouttant sur le parquet de la scène. Je donnai un ultime coup sec et en un clin d'œil me retrouvai à nouveau écrasé au sol, étalant de la joue les flaques stagnantes de sang et de transpiration. Je m'extirpai en rampant, dessinant des demi-cercles avec mes mains, et me sentis comme la première forme de vie arrivée sur la terre ferme : d'une cavité pleine, ondulante, salée par les sécrétions humaines, je gagnais un milieu en apparence infini, inodore et dépourvu de saveur. La pénombre sait produire cet effet. Les puissants projecteurs, éteints et en train de se refroidir, vrombissaient toujours avec l'impatience d'un moustique. Seules quelques lampes latérales restaient allumées après la représentation. En y pensant bien, peut-être était-ce fait exprès de ne laisser que celles-ci, peut-être était-ce une forme de scrupule ou une marque d'attention pour moi que d'éteindre les grands projecteurs ? Une marque d'attention pour moi ? La pénombre sait faire cela : produire l'illusion et la détruire sur-le-champ. L'espace infini du théâtre était bordé par des murs bien réels et tangibles. La salle de spectacle était aménagée dans le plus grand espace de l'usine, au rez-de-chaussée. En son centre, les gigantesques parois circulaires d'un puits au milieu duquel avait été édifié un espace distinct : la scène, un demi-cercle. Vue d'en haut – et j'ai eu l'occasion de la regarder ainsi, c'est une vision effrayante –, la scène prend, de manière improbable, la forme (et je parle de la beauté parfaite, sans faire de minables sous-entendus érotiques ou encore plus répugnants) de la poitrine ronde d'une jeune femme en fleur qui se détournerait du public. Au fond pendait un projecteur rouillé que, d'ailleurs, monsieur le Metteur en scène n'avait pas encore utilisé une seule fois, et en face, à seulement quelques pas, s'entassaient deux cents strapontins disposés comme dans un amphithéâtre. Par ailleurs, c'était uniquement dans ce puits théâtral qu'était atteinte l'obscurité totale, grâce aux parois qui s'élevaient jusqu'au plafond. Si quelqu'un m'interrogeait à ce sujet, j'oserais soulever la question, à savoir si cette obscurité n'avait pas été atteinte à un prix trop élevé, car dans cet espace fermé, le son, ayant quitté la scène et s'acheminant vers les oreilles du public, ne correspondait pas aux lèvres des acteurs, ni aux mouvements de leurs corps, il se condensait sur les murs et gouttait vers le bas, de sorte qu'on avait l'impression que sous nos pieds, au fond, de l'eau glougloutait sans arrêt. C'est la raison pour laquelle il y avait clairement une préférence généralisée pour les scènes dans lesquelles l'harmonie des mouvements et des sons n'avait pas une grande importance, ni le silence – oui, le silence ; lorsque le silence s'installait un court instant, on aurait dit qu'il tirait un noyé de l'eau agitée qui s'engouffrait dans ses poumons.

Un peu comme moi, Charlie, si vous n'avez pas oublié, arraché à l'étreinte de ce corps sanglant et en train de refroidir. Il me fallait trouver de l'aide pour rouler le lourdaud dans le chariot. Je quittai la scène en empruntant le petit pont et clopinai en direction de la salle de réunion. Personne n'avait calfeutré les immenses fenêtres de l'usine, de sorte que, même tard le soir et pendant la nuit, à peine sorti de la salle de spectacle, je me heurtais à des colonnes de lumière terne. Les fenêtres fonctionnaient comme des aspirateurs, elles s'imbibaient de tant de lueur au cours de la journée qu'elles n'avaient pas le temps de s'en débarrasser la nuit, et, je le jure, je voyais les morceaux épars de lumière ramper sur les murs extérieurs du puits de la salle de spectacle, comme s'ils voulaient passer de l'autre côté, et après avoir grimpé jusqu'en haut ils retombaient et s'abîmaient ainsi jusqu'à l'aube. À cause de ces fragments de jour gâtés, les contours du bâtiment – les portes, les fenêtres, les bouches d'aération, les radiateurs électriques éteints depuis longtemps et les turbines aux larges bouches – se couvraient d'un scintillement argenté, mais ces éclats miroitants s'accordaient si mal à l'âme de l'ancienne usine et du théâtre actuel que cela me mettait la larme à l'œil chaque fois que je les voyais.

« Ah, voilà – Charlemagne ! » J'étais arrivé au premier étage et me traînais dans la salle de réunion, et monsieur le Metteur en scène, se retournant vers moi, me fit un signe de sa main aux longs doigts. Si cela vous a semblé drôle, c'est sans doute uniquement à cause de mon incapacité à rendre précisément l'intonation de monsieur le Metteur en scène, car il n'avait pas le sens de l'humour, il ne savait pas faire de blagues, ni acerbes ni sarcastiques – ce genre d'humour est parfois lui aussi acceptable, s'il est fait au bon moment et à bon escient – et rendons-lui grâce de ne pas avoir essayé. C'est la raison pour laquelle les mots de monsieur le Metteur en scène me pincèrent si douloureusement : il ne gouaillait pas – ni amicalement, ni gentiment, ni méchamment. Derrière ses mots se dissimulait un mystère que je ne pouvais pas encore percer. Lorsque tu es invisible, petit comme je me considère, moi, Charlie, ce n'est pas l'intérêt en lui-même porté à ta personne qui trouble le plus, mais cette pensée tacite, en suspens, comme si tu étais la pellicule déroulée d'un vieil appareil photo, qui, malencontreusement jetée sur une table, s'emmêle comme le malheur en un clin d'œil. Ils venaient vraisemblablement tout juste de terminer la prière. Je le compris à la composition traditionnelle des corps : monsieur le Metteur en scène se tenait au centre de la pièce et les acteurs, avec leurs visages concentrés, mais qui déjà s'adoucissaient, formaient un demi-cercle autour de lui, à vrai dire, relativement épars et rompu. Monsieur le Metteur en scène, lorsqu'il priait, avait l'air délivré de la tension féroce qui l'entravait, lui à la fois trop grand et trop petit : les phrases chuchotées à voix basse lui servaient de marches pour monter et s'élever au-dessus de la tête des acteurs, son ombre s'allongeait plus loin que celle des autres, et même si c'était prédestiné par la position qu'il occupait par rapport à la source de lumière – c'est-à-dire au-dessus d'un luminaire coincé dans une ouverture rectangulaire – il parvenait inconsciemment à créer une impression de grandeur, ou plutôt, il serait plus exact de dire « malgré lui ». Ainsi grandi, il avait l'air d'être le père de la troupe. Dans ces moments, on aurait dit que la compagnie avait finalement trouvé un véritable monsieur le Metteur en scène. Je n'osai en revanche jamais exprimer cette idée à voix haute, car je savais que monsieur le Metteur en scène évitait ce qu'il considérait comme, pour reprendre ses propres mots, une hiérarchie classique, mais quand même, sans vouloir être inférieur, c'est la raison pour laquelle... bon, j'ai déjà parlé de cela. Et personne ne devrait me soupçonner de dégoiser de manière irresponsable parce que j'aurais été vexé par ce malencontreux « Charlemagne », tu comprends, et tenterais donc de me venger par des moyens inappropriés. Quiconque aurait été traversé par cette pensée n'a, apparemment, pas bien écouté mes radotages et ne s'est pas efforcé, comme le voudrait la bienséance, de m'évaluer, moi, Charlie, à ma juste valeur.

Charlie, je m'entendis reprendre monsieur le Metteur en scène d'une voix faible et enrouée. Je me raclai la gorge pour corriger ma voix et évacuer le nom prononcé à voix haute, mais je compris alors à qui était destinée ma présentation. Monsieur le Metteur en scène montra très clairement, et donc de manière peu subtile, que ce n'était pas à lui que je devais me présenter. D'un regard froid, il dessina une ligne invisible qui traversait tout le demi-cercle disloqué – depuis, à droite, Julita qui hochait sa tête bouclée, Morta aux cheveux courts, la pâle Vita, en contournant presque physiquement Ignas et s'arrêtant à peine sur le maigre Vincent, jusqu'à l'extrémité droite où, pas plus grand qu'un point, se tenait un petit bonhomme que je n'avais encore jamais vu. Je vous en donne ma parole, je ne mets rien de rabaissant dans cette description : il ne pouvait être rien d'autre qu'un petit bonhomme. Je suis loin d'être grand, n'importe qui me classerait parmi les gens de petite taille (et il n'y a pas à perdre de temps à ce sujet, si telle était la volonté divine), toutefois ce nouveau membre de la troupe – et il ne pouvait qu'être un nouveau membre de la troupe, car personne d'autre n'était convié à la prière – m'arrivait sous le menton. Mon attention se fixa tout de suite sur ses cheveux blonds et fins – à cause d'eux, sa tête faisait penser à un buisson picoré par des oiseaux. Charles, dit monsieur le Metteur en scène de cette même voix sans expression, par laquelle on aurait dit qu'il cherchait à nouveau à se diminuer et à retourner à un état de tension qui lui serait plus proche. Je dois reconnaître que je restai un certain temps dans mes petits souliers, désemparé face à cet excès d'attention et à la répétition de mon nom, jusqu'à ce que je comprenne qu'il ne s'agissait pas de moi, mais du petit bonhomme... Je me souviens bien d'avoir pensé : Eh bien, si c'est comme cela, donc je serai Charlemagne pour de vrai, et lui, il sera Charles le Petit. Alors qu'en fait, je suis déjà Charlie. Ma propre malignité m'étonne à présent. D'où vient-elle ? Monsieur le Metteur en scène n'aurait quand même pas préparé cette scène à l'avance pour susciter chez moi un sentiment si odieux ? Mais à quoi bon ? Il ne pouvait pourtant pas avoir prévu que j'entrerais dans la salle de réunion, car je ne participais pas à la prière – le nettoyage de la scène prenait du temps et personne ne voulait entendre parler de moi, comme si, pendant cette tâche, je disparaissais complètement. Parfois quelqu'un chuchotait : Charlie et ses affaires mortuaires.

Comme vous avez pu le comprendre, je fus pris au dépourvu par cette situation banale et d'apparence idiote. La prochaine fois, peut-être aurai-je le temps d'y réagir correctement, mais à ce moment-là, je dis ce que je dis : Pardonnez-moi, j'ai besoin d'aide. J'absorbais tous les regards et n'entendais rien. Je ne comprenais rien, il y avait trop, ou trop peu d'informations. Avais-je réellement dit ce que j'avais dit ? Ma langue avait-elle fourché, mélangé les mots, et moi, infortuné, les avais-je ravalés ? Monsieur le Metteur en scène ne disait rien non plus, comme s'il continuait de rêver de Charlemagne, mais pas de moi, Charlie, pris dans une bataille propre aux personnes délicates, entre honte et clarté. Il n'y avait rien à faire, croyez-moi, j'aurais été d'accord pour disparaître sous terre. Je me résolus à ajouter : de l'aide sur scène avec... Comprenez-moi, il fallait-là faire montre d'une subtilité à laquelle je n'avais pas réfléchi à l'avance, d'une subtilité pour choisir les mots, comme s'ils étaient, si l'on poursuit sur le thème de Charlemagne, apportés dans la grande salle telle une couronne sertie de diamants sur un coussin de velours rouge. Peut-être alors les visages des acteurs auraient pu harmonieusement se transformer, et passer, si je puis me permettre - bien que, dans ce cas, comme dans beaucoup d'autres par ailleurs, je ne sois pas à l'abri d'une erreur -, d'une expression de piété à des traits plus adaptés à la mortalité quotidienne. La mortalité qui existe après le spectacle. C'est seulement plus tard que vint à mon esprit constamment en retard que peut-être n'avaient-ils même pas réfléchi à ce type de mortalité, peut-être oubliaient-ils son existence, à peine arrivés au théâtre. Allons-y, dit froidement Ignas, en traversant la ligne tracée par les yeux de monsieur le Metteur en scène, et Julita acquiesça. C'est difficile à expliquer, je me sentis comme pétrifié, et c'est pourquoi, au lieu de regarder vers Ignas, je fixai vers le sol. Ma parole, je le jure, je ne fais pas partie de ceux qui renoncent facilement, toutefois je sentis en moins de temps qu'il ne faut pour le dire que j'avais perdu, et cette défaite (d'où sort-elle ? Oui, la bataille, je l'ai mentionnée, on laisse échapper beaucoup de choses, mais, excusez-moi, une défaite ? Pourquoi est-ce que je cède à l'exaltation ?) blessa durement les autres aussi. Pourquoi avais-je en réalité voulu aller chercher de l'assistance plutôt que de m'occuper moi-même du corps du lourdaud ? Aurais-je transgressé une règle sans le faire exprès, ce qui expliquerait pourquoi monsieur le Metteur en scène gardait le silence de manière si contrariée ? Il ne tenta pas de m'aider à trouver un coussin de velours rouge, ni même un simple plateau de bois. Mais en baissant les yeux, au lieu de voir le sol en béton de la pièce (ce local, il ne me semble pas l'avoir dit, avait été laissé en l'état dans lequel il avait été trouvé lors de l'installation du théâtre, comme, à vrai dire, tout le reste du bâtiment, et si un inspecteur venait faire un tour ici... mais à quoi bon ces inspections, pour faire court, rien n'avait été modifié dans ce local, c'est pourquoi les beautés prolétaires passées restaient nues, exposées), je vis le petit bonhomme, presque blotti contre moi, qui me regardait intensément, comme un chien attendant un ordre de son maître. Il n'est pas ici à sa place – telle fut ma première pensée, je n'ai pas à le cacher, évidemment, pas à vous, à ce moment-là je n'ouvris même pas la bouche – et ma deuxième pensée : il me confond peut-être avec monsieur le Metteur en scène. Eh bien, s'il ne parvient pas à soulever le lourdaud, peut-être qu'il soulèvera au moins ses peurs. Il n'y avait rien d'autre à dire, c'est pourquoi je sortis de la pièce avec hâte, suivi par Ignas, Julita et Charles le Petit.

Ignas se sentit immédiatement mal. Il descendit rapidement de la scène et vomit, penché au-dessus du petit pont, qui était décoré par une balustrade avec les bouts recourbés – une lubie un brin futile de monsieur le Metteur en scène. Julita, nerveuse, s'approcha de lui à petits pas et nous restâmes tous deux, Charles le Petit et moi, à côté de ce volcan en train de se refroidir, recouvert d'un drap d'un rouge cardinal qui tirait sur le marron foncé, durci contre le corps. Le bonhomme, sans tenir compte du lourdaud, regardait autour de lui avec curiosité – c'était la première fois qu'il montait sur la scène. Presque pris d'une sorte de pitié, j'aurais voulu lui dire que je pourrais tout lui montrer après, mais il n'y avait pas de temps à perdre, le moment n'était pas propice à l'affabilité. Il ne dit mot. Le bonhomme avait, par sa taille, l'air plus jeune qu'il devait l'être en réalité, quoique je ne parvenais pas à déterminer son âge. Il passa tout d'un coup sa paume dans ses cheveux blonds, qui s'en retrouvèrent encore plus en bataille et clairsemés, comme les céréales dans les champs pendant les années sèches et stériles, et saisit les poignets bleuissants de Paulius. Je jetai un coup d'œil vers Ignas et Julita – cette dernière avait sorti une lingette et essuyait avec soin les lèvres d'Ignas (zut, Seigneur Dieu, pourquoi étais-je allé chercher de l'aide ?) –, je m'approchai des jambes du lourdaud et tentai de les soulever. À ma surprise, à la surprise de tous (même d'Ignas et de Julita qui se retournèrent, oubliant un moment leurs caresses), le lourdaud que nous avions attrapé avec le bonhomme bougea sans difficulté – et que notre langue est belle, de pouvoir toucher au cœur même du sens – de son lit de mort. Dans le chariot, dans le chariot, pensai-je, sans indiquer ce qu'il fallait faire avec le corps. Nous ne pouvions pas complètement transporter Paulius à nous deux ; nous le tirâmes et le déplaçâmes vers le chariot attenant. Celui-ci, écrasé par cette masse énorme, fléchit et hoqueta en exprimant – comme, il vous faut le remarquer, savent le faire les objets, avec merveille et élégance – l'état d'esprit qui était le nôtre. Le bonhomme, Charles le Petit, était chétif, frêle, comme fait de terre cuite, malingre, et à vrai dire, assez semblable à moi, Charlie, en un certain nombre de points ; et pour camoufler sa faiblesse, il mettait toutes ses forces dans ce qu'il faisait, ce que je pus observer à plusieurs reprises par la suite, et outrepassait chaque fois ses limites. Que Dieu nous protège, je ne suis pas un spécialiste en médecine, mais je fais tout de même l'hypothèse que depuis sa naissance, Charles le Petit gaspillait sa puissance de manière démesurée dans des impératifs extérieurs, et c'était la raison pour laquelle il avait manqué de la vigueur intérieure nécessaire à sa propre croissance. Sans pour autant m'octroyer les lauriers pour ce qui venait de se passer, je dois reconnaître qu'au moment où le corps de Paulius (si ce n'est pas un mot trop éclatant pour la situation) flotta dans nos mains jusqu'au chariot, moi aussi, Charlie, je me sentis plus fort que je n'aurais jamais pu le croire, comme si j'étais vraiment devenu Charlemagne.

Avec votre permission, *Charlemagne* !

CHAPITRE TROIS

Après la lutte.

Ce diable à plume !

Je n'avais pas mis le nez dehors depuis le moment où j'étais arrivé au théâtre, vous devez donc comprendre que mon souvenir n'est autre chose qu'un éclat arraché à la réalité, fragmenté au fond de ma mémoire depuis le coup d'œil que j'avais jeté, en passant, à ce bâtiment sur lequel mon regard était tombé sans que je réfléchisse vraiment au lien qui allait unir mon destin à ces murs, à leurs matières et à leurs volumes. Toutefois, si vous permettez à ce souvenir de se reposer sur mon imagination (et quel souvenir, d'ailleurs, ne se repose pas sur elle ?), je pourrais essayer de deviner comment ce diable à plume avait pu se frayer un chemin jusqu'à l'intérieur du théâtre. Il n'y aurait là aucun crime si mon hypothèse était incorrecte, n'est-ce pas ? La façade est de l'usine, plate et lisse, où se trouvait l'entrée principale, était comme rapiécée par de grandes fenêtres rectangulaires. Je dis rapiécée, car en effet une partie d'entre elles était couverte de plaques d'aggloméré de différentes teintes, et les vitres de chacun des deux étages, pendant la première partie de la journée, en fonction du temps qu'il faisait, prenaient des reflets bleus, gris ou blancs, car tout le monde sait que les rayons du soleil du matin sont encore éparpillés, désaccordés, et ne s'approchent de l'harmonie calme des couleurs qu'une fois le soleil à son apogée. Sur cette façade plate et lisse se voyait, comme le nez au milieu de la figure, l'horrible verrue métallique qui l'ornait - deux tuyaux qui semblaient avoir été tirés pour les faire passer par une fenêtre et qui reliaient d'un côté une boîte rappelant un préfabriqué et de l'autre un conduit plus large dressé vers le ciel et coiffé d'une mitre. Il était évident, même pour moi, Charlie, simple bibliothécaire n'y connaissant rien en usines, en industrie, ni en ingénierie, que cela avait été auparavant un système de ventilation. C'est toutefois tout ce que je peux en dire, et cela devrait suffire à fonder mes suppositions. D'autre part, toutes les fenêtres de l'usine étaient fermées : pour autant que je m'en souvienne, personne n'avait jamais été traversé par l'idée de les ouvrir, et je n'avais vu aucun autre conduit de ventilation, quoiqu'il me faille reconnaître qu'il était fort possible que je m'embrouille dans la destination de certaines bouches parmi les dizaines ou les centaines qui béaient dans l'usine. Nous vivions dans un environnement hermétique, dans un bocal en verre qui aurait été poussé tout au fond du placard pour y passer l'hiver - évidemment, je ne parle pas de la saison, mais d'une hibernation constante, indépendante des évolutions cycliques de la température. Il ne reste alors que les deux conduits dont j'ai déjà parlé, si disgracieuse que soit la description que j'en ai faite, seuls à prendre en charge cette fonction vitale du bâtiment, celle de notre respiration. Bien sûr, bien sûr, je devrais prononcer ces mots avec plus de prudence. Je le dirais donc de la manière suivante : le maintien de la vie ne correspondant pas aux intérêts de ce théâtre, il est fort probable que monsieur le Metteur en scène n'ait pas envisagé que la troupe ait un besoin vital d'air frais. Et, à dire vrai, quelle aurait été la différence si, un matin, nous nous étions retrouvés asphyxiés, intoxiqués au monoxyde de carbone, et ne nous étions pas réveillés ? Cela aurait-il changé quelque chose – sauf peut-être en ce qui concerne le plaisir éphémère promis aux spectateurs (ou autres formes de satisfaction qu'ils venaient chercher) ? Bref, si je ne me trompe pas, l'air qui suffisait à peine à notre consommation provenait de ces deux conduits métalliques qui émergeaient de l'océan de la résignation comme la seule et unique trompe de notre respiration.

Je n'ai pas oublié le diable à plume. Je souhaiterais maintenant, avec votre permission, revenir sur ce sujet. Il avait dû, cet oiseau de malheur, se poser sur la mitre du conduit d'aération, et étant donné que c'est par nature un être stupide et borné (je dois reconnaître que je comprends tout à fait pourquoi on s'envoie des volées de noms d'oiseaux pour s'insulter : les piafs, linottes, bécasses, perdreaux et moineaux sont des créatures bien détestables, et cette habitude qu'ils ont par nature de sautiller, d'exécuter cette danse d'esclave, de prisonnier ! Avez-vous déjà assisté à quelque chose de plus affligeant ? Cette affliction vire facilement au mépris, et non à la compassion), il aurait décidé de fourrer son bec sous l'auvent, et peut-être, après avoir senti une odeur fangeuse proche de la sienne, se serait-il précipité dans le conduit, aurait pris peur par pure stupidité de l'obscurité qui y régnait et, plutôt que de faire demi-tour pour remonter, en se démenant dans tous les sens et faisant un raffut de tous les diables, il serait tombé au fond du conduit d'aération et se serait retrouvé dans l'usine, voletant et battant de ses ailes pointues de manière hystérique sous le plafond du troisième étage. Il m'est impossible d'affirmer lequel des chats avait perçu en premier le bruit des ailes du moineau qui n'arrivait pas à retourner au ciel, mais j'oserais supposer que c'était le boiteux ou le tigré fripon. Je dois vous rappeler que je n'avais pas assisté moi-même à cet événement mémorable, et je m'en remets donc à la générosité de mon imagination ; toutefois, lorsque je nomme un des chats, c'est évidemment sur mes longues observations que je me fonde. Voyez-vous, tous les chats (ils étaient sept à l'époque) vivaient selon un emploi du temps inflexible, ascétique et propre à chaque individu, rigide à tel point qu'on croirait qu'ils existaient uniquement pour l'accomplir, que de cet emploi du temps découlait la providence, et que les chats en étaient les exécuteurs dévoués et fiables. Il ne serait pas exagéré d'affirmer que leur démarche endormie, leur léthargie et leur somnolence royale – toutes paresseuses qu'elles puissent sembler – renferment cette noble mission du maintien de l'ordre de notre monde, que nous, vous savez, les humains, perturbons de façon désinvolte et irresponsable, comme des vagues étincelantes érodant avec zèle des dunes infinies. En fonction des heures et des minutes, je pouvais deviner, même sans le voir, quel chat avait pointé le bout de son museau dans ma chambre, lequel grattait à ma porte en ronronnant, et lequel miaulait à gorge déployée comme s'il envoyait un message codé au monde dans lequel il avait été envoyé pour accomplir sa mission. Je n'avais vu nulle part ni montre ni horloge (et après chaque représentation je rangeais la chambre de l'acteur qui avait interprété le rôle principal, je récurais tous les coins et je savais tout de ce que les acteurs avaient décidé d'apporter au théâtre), car les chats suivaient la vitesse de rotation de la Terre de manière encore plus fiable que les aiguilles des horloges mécaniques ou digitales, et l'on pouvait s'y fier. Je dois ajouter qu'ils pouvaient, dans le théâtre et à l'usine mieux que nulle part ailleurs, respecter leur emploi du temps. Il faut de l'ennui et de la résignation pour maintenir cet ordre, et ici, il y avait plus d'ennui et de résignation que d'air.

Mais, soudainement, cette saleté venue tout droit de la rue était sortie du conduit d'aération et nous avait tous rendus fous. L'oiseau s'était retrouvé là, comme venu d'un autre monde, opposé et même en concurrence avec celui des chats, dans lequel se déchaînait un carnaval éhonté de vie bouillonnante, car, pour ce qu'il m'a été donné de comprendre, la cause, la raison d'être de ce monde, celui du moineau, se fond en un seul mot – le chaos.

Donc, quand le premier chat s'accroupit en position d'attaque, les moustaches à l'affût, la gueule entrouverte, son regard perçant dirigé vers la petite boule de plume qui tournicotait sous le plafond, pour celui qui eut l'honneur d'assister à cette scène, il dut être évident que commencerait sous peu un combat entre Dieu et le Diable. Moi, Charlie, je n'ai pas le droit d'imposer mon avis sur qui, dans ce duel enflammé, représentait quel parti, quoique j'aie bien évidemment un avis sur ce point. Le fait que, depuis le début, j'ai qualifié le moineau de diable ne devrait pas vous pousser à tirer des conclusions hâtives (de manière générale, il ne faut pas prendre mes paroles au pied de la lettre), je ne voulais peut-être pas nécessairement dire par là que ce piaf représentait... bon, vous-mêmes, vous comprenez, mais je ne veux pas rester impartial, car cela pourrait être interprété par certains d'entre vous comme de l'indifférence de ma part. Bref, en confirmant sa stupidité, le moineau de malheur continua pendant un moment à s'agiter et à se cogner au même endroit contre le plafond, comme s'il n'arrivait pas à sortir d'un cercle magique tracé à la craie, et donc les chats eurent largement le temps de se rassembler, leurs moustaches frémissant d'impatience à l'idée de la partie de plaisir à venir. L'un d'entre eux bondit. Puis un deuxième, et un troisième. Évidemment, sans résultat. Si cette situation avait duré, la seule solution pour les chats aurait été d'attendre que le moineau continue à percuter le plafond et qu'il finisse par tomber inanimé entre leurs pattes. Cette séquence avait semblé pendant un moment tout à fait probable à l'ensemble des participants, et pour les autres résidents du théâtre, qui ne savaient pas encore ce qui se tramait là-haut, à côté de la bouche de la conduite d'aération, cela aurait été une bonne chose. Mais l'oiseau s'immobilisa l'espace d'une seconde, comme un confesseur menaçant les pécheurs qui le fixaient depuis le bas, et il piqua vers les profondeurs du couloir par-dessus la tête des chats. Ces derniers se précipitèrent à sa poursuite, se bousculant les uns les autres comme les pattes velues d'une araignée.

Ils passèrent d'abord devant la chambre de Paulius. Personne n'en sortit pour voir d'où venait tout ce bruit, et d'ailleurs personne ne pouvait en sortir, puisque la chambre était vide (je sus plus tard qu'en réalité elle ne l'était pas, mais, si vous me le permettez, je vous raconterai cela plus tard). Ayant sans doute fini par comprendre qu'il était poursuivi par une unité d'élite féline, le dépenaillé à plume battit des ailes plus rapidement. Grand mal lui en prit ! Les chats, gagnés par la passion du jeu, suivaient les appels de leur instinct et prenaient à présent les tournants du couloir au petit galop, en glissant, en se bousculant, en miaulant. La première tête à sortir de l'une des chambres fut celle à cheveux courts de Morta (si vous l'aviez vue de côté, vous auriez aperçu sur sa tête une cicatrice allongée en forme de faucille qui passait par son oreille gauche). Plus tard, Morta affirma avoir vu des queues dressées, hérissées à faire peur, et qu'elle était retournée dans sa chambre en fermant la porte ; elle avait, tu comprends, des choses plus importantes à faire que de courir derrière ce bataillon enragé (en réalité, elle avait dit cela de manière encore plus lapidaire et grossière, car une femme sèche comme Morta ne savait pas s'exprimer avec plus de douceur ; je ne répéterai cependant pas ses mots). Si vous me le permettez, il me faut préciser qu'elle n'avait, évidemment, rien de plus important à faire. Si mes observations fragmentaires ne sont pas erronées, elle trouvait encore moins de choses à faire que les autres membres de la troupe pendant son temps libre. Dans un endroit comme celui-ci, il fallait un peu d'imagination pour se trouver des occupations. Oh ! Je ne sous-entends rien. Morta, si je la surprenais – et je vous prie de ne pas penser que je prenais un malin plaisir à espionner les autres, je parle de situations simples de tous les jours, dans lesquelles moi, Charlie, en raison de mes fonctions au théâtre, j'étais impliqué –, donnait l'impression d'être sans cesse occupée à quelque chose. Et elle ne manquait pas d'adresse à ce jeu. Pas d'adresse, mais d'imagination, si, car une intelligence sournoise, selon moi, diffère de la créativité en cela que, plutôt que d'aller de l'avant, celle-ci est sans cesse en fuite (je me fonde ici sur les événements commentés pour dresser une analogie), si vous voyez ce que je veux dire. À mon avis, elle avait bien plus honte que les autres d'attendre son tour – c'est-à-dire son rôle –, les bras ballants et en tournant en rond, en s'apitoyant sur son propre sort ; en effet, la honte vient souvent d'un manque d'imagination, et non pas l'inverse, comme il est fréquent de le penser. Cela pouvait être lié à son existence passée, quoique je ne donnerais pas excessivement de sens à ce que j'appelle « son existence passée », même si c'est ce que nous faisons souvent pour que nos comportements actuels n'aient pas l'air si horribles et si frustrants. Donc, dans cette existence passée, Morta avait exercé une activité professionnelle très proche de la mort. Cette mort, je dirais, se blottissait alors plus près d'elle que son propre corps. Il ne serait pas incorrect de dire qu'elle travaillait dans la mort, ce qui n'est pas la même chose que de travailler avec la mort, ou près de la mort. Dans la mort. Morta dans la mort – j'espère que personne ne me soupçonnera de dissimuler une méchante raillerie derrière ce bon mot dont les consonances font se hérisser les poils de la nuque. (Moi, Charlie, je vous prie de m'excuser ; je n'aime pas les blagues, je dois toutefois reconnaître que je sais apprécier, ou au moins m'efforcer d'apprécier un bon sens de l'humour.) Comprenez-moi bien, dans le cadre d'un travail dans la mort, l'imagination est tout aussi inutile que superflue. À dire vrai – et j'ai tiré cette conclusion assez rapidement, après avoir eu le temps d'observer d'un œil le visage osseux de Morta –, il serait trop simple de penser que cette spécialité est choisie par des gens ayant perdu leur imagination ou qui n'en ont pas été dotés à leur naissance. L'humble supposition que je fais est que la mort elle-même, en se blottissant au plus près d'un individu, détruit la possibilité d'imaginer. Eh quoi ! Vous avez le droit de ne pas être d'accord ! Vous pouvez avancer que l'art prend racine dans la peur de la mort ! Que les artistes... Les artistes ! Quelle niaiserie ! L'imagination des artistes s'exacerbe uniquement parce qu'ils sont trop loin de la mort, et qu'ils passent toute leur vie (comme c'est affligeant de bêtise) à tenter de s'en tenir le plus loin possible. Je respecte les artistes, personne ne s'incline plus bas devant eux que Charlie, mais, et vous m'en excuserez, s'il y a une raison qui ne justifie pas mon estime envers eux, c'est bien qu'ils ne comprennent pas qu'en prenant leurs jambes à leur cou devant la mort, ils foncent justement vers elle la tête la première. Plus ils s'en éloignent, plus ils s'en rapprochent. Bon, c'est peut-être une remarque inutile, maintenant. Est-il convenable de chercher à vous convaincre ? La mort, pour ceux qui prennent la décision de travailler avec elle, ne pose qu'une seule condition : aucune imagination. Morta s'y était conformée, elle n'avait pas le choix, elle avait arrêté d'imaginer lorsque, des journées durant, enfermée dans des locaux mortels, affreusement froids, à la lumière stérile, elle tirait des réfrigérateurs des corps bleuis et noircis, découpait de fines lanières de peau, ouvrait des poitrines et laissait la mort l'embrasser, elle prenait dans ses mains des cœurs fripés comme des pommes véreuses, y déposait des gouttes de solutions chimiques colorées et attendait les réactions... et quoi donc ? Je ne fais que chercher à comprendre si des gens comme moi peuvent être introduits si près de la mort qu'ils comprendraient comment elle s'installe et met en place son règne omniprésent. Je peux m'imaginer ce que cela voulait dire pour Morta de travailler dans la mort, avec des corps congelés, blessés, cassés, démembrés, gonflés après un séjour prolongé sous l'eau, et parfois même carbonisés... Mais, je vous en prie, permettez à mon imagination de prendre ses distances, car la mort vient de se rapprocher de manière inattendue.

Les chats s'étaient avancés sans crier gare, je veux dire, ils ont avancé vers le moineau, lorsque celui-ci, épuisé – vraisemblablement par la terreur, car cet auxiliaire du diable (eh bien voilà, le mot m'a échappé) avait plus de puissance qu'un cargo sillonnant les océans –, se posa sur la poignée d'une porte, n'ayant trouvé de saillie plus sûre sur laquelle il aurait pu faire halte dans la pénombre du couloir. La poignée d'une porte, ce n'est pas sous le plafond, cela, il me semble, va de soi pour tout le monde. Et d'autant plus pour les chats. Et il se passa à ce moment quelque chose qui causa par la suite une frénésie de soupçons et enflamma les discussions, c'est pourquoi – et je vous rappelle que je ne fais que deviner, deviner ! – je vais vous faire part de ma version des faits. Comprenez-moi bien, c'est de l'ordre cosmique et de la semence de la discipline qu'a émané et s'est développée la nature, à la différence de la culture, et c'est pourquoi on voit à l'œil nu que rien ne s'y passe par hasard et sans motif apparent. Hélas ! l'homme s'est excessivement éloigné de la nature, il s'est noyé dans les fumées épaisses et enivrantes de la culture, et c'est la raison pour laquelle il ne peut plus distinguer les règles de la nature. Écoutez-moi avec attention, nous éviterons ainsi les malentendus : moi, Charlie, je suis aussi un fervent partisan de la culture et des états extatiques qu'elle génère, et non de la nature et de sa sobriété. Toutefois, cette sympathie que je lui porte, cette addiction, si vous voulez, ne m'empêche pas de constater ce fait désagréable, et je vous prie de ne pas penser que je m'en sente de ce fait supérieur. C'est bien le contraire ! S'efforcer de voir le monde à l'œil nu équivaut à perdre en humanité, et donne lieu à une punition qui ne peut être infligée que par... bon, me faut-il vraiment en parler ? Quoi qu'il en soit, la nature vient de la discipline, et la discipline de la nature, cela veut dire qu'il n'y a pas de proie facile ayant été jetée ici-bas par hasard. Et c'est la raison pour laquelle, lorsque ce moineau de malheur avec ses petites jambes d'esclave s'était posé sur la poignée de métal, les chats n'en avaient pas profité, alors que même un minet engraissé par l'amour néfaste de sa mémère aurait pu attraper sans grand effort cette proie, et il n'y avait pas de traîne-savates de ce genre chez nous. L'unité spéciale forma un triangle isocèle, leurs rangs serrés comme ceux d'une phalange, protégés par l'armure de leur fourrure hérissée, et leurs canines acérées comme des poignards brillant dans leurs gueules entrouvertes. Au premier rang, au plus près de la porte et de la poignée sur laquelle était perché l'infortuné moineau, se tenait le borgne au pelage noir, et ce fut seulement à ce moment que me vint à l'esprit que leur bataillon reposait sur une hiérarchie à la rigueur fascinante. Ils attendaient des ordres qui venaient d'autre part. Prenez la peine de faire attention aux mots que j'ai employés : je n'ai pas dit « d'au-dessus » mais bien « d'autre part ». Et dans cette attente, les chats et le moineau de malheur s'observaient si intensément que si quelqu'un avait assisté à cette scène (Morta avait manqué sa chance, et pouvait-elle en blâmer quelqu'un d'autre ?), cette personne aurait senti de plein fouet la confrontation de ces deux mondes opposés, mais certainement semblables – comme lorsqu'à l'occasion de leur premier face à face, au moment de l'effondrement de la civilisation, les Romains et les Barbares s'étaient observés, caressés bien trop tôt par un vent fort charriant la douloureuse odeur de la fin. Comprenez-moi bien, je ne sais pas s'il est possible de regarder un oiseau droit dans les yeux, car ces derniers sont vides, sans vie, pétrifiés ; c'est même à se demander si cela a du sens de nommer « yeux » ces cercles qui rappellent vaguement un feu de camp ayant couvé toute une nuit (et n'est-ce pas là le signe révélateur du genre d'être auquel nous avons affaire ?). À l'inverse, les yeux des chats sont peut-être la chose la plus terrible et la plus agréable qu'il nous ait été donné de rencontrer ici-bas : leur verre rebondi ne te renvoie jamais ton propre reflet, mais l'ombre d'une silhouette pâle qui semble se tenir dans ton dos. Et à présent, après m'être remémoré ce sentiment inimitable, j'en ai la chair de poule. Ces demi-sphères en verre protégeaient le plus grand et peut-être même l'unique miracle de ce monde : deux jetons d'un noir intense reposant sur une étoffe précieuse tissée d'émeraude, d'ambre ou de cuivre, et qui dans la journée se transformaient en aiguilles de boussole indiquant les directions de la Vie et de la Mort. C'est ainsi que je les vois ! Vous m'excuserez ! Vous n'êtes pas obligés de vous rendre à ce sentiment. C'est probablement possible. Probablement.

Les sept soldats téméraires se tendirent et se préparèrent à attaquer en laissant échapper d'étranges sons gutturaux. Et lorsque l'ordre fut donné (cela va de soi, je n'eus pas la chance de l'entendre), ils bondirent comme un seul homme, la poignée s'abaissa, l'oiseau de malheur s'envola précipitamment, la porte s'ouvrit, et les chats sautèrent sur celui qui venait de l'ouvrir. Il serait logique de penser que l'ordre de la nature avait été dérangé par le diable lui-même, mais ce n'était pas lui qui s'avançait dans l'obscurité du couloir en apportant la chaude lumière de la pièce dont il venait, c'était Ignas. Ou, pour être plus précis, vous m'excuserez, il essayait de s'avancer, car la lumière du jour se glissa comme un soupir hors de la pièce et Ignas se retrouva couché sur le dos, geignant sous l'attaque des sept chats. Et à partir de cet instant, la lutte entre Dieu et le Diable trouva son premier spectateur et témoin. En réalité, et cela reste entre nous, je ne crois pas vraiment à l'histoire d'Ignas. Comme tous les anciens supérieurs hiérarchiques, il ne remarquait pas les détails et maîtrisait parfaitement l'art de minimiser ou de mettre en avant son propre rôle – en fonction de la situation – et c'est pourquoi, lorsque par la suite il se plaignit que l'un des chats qui lui était tombé dessus l'avait griffé méchamment au niveau de l'œil (Ignas maugréait : il lui avait presque perforé le globe oculaire), je n'y crus pas une seule seconde, bien que, c'est évident, j'aie gardé mon incrédulité pour moi. Pour être tout à fait juste, il convient de ne pas garder le silence sur la présence d'une petite griffure rouge sous son œil gauche, mais je reste persuadé qu'elle y était déjà avant les événements dont nous parlons, et qu'elle était liée à une autre histoire sans intérêt, dont, vous m'excuserez, je n'avais rien à faire. Renversé au sol, Ignas ressemblait à un géant qui tripotait voluptueusement, de ses six ou huit mains vives et velues, un ventre pansu, puis les mains se dispersèrent et il resta par terre comme une boule de glace écrasée en train de fondre au soleil. Que dites-vous ? Ignas ne faisait pas le moins du monde penser à une personne empâtée, visiblement il avait fait beaucoup de sport autrefois et sa fonction impliquait certainement l'entretien de sa forme physique, mais vous avez sans doute remarqué cette tendance, partagée par beaucoup, à voir nos patrons plus gros qu'ils le sont en réalité ? Et même, en y réfléchissant bien, peut-être que monsieur le Metteur en scène était trop grand tout en étant trop petit pour l'espace qui l'enveloppait, uniquement à mes yeux.

Quelle différence à la fin ? La lutte se poursuivait et Julita apparut auprès d'Ignas encore à terre, comme si elle avait tout ce temps été quelque part à proximité, cachée derrière la porte. Évidemment, je ne justifie en aucune manière le fourrage de nez dans les affaires intimes de deux personnes, mais on peut parfois se poser des questions en silence, sans espérer aucune réponse. Par exemple : est-ce qu'Ignas avait jamais fait attention aux cheveux merveilleusement ondulés de Julita ? Est-ce que les yeux de son supérieur hiérarchique direct – il n'y a rien à cacher ici –, flottant au-dessus d'elle comme un nuage d'orage, étaient capables d'apprécier la manière dont ses doigts fins retiraient une mèche bouclée de son front blanc immaculé ? Ces boucles n'étaient-elles qu'une bagatelle qui ne faisait ni chaud ni froid au supérieur hiérarchique qu'était Ignas ? Ou peut-être que pour lui, comme pour moi, Charlie – comprenez-moi bien ici, il n'y a aucune intention dissimulée dans ces mots –, elles incarnaient l'essence de Julita ? Je pose la question tout bas, sans espérer aucune réponse. Cela me regardait-il d'ailleurs, la raison pour laquelle Julita se retrouvait en un clin d'œil auprès d'Ignas au moment où celui-ci avait besoin – comment tourner cela – d'une assistance qui ne relevait pas de son statut de supérieur hiérarchique ? Pour ce que j'avais pu en comprendre, la fragilité d'Ignas – je ne mentirais pas en disant que j'ai moi-même manifesté une telle fragilité de façon temporaire et assez fréquente, mais je ne suis sûr certain que les autres membres de la troupe auraient été d'accord avec moi si j'avais osé en parler – était apparue après l'événement fatidique (je tiens cela d'Ignas lui-même), et Julita était venue après. Et donc, les rôles s'étaient inversés et la subalterne dont il devait prendre soin était devenue imperceptiblement celle qui le réconfortait. C'est pourquoi, si Ignas avait remarqué (et c'était peu probable) ce détail de sa vie quotidienne, cette fragilité épisodique et risible, alors c'était comme une caractéristique qui ne lui était pas propre mais appartenait à Julita.

Julita aida Ignas à se relever alors qu'il marmonnait avec colère contre ces sacs à puces, qui étaient partis en silence le long des murs, en remuant la queue. Personne n'y avait cru à ce moment-là, et nous ne devrions pas y croire maintenant non plus : les chats ne s'étaient pas dispersés, bien au contraire, ils avaient changé de tactique.

Ils n'avaient pas le choix : l'oiseau de malheur avait pris la poudre d'escampette et les quadrupèdes organisèrent une battue au premier étage de l'usine. On aurait dit qu'un spectre invisible s'était emparé d'un grand miroir et jouait avec la lumière dans les couloirs, mais au lieu d'y faire apparaître des éclairs de lumière, il laissait par endroits des ombres agitées et impatientes qui surgissaient ici et là, puis disparaissaient sans crier gare, partaient sur la pointe des pieds et sans faire de bruit le long des murs, furetaient dans les recoins les plus reculés de l'usine et rampaient le long des installations poussiéreuses, abandonnées depuis des années. Si j'ai pu, sous le coup de l'émotion, parler des artistes en des termes peu aimables, je souhaite à présent me rattraper : les artistes sont comme les chats, et les chats comme les artistes ; les uns comme les autres ont ce trait de personnalité essentiel au talent, la capacité à se mettre dans la peau ce qu'ils font. N'importe qui d'autre aurait déjà renoncé, mais pas ces soldats de Dieu. Après une heure de recherches infructueuses, ils ne se calmèrent pas, continuèrent à s'agiter et étendirent le terrain de leurs explorations : deux d'entre eux descendirent l'un derrière l'autre au rez-de-chaussée et empruntèrent le pont pour se retrouver dans le puits de la scène ; deux autres montèrent au deuxième étage vérifier si la toiture était toujours intacte et si elle ne présentait pas d'interstices par lesquels ce diable ailé aurait pu réussir à se frayer un chemin vers l'extérieur ; trois autres quadrillaient toujours le premier étage en poussant des cris de temps à autre pour échanger des informations. S'il avait été possible de noter les itinéraires de leurs recherches sur le plan de l'usine, la page aurait été couverte de traits au fusain et aurait dévoilé un superbe portrait : celui de l'obstination, de l'opiniâtreté et de la dévotion divine ! Ce visage aurait esquissé une mimique rusée au moment où l'un des chats, possiblement le boiteux, entendit le rapide battement d'ailes au premier étage, à une certaine distance de l'endroit où Ignas avait subi l'attaque de la phalange féline. L'oiseau de malheur avait donc remonté le couloir principal du premier étage, il avait tourné à droite et pris une volée de marches qui ne menaient pas à l'étage supérieur, mais ouvraient sur une sorte de pièce auxiliaire, à la forme et aux dimensions similaires à celles d'un bac à sable, ayant sans doute eu auparavant un usage spécifique aujourd'hui oublié. Cette pièce était vide, exception faite d'un unique haut-parleur rouillé suspendu dans un coin supérieur, comme s'il s'était caché pour échapper à la persécution du silence. À quoi pouvait-il bien avoir servi ? À quoi bon accrocher un haut-parleur dans un tel endroit, d'où les sons qu'il devait cracher étaient certainement inaudibles à peine descendues les quelques marches ? Toutefois, en cet instant, le haut-parleur bénéficia d'une vie nouvelle, car l'esclave du ciel s'était glissé au-dessus de ses larges bords en plastique et s'y était tant bien que mal perché. Sans doute y passa-t-il une bonne heure ; il s'y endormit, commença à glisser et, en essayant de retrouver son équilibre, pour son plus grand malheur, agita ses misérables ailes. Hélas, alors que le boiteux – et peut-on lui tenir rigueur ?

C'est une créature hautement digne de confiance, courageuse, peut-être moins leste que les autres, et alors ? La fourrure blanche du bas de son ventre remonte vers son dos en noircissant, et lorsqu'il se tient immobile sur ses quatre pattes, on peut apercevoir sur ses flancs léchés et brillants la silhouette d'une ville du Moyen-Orient dont les minarets pointus blanchissent dans un ciel nocturne froid ; c'est un panorama très apaisant, très calme - alors qu'il se précipitait donc dans les escaliers mentionnés ci-devant, l'oiseau de malheur vira effrontément juste au-dessus de sa tête, et, la queue relevée (il se moquait de lui), ébouriffa les poils du sommet de son crâne, juste entre ses oreilles tendues à l'affût du moindre bruit, et s'envola dans la direction opposée. La course-poursuite reprit son cours.

Lorsqu'Ignas était tombé sous le coup de l'attaque des soldats de Dieu, son gémissement avait résonné dans les canalisations et dans les arrivées d'eau, dans tous les vaisseaux sanguins de l'usine ; les sons plus ou moins aigus et empreints de diverses émotions s'étaient répandus comme des gouttes de mercure s'échappant d'un thermomètre brisé, et il y eut au moins un fragment de ce cri, sous la forme d'un mugissement étouffé et confus, qui atteignit la chambre de la pâle Vita. Elle était la seule des acteurs à s'être installée au deuxième étage. Comme vous l'aurez compris, ils occupaient chacun une chambre individuelle relativement éloignée de celle des autres, de telle manière que, s'ils le voulaient, il leur était possible de ne croiser personne de la journée et de vivre avec pour seule compagnie celle des chats se déplaçant à pas de velours en ronronnant. Et comme les acteurs étaient disséminés dans cette grande usine, j'avais pris l'habitude, retrouvant ainsi une de mes vieilles manies, de penser à eux comme à des livres classés dans les étagères selon un ordre rigoureux : Morta était un petit roman français à la couverture rugueuse, rangé avec les classiques de la littérature moderne d'Europe de l'Ouest ; Ignas était un recueil de nouvelles autrefois renommé et souvent lu, rangé dans l'étagère des classiques russes ; Vincent, un petit ouvrage tout droit sorti d'une cave humide, jauni, chiffonné, moisi et crâne, que même un bibliothécaire expérimenté glisse chaque fois dans la mauvaise étagère ; Julita, une collection de poèmes japonais publiée avec une belle couverture que les traces du temps épargnaient, et qui, comme on dit, tenait bien dans la main (hélas, ce petit ouvrage était si peu choisi par les lecteurs qu'il avait été coincé tout en haut sous le plafond et commençait à jaunir sous la poussière) ; Paulius... Paulius était un vieux et gros tome d'encyclopédie publié comme annexe, après le Z ; Charles le Petit, disons-le comme ça, était encore dans l'étagère des livres nouvellement arrivés parce que le bibliothécaire n'avait pas encore eu le temps de s'occuper de lui et de le classer, et au vu de son petit format, ç'aurait pu être tout et n'importe quoi ; à l'inverse, pour les yeux expérimentés du bibliothécaire – si vous me permettez de me considérer comme tel –, la pâle Vita était plus que prévisible et avait les mêmes caractéristiques que tous les livres de son genre dans toutes les bibliothèques : excessivement lus, écornés, autrefois rutilants, puis rapidement décolorés et incessamment malmenés par les apitoiements des lecteurs, ces romans à l'eau de rose sont séparés des autres ouvrages comme si l'on craignait que leurs miasmes rose pâle ne se communiquent aux autres livres. On ne sait jamais, n'est-ce pas ?

Vita, une femme bien en chair, marchait comme un livre lu jusqu'à l'usure, avec ses pages qui ne se ferment plus. Sa démarche pourrait peut-être être qualifiée d'un peu indécente, mais, Dieu m'en garde, je n'irais pas jusqu'à affirmer que celle-ci représentait l'humeur de Vita ou témoignait de l'expérience qu'elle avait accumulée jusqu'alors. Le moment me paraît adapté pour vous faire un peu plaisir et vous dévoiler un petit secret : les bibliothécaires passent leurs journées à sucer des morceaux de sucre trempés dans leur thé – je ne parle pas là du penchant des bibliothécaires pour le thé, mais bien des romans à l'eau de rose. Ce sont toujours ces livres-là qui sont les plus près des bibliothécaires, éternellement à portée de main, ce sont eux que les bibliothécaires touchent le plus, feuillètent, caressent, comme si la sensualité qui s'échappait d'eux se transférait aux fonctions bibliothécairiennes ; quand nous avions une heure à perdre – à quoi bon le cacher au point où nous en sommes –, un moment de liberté, c'était une lecture dont nous nous délections, et c'est la raison pour laquelle, si quelqu'un avait l'idée de léchouiller les doigts des bibliothécaires, il ou elle y trouverait sans aucun doute le goût de ces cochonneries enrobées de sucre. Et je vous prie de ne pas penser que je reproche quoi que ce soit à Vita ! Que ne lirait-on pas – si je puis le formuler ainsi – en ayant choisi cette profession où il faut attendre inlassablement, et l'instant d'après voler à l'aide de quelqu'un, sans jamais savoir ce que le prochain appel réservera, de quelle souffrance, quelle douleur, quelle perte vous serez bientôt témoin, si vous pourrez aider l'infortuné ou serez contraint de hausser les épaules et de vous détourner vers le mur en vous excusant ? Si moi, Charlie, j'ai parlé de Vita en termes peu élogieux, ce n'est en aucun cas par manque de respect envers elle ou sa profession, comme vous pourriez le penser à tort, mais plutôt à cause de ce sentiment d'impuissance qui me saisit chaque fois que je suis confronté à la structure architecturale qui ornait son chef : la pâle Vita n'aimait pas trop se laver les cheveux et ils formaient autour de son visage un drôle de cône tout gras pourvu d'un sommet aplati. On aurait dit, vous m'excuserez l'image, qu'elle avait un vase ou un seau sur la tête – le dessus plat, les longueurs alourdies qui tombaient raides, et les pointes enroulées comme de petites meringues. Surplombée par ces boucles courtes et lourdes, sa tête naviguait dans l'espace comme une navette fluviale dont les bords seraient protégés par de gros pneus. Lorsque j'étais confronté à cette vision, je le dis ouvertement, j'étais pris d'un doute sur la respectabilité des cheveux qui servaient de toiture à cette femme. Je n'en sais rien !

Vous m'excuserez, je le répète : ne vous mettez d'aucune façon en tête que Vita n'était pas une femme respectable. Elle l'était, et la rapidité de sa réaction face aux événements qui s'étaient déroulés au théâtre, face à cet incident avec l'intrus effronté qui nous perturbait tous, ne pourrait en être un meilleur témoignage. C'était une ancienne habitude : à peine Vita eut-elle perçu les notes étouffées du cri qui était remonté jusqu'à sa chambre qu'elle sursauta et se précipita dans le couloir. Il lui fallait, pour arriver au premier étage, remonter tout le couloir du deuxième, ce qu'elle fit tout en s'assurant que la précipitation imposée par la situation ne lui faisait pas perdre sa dignité : la navette fluviale qui la surplombait naviguait rapidement dans l'obscurité, tirant derrière elle le poids respectable de son corps comme un chargement qui flotterait dans son sillage en produisant un raffut considérable. Quelle coïncidence (et les coïncidences ! Les coïncidences sont les joyaux de notre existence, ses ornements et ses festivités), que le jour même, Charles le Petit soit passé pour la première fois dans mon atelier, situé lui aussi au troisième étage, à côté de ma petite chambre. Je n'avais pas la moindre compétence pour cette tâche – mais, disons-le comme ça – suite à un concours de circonstances, je travaillais dans cet atelier sur des petites choses nécessaires pour les différents spectacles, les prétendus accessoires, lorsque monsieur le Metteur en scène ne les commandait pas autre part ; car, vous voyez, parfois, commander leur fabrication autre part aurait pu être à l'origine de petites difficultés... bon, pour différentes raisons qui ne valent même pas la peine d'être relatées. À vrai dire, ces fois-là, on peut en parler non pas au pluriel mais bien au singulier, et en toute honnêteté, la seule et unique fois où monsieur le Metteur en scène, mais je me répète, peut-être cela ne vaut-il pas la peine que vous y prêtiez attention... je ne sais pas, peut-être qu'il avait hésité ou ne voulait pas, ou ne pouvait pas le commander, mais c'était un spectacle important et un élément non seulement essentiel à la performance, mais capital à la dernière, toute dernière représentation ! L'élément ultime ! L'installation finale ! Et dans les moments de tristesse, lorsque je ne me trouvais pas à ma place, lorsque personne ne pouvait me consoler, je m'autorisais à penser que monsieur le Metteur en scène, plutôt que de commander cet élément autre part, voulait m'offrir le plaisir et l'honneur de donner vie à sa vision du couronnement de l'activité théâtrale. Vous comprenez ? À moi, Charlie. Aurais-je pu refuser sous prétexte de n'avoir aucune idée de comment fabriquer ce dispositif d'adieu ? J'étais resté longtemps sans savoir à quoi m'accrocher, par où commencer, et j'avais donc commencé par m'occuper de ce qui me donnerait de la force ; j'avais donné un nom à ce futur élément du spectacle. Je l'appelai la Fin. Et c'est à ce moment que Charles le Petit entra dans l'atelier et me trouva affairé autour de la Fin. Le sol était tapissé d'esquisses amateurs, je terminais tout juste le support, ça sentait la sciure de chêne et les matériaux nécessaires étaient entassés dans un coin. Charles le Petit ne passait pas pour me saluer (à quoi bon aller saluer quelqu'un dans cette usine ? Nous vivions tous dans le même bâtiment et avions progressivement perdu l'habitude de nous saluer, car les salutations ne sont nécessaires que dans un monde où, en croisant une personne, nous ne savons rien du sort qui lui sera réservé ou de celui qui nous attend, c'est-à-dire un monde privé de ce privilège divin auquel, comme vous le savez, nous avions accès). Il s'agenouilla à côté de moi et observa avec attention les outils et les matériaux étalés en face de lui, comme s'il s'apprêtait à se mettre à la tâche. M'est-il possible de ne pas admirer une personne dont le regard demande du travail ? Charles le Petit s'y mit avec entrain, il s'échinait sans prendre de pauses, et bien qu'il n'ait pas une once de compétence de plus que moi, il se révéla être un auxiliaire précieux, sans qui je ne m'en serais pas sorti. Depuis ce jour, la Fin fut un souci partagé.

Nous travaillions côte à côte depuis deux heures déjà lorsque Vita passa à côté de nous avec fracas – quel plaisir et quelle tristesse à la pensée que nous étions tous les deux si absorbés par notre travail que nous en avions oublié où nous nous trouvions – car pendant que nous étions obnubilés par notre activité, il se tramait quelque chose par-delà les murs de notre atelier (comme vous le voyez, je dis « nous » sans même le remarquer). Je n'y prêtai pas attention, par choix. Pouvait-il y avoir quoi que ce soit de plus important que ce que nous faisions, que cette vision qui éclorait bientôt sous nos doigts, que cette Fin dont nous commencions à voir les contours se former ? Mais Charles le Petit était aussi Charles le Jeune, et son inquiétude juvénile ne pouvait pas laisser filer sans y prêter attention ce fracas qui s'était fait entendre si proche, pas plus que les sons étranges dont seuls des murmures nous parvenaient – ou du moins fut-ce ce que je compris de sa tension : il se tenait toujours penché au-dessus de la structure en construction, sans lever la tête, mais son dos mince et élastique s'arrondit et il serra plus fort le morceau de bois qu'il tenait à la main, comme si celui-ci s'était transformé en un serpent venimeux qu'il lui fallait étrangler. Vas-y, va voir ce qu'il se passe, lui dis-je, et je m'inquiétai que mes mots n'aient, par inadvertance, semblé trop doux, comme si c'était un père qui les avait prononcés ; et alors, mon Dieu, si c'était le cas, il serait même effrayant de le reconnaître... si c'était le cas, ce serait une forme de traîtrise. Cela n'avait pas d'importance pour Charles le Petit. Ça ne pouvait pas avoir d'importance pour lui. Il ne savait pas. Peut-être n'avait-il pas entendu cette douceur ; en effet, j'avais eu, en l'observant, l'intuition qu'il n'avait pas connu beaucoup de douceur et qu'il n'en reconnaissait vraisemblablement pas les intonations. Ou alors suis-je le seul à avoir perçu la douceur dans ma voix, à l'avoir entendue là où elle n'était pas ? Ces réflexions sont inutiles, elles ne feront ni augmenter ni diminuer la traîtrise, n'est-ce pas ? La traîtrise est d'une taille constante avec laquelle on peut jauger bon nombre de choses. Cette douceur qui m'avait échappé me pétrifia sans doute plus que ne le faisait la Fin en cours de construction, et je me retrouvai sidéré lorsque Charles le Petit se leva et sortit à grands pas de l'atelier.

C'est du récit qu'il fit par la suite que je tirai le plus d'informations sur les événements qui se produisirent dans l'usine transformée en terrain de chasse pour traquer l'oiseau de malheur. Et les faits, pour le dire ainsi, aiguillonnèrent mon imagination. À vrai dire, les récits des autres acteurs me permirent de comprendre certaines bagatelles, certaines nuances, glaner ici et là une autre perspective (ils jacassèrent pendant plusieurs jours à ce sujet). Cela ne vous intéresserait pas d'entendre toute l'histoire dont, d'après ce que j'en entendis depuis l'atelier, le tapage se poursuivit trois heures durant : les miaulements des chats devenaient parfois plus aigus et j'étais sûr qu'ils transmettaient des informations à leur monde ; d'autres fois, j'entendais des bruits indiscernables à tel point que je me demandais si je n'étais pas en train de percevoir la réponse qui leur était envoyée – une réponse qui faisait plutôt penser à un reproche ou à une instruction pas vraiment bienveillante, et ce n'est pas à nous de chercher à deviner qui aurait bien pu envoyer cette réponse. Le diable ailé se révéla si résistant que certains chats commencèrent même à flancher. Le premier à baisser les moustaches, il me semble, fut le tigré fripon (comprenez, nous travaillons avec nos bras, et eux, ils chassent avec leurs moustaches). Les autres furent peut-être surpris de voir les signes précurseurs de l'abandon, mais je connais plutôt bien cette bande des chats et j'aurais juré que le tigré fripon avait été saisi, non pas par la fatigue, mais plutôt par la paresse qui lui était caractéristique. Ah, que la paresse lui va bien ! Mais, à vrai dire, la paresse va bien à tout le genre félin : lorsqu'ils s'allongent sur le flanc, les pattes avant et arrière croisées et la tête légèrement relevée, et te fixent en se demandant pourquoi tu es si faible que tu n'oses même pas flemmarder, c'est là que je comprends que les chats règnent sur l'espèce humaine. Oui, oui, vous avez bien entendu : les lions règnent sur les animaux sauvages, et les chats, sur les humains ! (Et là où il y a un roi, il y a de l'ordre, n'est-ce pas ?) Et si les chats vous semblent risibles en comparaison aux lions, eh bien, je ne peux rien ajouter de plus, mais je vous encourage à vous regarder en face et vous prie de bien me comprendre et de ne pas vous emporter. Être exténué, mort de fatigue, à la manière des chats, est une attitude royale dont la démonstration respectable est une vertu, pas une faiblesse. Après le tigré, il me semble qu'un autre s'est allongé pour montrer sa nature royale, mais cet oiseau de malheur ne pouvait pas se détendre ni penser qu'il était sauvé – le peloton de chats était toujours à ses trousses, et derrière eux, les acteurs de la troupe.

Ignas, qui avait oublié la première humiliation qui lui avait été infligée, courait aveuglément derrière la troupe, avec à ses côtés Julita, indifférente au destin du moineau. Vita, qui agitait son seau graisseux, se comporta plus intelligemment en essayant de lui barrer le passage lorsque cela était possible (à mon avis, une action assez vaine, mais c'était au moins ça) et de réduire le nombre de ses tentatives de fuite. Morta déclara plus tard que toute cette absurdité ne l'intéressait pas, mais Charles le Petit affirmait qu'elle surgissait par moments sur le chemin de la course-poursuite et se tenait là comme un agent de régulation de la circulation, indiquant la direction à prendre. Seuls Vincent et monsieur le Metteur en scène n'y prirent pas part – cela va de soi, tous les deux pour des raisons très différentes que vous comprendrez vous-même plus tard, si vous le voulez bien. Quant à Charles le Petit, il courait derrière l'oiseau de malheur encore plus activement que ce que tu pourrais te l'imaginer (je reprends ici les mots prononcés par Morta) en voyant le personnage. Il faisait de grandes enjambées, donnait des coups de pied aux chats qui se mettaient sur son chemin – personne ne tarda à remarquer que Charles le Petit n'aidait pas les chats, et que bien au contraire il semblait rivaliser avec eux. Mais si ! Je vous le jure ! Ce fut pour moi, Charlie, un véritable chagrin, et je vous le confie : depuis le jour où Charles le Petit était arrivé au théâtre, j'avais remarqué qu'il se comportait de manière assez intraitable, assez rude (et pour ne pas dépasser les limites je ne dirai pas cruelle) avec les chats. Pas systématiquement ! Non, non, pas systématiquement. Toutefois, ces fois où je vis, par exemple, Charles le Petit attraper un chat et, purement pour se divertir, lui arracher une moustache, c'était comme si cette moustache se transformait en une grosse aiguille empoisonnée qui me transperçait le cœur. Et, croyez-moi, c'est loin d'être son plus grand loisir ! Pardonnez-moi, ça suffit, permettez-moi de mettre un terme à ce sujet. Ah, c'est vrai, je dois ajouter une autre chose dont je ne revenais pas : ce comportement de Charles le Petit vis-à-vis des chats ne les repoussait pas, bien au contraire ; ces petites créatures, ces rois assis sur le somptueux trône des humains, tournaient toujours autant autour de lui, ils étaient là à faire leurs griffes devant lui et à demander à monter dans ses bras. Cela me rappelle encore une fois que le monde accessible à notre entendement n'est qu'une miette de pain tombée de la table divine, et nous ne verrons vraiment ce qui est posé sur notre table que lorsque... bon, là où nous sommes, la bonne chose à dire est : lorsque se feront entendre les applaudissements qui nous sont destinés. D'un autre côté, je regrette de ne pas avoir tenu ces propos à Charles le Petit : si tu maltraites un chat, il ne te fera rien – le lendemain, il reviendra miauler comme si de rien n'était, se frottera contre tes jambes, se laissera caresser – mais, lorsque sonnera le glas, l'heure fatale, tu le verras assis à cinq pas de toi, la queue jetée sur une de ses pattes avant comme une faux, posant sur toi son regard froid, immobile. Si on me demandait si je ne regrette pas de ne pas savoir dans quelle mesure cette règle se vérifiait pour Charles le Petit, je répondrais : soyons miséricordieux.

La tactique de la pâle Vita n'avait pas fonctionné. Ou plutôt, elle avait trop bien fonctionné : l'oiseau de malheur avait piqué vers le rez-de-chaussée et c'est là qu'avait eu lieu le dénouement, si on peut parler de dénouement, car ce désastre ailé avait noué un nœud chaotique et pour ainsi dire indénouable ; et Vita, la pauvre, en tentant de remettre un tant soit peu de raison dans cette course-poursuite endiablée, fut celle qui en pâtit le plus. (Renverser toutes les valeurs, nous savons qui pratique de telles méthodes.) Le diable ailé déguerpit à l'opposé de l'endroit où était installée la scène. Le rez-de-chaussée de l'usine était divisé en quatre parties très similaires, des espaces ouverts, vides, clôturés par des colonnes en lignes régulières sur lesquelles reposait le plafond ; ces espaces, comme frappés d'amnésie, ne pouvaient se souvenir à quoi ils avaient bien pu servir avant. Dans deux d'entre eux était installé tout ce dont on avait besoin pour les représentations : la scène enfoncée dans son puits, les sièges des spectateurs et les coulisses, de l'autre côté les vestiaires. Les deux autres baignaient dans un doux néant. Ce parasite d'oiseau de malheur avait-il pensé qu'il s'y ferait oublier ? Dans l'une des deux pièces vides, il ne restait qu'une seule chose ; poussé à côté d'un mur revêtu d'un carrelage vert clair, un long banc couleur terre avec une haute structure décorative qui imitait un dossier : trois lattes de bois verticales espacées régulièrement, surmontées d'un épais rebord. Le néant ne pouvait pas venir en aide au moineau de malheur, et c'est la raison pour laquelle il mit son dernier espoir en ce rebord. Il se posa dessus et se figea, comme s'il s'était métamorphosé en l'une des nombreuses sculptures en marbre d'un jardin antique (avec des colonnes !), petite chose innocente entre les corps musclés et nus des dieux et des héros.

Si nous croyions le témoignage de Charles le Petit, cette stupide mascarade dérouta l'instant d'une seconde les chats entrés en trombe dans la pièce (apparemment, même les feignants avaient rallié la course-poursuite) et ils y furetaient les yeux rivés au sol, se rapprochant ainsi, je dirais (quoique je ne l'ai pas vu de mes yeux et cet ajout de mon imagination n'a sans doute pas sa place ici), des serviteurs des hommes (eh bien oui, les chiens) plutôt que de leurs rois. Derrière eux, pantelante, Vita arriva au petit trot ; c'était quelqu'un qui savait détecter au premier coup d'œil lorsque les choses ne tournaient pas rond et elle aperçut instantanément le banc couleur terre et le rebord qui le surplombait. Elle était à bout de forces. La navette fluviale qu'elle avait sur la tête se balançait dangereusement dans tous les sens, comme si elle était prise dans le courant particulièrement agité d'une rivière, elle poussa toutefois son corps en direction du banc et, réjouie que son intuition ne l'ait pas trompée, se précipita pour grimper dessus. Elle avait mal estimé le peu d'endurance qui lui restait et à peine sa jambe droite posée sur le banc, celle-ci dérapa et Vita s'écroula en produisant un vacarme épouvantable qui aurait pu affoler le Diable lui-même. Mais le moineau de malheur, ce démon ailé, ce serf du ciel, cet esclave danseur, il ne s'en effraya pas ! Soit il crut que ce camouflage antique était son ultime occasion d'accéder au salut, soit, envoyé avec une mission démoniaque à accomplir, il avait dépensé toutes les forces surnaturelles qui lui avaient été prodiguées. Qui sait ? Que pouvons-nous, pauvres ignares que nous sommes, comprendre de la réalité ? Savons-nous reconnaître les signes qui nous sont envoyés ? Cet avorton resta où il était, plus mort que vif, et Vita, en produisant cet épouvantable vacarme, affalée sur le banc, attira l'attention de l'unité d'élite divine. Vita, qui s'était fait mal en tombant, ce roman à l'eau de rose ouvert dont les pages flottaient au vent, n'était-elle pas un signe destiné aux chats, envoyé par leur monde ? Vita, une lèvre coupée, de gros hématomes sur les cuisses et le ventre, ne s'était-elle pas sacrifiée pour ce signe ?

Les chats s'élancèrent impétueusement vers le banc et, l'un après l'autre, en prenant leur élan sur

Vita comme sur un tremplin, sautèrent, leurs griffes recourbées en avant, pour attraper ce moins que rien grisâtre. L'un après l'autre ! À la file indienne ! Le dernier à prendre son élan et à s'élancer dans les airs était le borgne au pelage noir, le plus fort des sept (comme cela devint clair à ce moment-là), la tête du peloton, un valeureux chef de guerre. Sa patte droite toutes griffes dehors battit dans les airs juste à côté du moineau de malheur. Hélas ! Hélas ! il ne l'attrapa pas, et la présence si proche du danger fit sortir de sa léthargie ce... et il disparut, s'évapora, se volatilisa ! Le Diable sait où. Pas la moindre trace d'une bouche d'aération, même d'une toute petite fente par laquelle cette créature diabolique pas plus grosse qu'une goutte d'eau aurait pu se faufiler. Et Charles le Petit, comme les autres acteurs (à mon avis, un peu pour se justifier), affirmait que, tu comprends, il n'avait rien vu car, à l'instant où le borgne retombait par terre, Vita décida d'essayer de se relever, celui-ci s'emmêla dans le seau gras de cheveux et de boucles qu'elle avait sur la tête et lui tomba sur l'épaule gauche. Vita, sous le coup de la douleur et prise de désespoir (elle avait été si proche !), se mit à hurler, à s'agiter et à se lamenter, et à ce moment tous prirent peur qu'elle ne fasse une crise. Mais non, sûrement que non : elle essayait juste de se débarrasser de ce fardeau qui lui était tombé dessus, et si vous voulez, si vous pensez que mon avis pourrait vous aider à vous représenter d'une manière un peu plus claire ce qui s'était passé en réalité, je vous dirais qu'elle devait sans doute avoir l'air d'être possédée, et peut-être... peut-être... bon, vous comprenez bien, si elle avait été utilisée une fois en tant que signe, pourquoi, pour parler simplement, l'autre côté ne pourrait-il pas aussi profiter de l'occasion et... Cette traque, cette course-poursuite, cette cavalcade folle – pouvait-elle être une coïncidence ? Le groupe des sept chats s'était-il démené avec tant de zèle pour rien ? N'est-il pas possible de croire que ce qui venait de se passer était une collision entre deux mondes concurrents ? Et si vous ne croyez pas à ces mondes concurrents, si vous doutez de leur existence, alors comment pensez-vous être en mesure d'expliquer ce que signifie l'intrusion de ce moineau dans l'usine ?

Il est arrivé par la suite quelque chose d'étrange : un son étouffé se propageant dans l'usine parvint jusqu'à mon oreille. Étrange, car personne d'autre que moi, Charlie, n'y prêta attention. Étrange, car je ne parvenais pas à comprendre si je l'entendais pour la première fois ou si je l'entendais aussi auparavant, seulement, sans y faire attention, comme les autres. Cela dit, entre nous, il ne me paraît pas étrange que je ne l'aie perçu qu'une fois la lutte terminée.

CHAPITRE QUATRE

ORGUEIL

Je ne m'attendais à rien d'autre : les épais cheveux de Paulius me glissaient entre les doigts et je n'arrivais pas à les attraper. Assis sur la table, entre la coupelle de poudre de gélatine jaunâtre, un bol en céramique rempli d'un liquide fumant, une petite cuillère, des ciseaux et des bobines de fil noir, le tigré fripon regardait attentivement les cheveux de Paulius qui me glissaient entre les doigts, comme s'il suivait les tentatives d'un magicien pour échapper aux chaînes qui l'entravent. (Même concentré sur mon travail, je ne pouvais pas m'empêcher de penser que si on divisait les chats en castes, ce serait selon le nombre d'objets qu'ils renversent chaque année. Pas volontairement, mais par accident, sans le vouloir ! Le tigré fripon serait sans aucun doute un représentant de la plus haute caste, pour qui les choses n'existent pas, car ses mouvements – je l'avais remarqué alors qu'il venait tout juste d'arriver, et il était apparu assez tard, deux jours après la représentation de Paulius – transformaient son environnement, qu'il traversait comme un fantôme, presque comme un mirage ;

quoiqu'il faille reconnaître qu'il était un peu rondouillard. Vous savez, si les chats étaient un poil plus bêtes, ils seraient exploités par les voleurs, les démineurs et les jardiniers. Dieu merci, nos connaissances scientifiques sur le cerveau sont loin de nous le permettre, et il ne me semble pas que dans les années à venir nous fassions des progrès dans ce domaine.) Il remuait les moustaches aussi longues que raides qui ornaient son museau, comme pour me proposer de l'aide. Peut-être qu'en réalité cette petite créature mignonne et innocente pensait que j'essayais de faire d'attacher cette touffe de cheveux, et qu'il me manquait une ficelle ? Une moustache de chat est une offrande inestimable. J'allongeai la main et caressai son dos sur lequel il manquait des poils par endroits. Le fripon tigré tendit vers l'avant un museau comme coulé en laiton, découvrant un petit carré de pureté blanche caché en temps normal par son menton. Ils sont toujours comme ça, ces chats, il n'y a rien à faire, de vrais petits bons à rien. En général, quelques jours à peine après leur arrivée, ils venaient déjà me faire la cour, comme si leur bien-être dépendait de moi au plus haut point. Bon, je les nourrissais, et alors ? Il faut être un idiot bien endurci pour ignorer que les chats s'en moquent. Où qu'ils soient, c'est la désinvolture qui règne. Évidemment, tous les chats sont différents, je ne suis pas en train de dire qu'ils sont tous désinvoltes. Je veux seulement souligner le fait qu'un chien rapporte à la maison des puces et des tiques, et les chats, la désinvolture. Je la considère comme la stratégie principale de survie des chats, une stratégie qui à nous, êtres humains, ne nous viendrait même pas à l'esprit. On trouve dans la désinvolture toutes les qualités que n'a pas l'homme : prudence, circonspection, parcimonie, clémence. C'est peut-être la raison pour laquelle elle nous paraît si énigmatique. Bon, après tout, moi qui suis humain et non chat, comment pourrais-je savoir ce que renferme leur être ?

Et ce son ? Vous savez, je n'aurais jamais pensé y être si sensible : plus les alentours sont silencieux, plus le bruit semble fort. Il m'arrive parfois de sursauter au moindre grincement et je commence à penser qu'en réalité il n'y a rien – ce ne sont que mes nerfs détraqués qui choisissent de communiquer avec moi par le biais de ce son. Parfois, il m'apaise et me berce, d'autres fois, il m'irrite et me rend fou : on dirait que quelqu'un se traîne jour et nuit dans l'usine, ainsi que les patients gravement malades dans les couloirs d'une maison de repos, ou comme si une gigantesque langue léchait une pierre sèche, ou peut-être pas, peut-être plutôt comme un chat qui jouerait avec un emballage de bonbon. Je me mets parfois à m'imaginer sans le vouloir que dans les locaux abandonnés de l'usine, par inertie, les tapis des convoyeurs suivent toujours leur cours telles des rivières ruisselantes, les unités de refroidissement et les chaudières à combustion laissent encore échapper leurs soupirs enroués, et des champignons microscopiques prolifèrent au plafond à cause des vapeurs et des substances toxiques.

Je reposai les cheveux de Paulius sur le plan de travail et me levai de ma chaise. Le chat renifla la gélatine qui les recouvrait et sauta de la table pour me suivre. Nous sortîmes dans le couloir. Peu importait où nous tournions, le résultat serait le même : nous nous éloignerions et nous rapprocherions simultanément de ce bruit de reptation. Ce n'était pas le son qui produisait cette impression, mais bien le bâtiment en lui-même. La fois où j'avais osé en parler à monsieur le Metteur en scène, il avait eu l'air étonné et avait affirmé, sans pour autant s'abaisser à engager une discussion, que depuis que le théâtre s'était installé dans l'usine, il y avait toujours eu partout dans le bâtiment ce bruit de reptation et que personne ne s'en plaignait. Je ne pourrais pas affirmer que monsieur le Metteur en scène parlait du même son que moi, donc des réflexions plus approfondies semblaient inutiles. On aurait dit que l'usine avait été fabriquée avec ce bruit comme matériau de construction. Et donc, comme je le disais, tout le bâtiment était ainsi : quelle que soit la direction prise, vous vous en rapprocherez. Je vous prie d'être plus attentifs, j'ai dit : vous vous en rapprochez, et non, vous y arriverez. Vous saisissez ? C'était comme si l'usine était remplie de directions, similaires à des odeurs désagréables de colle, et non pas d'objectifs concrets de déplacements. Je doute du fait qu'il soit possible de dire : un espace plein de directions. Et pourtant, je vous prie de m'excuser, c'était ainsi et je ne peux pas employer de terme plus précis.

Lorsque nous passâmes devant la chambre de Paulius, c'est-à-dire devant l'ancienne chambre de Paulius, le fripon se glissa par la porte entrouverte. J'aurais pu l'y laisser – cela me regardait-il ? Mais après m'être rappelé les circonstances et les difficultés qui pourraient se présenter, je frappai et entrai sans attendre de réponse. Eh bien, je n'avais même pas eu le temps de remettre de l'ordre dans cette chambre que juste après la représentation, sans rien demander à personne, Vincent s'y était installé. Entouré des affaires d'un autre, enroulé dans un drap trop petit pour lui, il était étendu sur le lit, tout habillé – un t-shirt blanc à rayures et un pantalon qui s'était peut-être appelé jean dans une vie antérieure. Il tremblait de froid. Ses longs cheveux cendrés et sales étalés en une sorte de tas mou, peut-être une serviette roulée en boule faisant office d'oreiller, et son nez sans narines, retroussé et s'affinant vers le haut (on aurait vraiment dit qu'il lui manquait deux trous noirs, il semblait ne respirer que par la bouche) le faisaient ressembler à un pauvre hippie ne trouvant pas sa place dans la société. Il semblait plus qu'évident qu'il ne tiendrait pas jusqu'à sa représentation. À mon avis, que je ne compte imposer à personne, Vincent, pour une raison qu'il était le seul à connaître, avait déjà commencé à interpréter son rôle. Si j'étais monsieur le Metteur en scène – or je ne suis pas monsieur le Metteur en scène et, Dieu m'en préserve, je n'ai pas la prétention de le devenir, à quoi bon une telle punition, enfin, pardon, un tel bonheur –, je considérerais cela comme une forme de trahison. Je ne saurais dire s'il avait été gagné par l'impatience, un égoïsme primitif ou je ne sais quoi d'autre, et je n'en avais pas discuté avec les autres, évidemment. Je n'irais pas jusqu'à dire qu'il s'était complètement desséché, loin de là, mais les sept jours de jeûne avaient éteint l'étincelle de vie plus rapidement qu'on aurait pu le penser. À l'inverse, c'étaient les yeux d'un autre qui brillaient, ceux de Charles le Petit. Celui-ci se trouvait au pied du lit de Vincent et tenait dans ses bras le tigré, roulé en boule. Charles n'avait pas l'intention d'expliquer ce qu'il était venu faire là, et encore moins pourquoi il avait dans les bras le matou au petit carré de pureté blanche sous le menton ; moi, je n'avais pas l'intention de lui poser la moindre question, d'ailleurs je n'avais même pas eu l'intention de pénétrer dans cette chambre et, en voyant la fourberie du chat – je ne suis pas fier de ces sentiments, mais je ne peux rien y changer –, je sortis sans plus attendre.

Cette double trahison dont je venais d'être le témoin, qui mêlait douleur muette et douceur égoïste, résilience et crainte, endurance déclinante et enjouement inné, je ne saurais dire clairement si elle était la cause des pensées étrangement obscènes de mon esprit ou si c'était plutôt une association d'idées qui s'étaient emmêlées dans ma tête à la vue de Vincent mourant de faim... Toutefois, à peine sorti de la chambre de Paulius, enfin, désormais la chambre de Vincent, je fus frappé par la pensée que cette usine pleine de trajectoires imprévisibles était semblable à l'appareil digestif humain, et que le bruit des reptations sur les murs était produit par un ascaris temporel invisible ayant élu domicile dans les couloirs et s'y tortillant d'avant en arrière, incapable d'en sortir, cahotant comme une barque attachée au rivage. Ce n'est ni sous l'emprise de la colère ni sous celle de la jalousie que je fais cette comparaison, quoique je ne puisse nier le fait que ces sentiments aient pu participer à la formation de certaines images. L'usine était bien comparable à un système digestif complexe, avec un duodénum et un côlon, des glandes petites et grandes, un œsophage et une vessie et oui, aussi un sphincter, quoique personne n'en sorte, du moins vivant, de son plein gré. D'autre part, aussi... mais c'est bien trop direct, veuillez m'en excuser. Ce n'est pas ce que je voulais dire. D'après moi, les usines fonctionnent de la même manière que de gigantesques systèmes digestifs, et nous disent des choses auxquelles, je crois, n'ont jamais pensé ni ceux qui les ont conçues, ni ceux qui les ont construites. Eh bien, quoi d'autre à propos des limites de notre imagination ? Il nous faudrait considérer comme un sérieux malentendu le dicton selon lequel l'imagination humaine serait illimitée, car c'est le contraire, c'est même complètement le contraire. Voyez-vous, c'est là une conviction profonde que j'ai : les usines ne sont pas semblables à des systèmes digestifs, malgré la comparaison que j'ai faite il y a une seconde. Si vous voulez bien attendre un instant. Ce sont, vous comprenez, ce *sont* des systèmes digestifs. Car lorsque l'homme crée, il crée à son image. Libre à vous de décider si vous continuez à prêter l'oreille à mes propos ou non, quoi qu'il en soit mon avis reste inflexible sur ce sujet : l'homme se considère (il ne vaut certainement pas la peine d'ajouter « à tort ») comme une création parfaite et pense que tout ce qu'il lui suffit de faire est de reproduire sans cesse cette perfection. La création consiste en un effort pour se rapprocher de cette perfection, et donc de soi-même. Il en ressort que l'imagination humaine n'est autre qu'un regard aveuglé par son propre reflet.

Vous avez certainement déjà remarqué qu'en réfléchissant à une question, je cherche en réalité – et j'espère ne pas vous faire sentir l'objet d'une fourberie malveillante ou de tout autre sentiment inapproprié – à me frayer un chemin vers une autre question, évidemment bien plus importante que celle, digne de notre imagination misérable et pathétique, qui, pour moi comme pour d'autres, devrait bientôt disparaître. J'évoque cette dernière pour arriver à celle dont je veux en réalité vous toucher quelques mots – et c'est une fierté. Mais permettez-moi d'en finir avec l'imagination.

Eh bien voilà, je suis tracassé par un mauvais pressentiment concernant l'imagination. Il existe des questions si simples, dont les réponses sont si évidentes que personne ne les pose, sauf des gens comme moi, Charlie. Peut-être ne méritent-elles pas de réflexions sérieuses, je n'en sais rien, je ne me risquerais pas à en décider. Par exemple : pourquoi sommes-nous là ? Ne vous emballez pas ; je veux dire, ici, dans cette usine transformée en théâtre. Eh bien, c'est simple, c'est bien plus simple que ce que vous pourriez penser : l'homme est imparfait, son imagination est limitée, l'usine a arrêté de fonctionner, les locaux sont désaffectés. Je n'insinuerai aucun lien de causalité car ces derniers, à mon humble avis, sont évidents – l'un découle de l'autre, il suffirait de ficher dans les intervalles entre les phrases et les pensées des « parce que » comme on ficherait des punaises sur un tableau en liège, et si je me mettais à les combiner de manière excessivement logique, vous pourriez à juste titre vous vexer : Tu entends ? Charlie nous parle comme à des petits enfants. Qu'est-ce que vous racontez ? Des enfants… les enfants sont des enfants, et ils n'ont rien à faire dans cette discussion. D'autre part, tant que la première question n'a pas été posée, quelque simplette qu'elle en ait l'air, il est impossible de poser la suivante, vous m'en excuserez, même si elle a l'air tout aussi simple – quoique, à mon avis, nos affaires ne sont pas si évidentes : pourquoi, à peine entrés dans cette usine désaffectée, sommes-nous assaillis par la culpabilité ? En plein dans le mille, n'est-ce pas ? J'ai visé juste, et même si ce n'est pas le cas, cela change-t-il quelque chose ? Quoi qu'il en soit, je ne fais que dire ce que je ressens moi-même : à peine passé entre ces poutres de béton, le frisson glacé des promesses non tenues et du ressentiment me coupe le souffle, comme si je m'étais égaré ; un désir douloureux et irrépressible de rentrer chez moi me fait perdre la parole, et puis je me rends compte que je suis chez moi. Eh oui, je ne le démentirai pas, le monde vacille, le monde scintille des couleurs et des nuances les plus riches, se recouvre d'une épaisse mousse d'excès et de jouissance, de telle manière que même en trébuchant, en gémissant, le monde nous hale à sa suite… il nous entraîne quelque part, cela ne fait aucun doute. Toutefois, regardez : nous nous blottissons entre les murs gris et humides de l'usine et refusons obstinément de bouger. L'usine n'est plus une usine depuis longtemps, mais nous ne voulons pas la délaisser, nous restons là, sans bouger d'un orteil ! Ici, où toutes les alvéoles sont bouchées, l'ascaris du temps ondule vainement sur place.

Eh oui, j'en ai bien peur, vous la devinez, la direction dans laquelle mon esprit boitille : nous avons fait confiance à notre imagination par orgueil. Et pourtant, j'avais promis de ne pas revenir sur ce sujet. En observant un bel et grand arbre, sa ramure luxuriante, ses fruits mûrs et profus qui renvoient l'éclat du soleil, nous nous imaginons des racines perçantes, juteuses, insatiables, aspirant voracement la vie dans les réserves de la terre. Et lorsqu'un arbre pousse, puis brûle, se flétrit et ne produit plus le moindre fruit, à quoi peuvent bien ressembler ses racines si ce n'est à des squelettes profondément enfouis, tombant en poussière ? Telle est la nature, telles sont ses règles inexorables, et je ne sais pas ce que vous en pensez, mais leur absence de scrupules et même la forme d'agressivité qui les compose m'ont toujours apporté un certain réconfort. Il me semble que l'insensibilité de la nature est un cadeau. N'allez pas croire que j'ai perdu en chemin l'idée principale que je suivais – elle est là, avec nous : il m'arrive de me demander très sérieusement si l'homme fait réellement partie de la nature, car les règles de la nature agissent sur nos vies – si tant est que ce soit le cas – comme si c'était l'inverse, et plus nous essayons de trouver les réponses à notre existence humaine à travers des analogies avec la nature et les lois dont découle son développement, moins nous nous connaissons nous-mêmes. Seule une imagination pauvre, carbonisée et sèche peut se développer à partir de cet orgueil avide et gras qui suce goulûment nos vertus humaines. Le refus de démolir les usines désaffectées, leur reconversion et leur réutilisation novatrice, différente, ingénieuse et créative (et moi, Charlie, j'avais entendu plus d'une fois ces discours, puisqu'au cours des dernières années la bibliothèque avait été réduite à l'état de fruit inachevé de l'imagination) – n'est-ce pas là le paroxysme d'un orgueil démesuré, l'incapacité à reconnaître que tout est fini ? Les usines désaffectées sont l'écueil de notre imagination. Et les tentatives d'y réinsuffler une forme de vie ne mènent qu'à un nouvel abandon. (Ou à une autre incurie ?) Et, vous voyez, lorsque j'affirme que l'espace de l'usine est plein de trajectoires, ne vous y trompez pas, cette trajectoire-là s'éternise déjà depuis un moment, s'il est possible pour une trajectoire de s'éterniser, et répand une odeur très désagréable ; et moi, c'est seulement par pur orgueil – je suis donc exactement comme tout le monde et le reconnais la conscience tranquille – que j'avais tenté auparavant de dire que (si vous vous en souvenez) peut-être la direction prise par le monde n'avait pas perdu son scintillement immaculé. Vous m'avez bien entendu ! Son scintillement immaculé ! Quel orgueil. Personne n'en est à l'abri. Et ce bruit qui continue.

Avachie contre le mur froid, Morta aux cheveux courts fumait une cigarette roulée. En face d'elle, les bras croisés sur la poitrine, était adossée la pâle Vita. Elles faisaient penser à deux cuistots d'une pauvre gargote qui se seraient faufilés dans l'arrière-cour pour fumer, volant cinq minutes de pause. Seule la marque qui brillait sur le côté gauche de la tête de

Morta, et que je me plaisais à comparer à un drapeau turc – une cicatrice en croissant de lune avec une étoile blanche à l'oreille –, indiquait qu'il ne fallait pas l'associer à la médiocrité ni à la radinerie. Deux chats se frottaient à leurs jambes sans leur laisser de répit (je ne sais pas s'il est utile de préciser que ces deux chats étaient le boiteux et le borgne). Les volutes de fumée s'échappaient des lèvres minces de Morta, sursautaient et tourbillonnaient comme des voiles prises dans un vent capricieux, montaient jusqu'au plafond, se dispersaient et s'entortillaient, reflétant les figures dessinées par les chats. Ces pauvres créatures... vous comprenez, personne n'avait osé leur donner un nom – enfin, c'est là mon avis – personne n'avait osé, car personne ne parlait jamais d'eux, et personne, pour ainsi dire, n'avait soulevé la question des chats sans nom, parce que personne ne savait d'où ils venaient, et il était universellement admis, et je dis admis, car personne n'en avait apporté aucune preuve, et il était évident que personne ne pouvait en apporter, que ces chats – et regardez comme ils lèvent la queue de manière charmante et remuent leur arrière-train – et donc, que ces chats sont... eh bien, je refuse de transmettre ces bacilles mythologiques, c'est absurde, impossible, vous voyez bien, je les aime bien ces petits animaux, mais les animaux restent des animaux, et cela ne fait aucun sens de s'imaginer que... bref, et puis cela entre en contradiction avec le bon sens, et la tradition, et bien d'autres choses encore. Les yeux des deux femmes avaient rougi sous l'effet de la fumée, et n'importe qui serait tombé d'accord pour dire que leurs yeux n'avaient en commun que cette irritation et cette rougeur. Toutefois, mon flair qui, comme je l'ai déjà mentionné, remplaçait souvent – parfois même trop souvent – mes autres sens, avait perçu la douce puanteur de la fumée de tabac ainsi qu'une certaine nervosité qui traînait entre Morta et Vita. Morta elle-même – maigre, ses épaules tombantes, ses hanches de travers, ses pieds démesurés – ressemblait à une cigarette roulée dans un papier fin et froissé, et la nervosité lui était aussi indispensable que la salive qui permettait de coller la feuille. Vita, la pâle Vita, au contraire, pour autant que j'avais pu l'observer, ne dégageait en apparence aucune émotion particulière (sauf peut-être lorsqu'un provocateur professionnel la faisait sortir de ses gonds, et je pense là au moineau de malheur). Elle absorbait tout, collectait tout comme un blaireau sur le point d'hiverner, et même sa silhouette ovale de femme d'âge mûr, si vous me permettez cette description peu convenable, semblait toute gonflée des émotions accumulées ; cette pauvre femme ne se débarrassait de ce riche amoncellement d'inquiétudes que par une crise. Bref, ce que je voulais dire, c'est que la fumée qui montait de leur nervosité, à mon avis, n'avait rien à faire là, ce qui ne m'empêchait pas de la sentir et de la voir s'accumuler sous le plafond. Morta retira de sa bouche la cigarette qui terminait de se consumer et humidifia ses lèvres du bout de sa langue, comme si elle s'apprêtait à demander quelque chose – à moi, Charlie ? Je m'arrêtai, vraisemblablement par surprise, ou peut-être par politesse, quelle que soit la situation, il était tout à fait inhabituel que les acteurs de la troupe s'adressent à moi (sauf feu Paulius, qu'il repose en paix). Ils savaient déjà que rien de tout ça ne me concernait et que c'était très bien comme ça. Mais cette fois-ci, je m'étais arrêté. La question devait être prononcée, car les joues de Vita s'étaient légèrement colorées de rose, et cette coloration ne pouvait être autre chose qu'un encouragement pour Morta. Celle-ci garda tout de même le silence. Vita pâlit à nouveau, et moi, plutôt que de reprendre mon chemin, je me posai cette question à moi-même : où vais-je ?

Le son, oui, ce son. Comme un gros coup de langue sur une pierre, mais à présent il ne rappelait plus le bruit de reptation habituel, ou alors celui-ci était accompagné d'un vrombissement qui l'étouffait. Mon Dieu, c'était autre chose, une chose qui se propageait d'une seule et unique source. Je me retournai et vis le nouveau chat sortir comme une flèche de la chambre de Vincent et foncer dans la mienne. C'est alors que – venant de nulle part – j'entendis à nouveau ce même bruit de reptation, faiblard, tant de fois repéré, se fondant entre la grisaille du béton, la pénombre, la fumée de cigarette et le sommeil des chats. Si j'ai déjà fait demi-tour, il n'y a plus de raisons de continuer mon chemin, n'est-ce pas ? Je retournai dans ma chambre avec un certain abattement sans même jeter un coup d'œil à Morta et Vita (faites comme vous voulez, vous pouvez ne pas poser de question, et c'est d'ailleurs mieux comme ça).

Après être arrivés au théâtre et s'y être vu attribuer un coin à eux, la première question que posaient les nouveaux était de savoir ce qu'il y avait eu avant, à cet endroit qui était devenu le leur, c'est-à-dire quand l'usine fonctionnait encore. Je trouve cette interrogation bien naïve, et encore plus dénuée de sens que de demander pourquoi le temps passe si vite, ou une autre question du genre. Ma chambre à moi était monacale et morne, comme si elle avait été recouverte d'un épais film cellophane ; elle ne présentait pas la moindre ouverture qui tienne lieu de fenêtre (à quoi pourrait bien me servir une fenêtre, puisque, comme je le disais, dans cette usine la lumière flottait en permanence dans la pénombre comme les débris d'une épave dans la mer) et elle était loin d'être représentative de son occupant. Dans cette usine, il y avait une infinité de chambres et petites pièces qui, comme des bouches édentées béantes et affamées, attendaient quelque chose à se mettre sous la dent ; je suis toutefois convaincu que chacun d'entre nous doit vivre selon ses propres dimensions, et, cela va de soi, je ne parle pas de taille ni de poids, mais bien d'une échelle interne, qu'on ne définit pas nous-mêmes (sinon il n'y aurait pas sur Terre assez de place pour bâtir tous les palais... cette échelle est celle de l'orgueil, évidemment, je parle d'un orgueil insatiable, l'ombre du diable), mais par ces forces positives qui se battent au plus profond de chacun d'entre nous – sans pour autant faire partie de nous – si vous voyez de quoi je veux parler. Ma petite chambre comportait un lit (enfin, en réalité, c'était un canapé convertible bien usé, troué par endroits, que je ne pliais jamais, et qui donc occupait une partie importante du petit espace, mais bon, je n'invitais jamais personne et personne ne venait me voir) au-dessus duquel était accroché un placard à deux battants, et une vieille table sur laquelle les chats aimaient se faire les griffes.

La fine silhouette de monsieur le Metteur en scène se tenait dos à la porte, penchée au-dessus de cette table. Veuillez m'excuser, articulai-je pour attirer son attention et l'avertir de ma présence, sans lui faire aucun reproche, bien qu'il soit évident qu'il touchait à mes affaires – il avait peut-être aperçu la mèche de cheveux de Paulius. Il sursauta légèrement et se retourna, grandissant et rapetissant tout à la fois. Mais bon, vous m'excuserez, je parle toujours de la même chose... Il ne serait pas difficile de trouver d'autres particularités ou traits intéressants chez monsieur le Metteur en scène, autre chose que cette relation malheureuse et épuisante avec l'espace qui l'entourait, et sans doute aussi avec les gens. Par exemple, l'expression de son visage changeait comme s'il était la cible d'un puissant jet d'eau, et quoique parfois cette expression pouvait avoir un effet comique, en général elle était bien utile, puisqu'elle informait que monsieur le Metteur en scène affrontait en silence un afflux incessant de pensées. Cette composition de visage, si vous me permettez de continuer, assez typique d'un visage intelligent, devint l'une de ses sources d'autorité, d'autant qu'il était difficile d'en trouver d'autres. Tu as raison, tu as raison, Charlie, monsieur le Metteur en scène déversa ces mots à contre-courant, mais ils furent immédiatement emportés par mes doutes, car je ne comprenais pas en quoi je pouvais bien avoir raison. Il s'éloigna de la table et, en agitant sa main comme une nageoire, me fit signe de m'asseoir sur le lit, c'est-à-dire sur le canapé, enfin, sur mon lit. Il avait tout de même quelque chose de metteur-en-scènesque, il fallait bien le reconnaître, et je le reconnais non pas avec surprise ou colère, mais plutôt en distinguant chez lui un comportement similaire à... bon, ce sont des histoires qui remontent à une autre vie, je ne compte pas vous retenir éternellement en vous les racontant, je dois pourtant prendre note de sa metteur-en-scènité, car il me rappelait un certain monsieur le Maire qui avait lui aussi mis les pieds dans un espace très intime ne lui appartenant pas – et, vous en conviendrez, le lieu où vous dormez et passez jour après jour trente-deux années est bien de cet ordre-là, même s'il ne vous appartient pas officiellement (j'oserais affirmer ici que l'appropriation d'un lieu intime n'est en aucune manière une question pécuniaire ou légale) – je disais donc, un certain monsieur le Maire qui se mettait à vous indiquer où et quand vous asseoir d'un signe de la main. Seulement, la main de monsieur le Metteur en scène faisait penser à une nageoire de dauphin, et celle de monsieur le Maire, à une nageoire de requin.

Monsieur le Maire... monsieur le Metteur en scène voulait discuter avec moi. C'est lui-même qui l'avait dit. Ce sont les mots qu'il prononça. Et puis, comme si sa pensée prenait de la vitesse tel un morceau de neige glissant d'un toit, il ajouta pour m'amadouer : pas d'un sujet très important – éteignant sans doute avec cette réplique la flamme de l'inquiétude qui s'était allumée dans mes yeux – mais simplement... discuter. Il serait difficile de qualifier de discussion ce qui se déroula par la suite (je le répète, je n'ai pas pour intention de dénigrer monsieur le Metteur en scène, je ne fais que constater ce qui s'est passé), ou du moins d'après ce que moi, et très certainement n'importe qui d'autre aussi, considérerait comme une discussion. D'autre part, je dois souligner qu'il ne s'agissait pas non plus d'un monologue ininterrompu. Au contraire, au contraire : je hochai et secouai la tête, ouvris la bouche, dodelinai du buste, bougeai les pieds, me grattai le cou, les bras, le front, et si je n'avais pas été doté d'une retenue excessive, que j'aurais tendance à attribuer à mon éducation (je raisonne rarement ainsi à voix haute, car le mot « éducation » a disparu du débat public comme s'il avait chuté d'un balcon, si bien qu'on en vient à se demander s'il n'a pas été poussé volontairement, mais il est presque impossible de le démontrer), j'aurais bien gratté d'autres parties moins accessibles, car plus cela durait, plus mon corps me démangeait, comme si chacun des mots prononcés par monsieur le Metteur en scène s'y collait et se mettait à y ramper à la recherche d'une ouverture par laquelle s'introduire. Et une fois, je vous le jure, je me suis rattrapé au dernier moment pour ne pas me mettre le doigt dans le nez. En bref, j'essayais par tous les moyens possibles de participer à la discussion et de l'entretenir. Je réussis à placer quelques mots, pas uniquement pour acquiescer, mais aussi pour poser des questions, manifester mon doute, mon désaccord, quoique les mots de désaccord, si quelqu'un avait pu assister à cette discussion, auraient été les moins nombreux, et il est même possible que je les aie exprimés plus tard, une fois monsieur le Metteur en scène parti.

Dois-je vous faire part du contenu complet de notre discussion ? Vraisemblablement, il n'est pas nécessaire de rappeler les prétendus droits que j'avais transformés, comme vous l'aurez sûrement compris, en sorte de principes. D'autre part, notre droit de ne rien raconter découle principalement de l'imperfection des outils d'enregistrement dont dispose notre mémoire, car nous nous souvenons rarement de plus que les quelques phrases et idées principales d'une discussion un peu longue, on en comprend généralement encore moins que ce l'on retient, et le reste se réduit à un grésillement ambiant. Je ne cacherai pas que la discussion avec monsieur le Metteur en scène pourrait être une bonne illustration de cette affirmation. Par exemple, je me souviens très précisément qu'il était loin d'avoir commencé sur un ton sérieux et qu'il avait posé une question relativement peu adaptée à son statut au sujet de cette histoire avec l'oiseau de malheur – qui à mon avis était déjà révolue et méritait d'être oubliée, même si elle restait relativement récente. Monsieur le Metteur en scène voulait savoir si j'y avais assisté. Je lui répondis par des propos similaires à ceux que je vous ai tenus : j'avais reconstitué les événements à partir des témoignages des acteurs, car je n'y avais pas pris part moi-même. Cela ne lui suffit pas et, alors qu'un jet d'eau invisible lui éclaboussait le visage, il s'enquit à nouveau de savoir si moi, Charlie, j'avais une idée d'où cet oiseau de malheur pouvait bien s'être caché, et à cela je ne pouvais toujours que répondre (et vous m'excuserez de me répéter) que je n'étais pas là au moment où il avait disparu. Après ce début frivole, vous devinez que la conversation ne fit que s'engluer dans la confusion, et c'est pourquoi, bien évidemment, je me sentis coupable au bout de quelques mots à peine. À vrai dire, toutes les pensées de monsieur le Metteur en scène n'ont pas été englouties par le gouffre de l'oubli. Il me reste des fragments assez vifs, et je ne vois pas aucune raison de ne pas les partager, même s'ils m'ont très certainement causé de la douleur. Voilà ce dont je me souviens : monsieur le Metteur en scène voulut d'abord savoir comment avançaient les affaires avec la Fin, mais cette question n'était que le début, une introduction, car sans attendre ma réponse il passa à un autre sujet et expliqua d'un air irrité que des théâtres du même genre – il le dit avec froideur, en détachant chaque syllabe, sans aucun naturel –, des théâtres comme le nôtre avaient existé au Moyen Âge ; lorsque les calamités et autres malheurs survenaient plus fréquemment que les manifestations divines, des théâtres – qui autrement restaient très ordinaires – apparaissaient et, pour aider la société, se repentaient des raisons pour lesquelles ces malheurs s'abattaient sur le monde ; ils prenaient subitement de l'ampleur, se surpassaient, se sacrifiaient et se mettaient à jouer – ici, on aurait pu s'attendre à ce que son intonation monotone se transforme légèrement, mais monsieur le Metteur en scène réussit à l'éviter – jusqu'à la mort. Et alors il ajouta quelque chose que moi, Charlie, je ne compris absolument pas ; ce qui ne veut pas dire que ses paroles ne peuvent pas vous inspirer quelques réflexions, dès lors que je vous les aurai répétées de manière – vous m'en excuserez – très succincte et approximative : monsieur le Metteur en scène déclara que notre théâtre était comme un feu. Il me semble qu'il mentionna le théâtre... ou peut-être le feu, ou le feu du théâtre, ou peut-être le théâtre du feu (ou quelque chose de similaire, je me rappelle bien qu'il a mentionné les mots théâtre et feu l'un à la suite de l'autre) comme s'il examinait l'aboutissement d'un travail, puis il me demanda en plissant les yeux si moi, Charlie, je comprenais, et moi, Charlie, évidemment, j'acquiesçai alors que, comme je l'ai dit, je n'avais rien compris. Faut-il mettre en cause ma petite tête incapable de traiter plusieurs idées en même temps ? Je ne puis en juger, mais une bulle de douleur s'éleva depuis mon cœur, gonflée des propos douteux prononcés par monsieur le Metteur en scène. J'eus peur que cette douleur sphérique qui montait vienne rapidement faire éclater ma tête toute vide et que celle-ci tombe, détachée de mon cou, car il me semblait que monsieur le Metteur en scène avait choisi volontairement cette comparaison avec le feu, comme s'il en savait plus que ce qu'il ne devrait, et cherchait à me blesser, moi, simple employé au service de la scène. Veuillez m'excuser, je suis à présent convaincu qu'il ne savait rien et ma tête – pas d'inquiétude – resta à l'endroit où elle a toujours été. Et je ne pourrais pas reproduire la façon dont monsieur le Metteur en scène poursuivit son idée sur le feu, car il essayait de se montrer assez sec, vous comprenez, en parlant des différentes manières dont les gens considéraient et acceptaient la mort autrefois. Je trouvais cela excessivement confus, après tout, la mort n'est que la mort ; à quoi bon emprunter ces déviations sinueuses couvertes par le voile usé du temps ?

Mais il y a d'autres choses dont je me souviens bien mieux ; par exemple, du changement des expressions faciales de monsieur le Metteur en scène – comme si quatre saisons s'étaient écoulées pendant la bonne demi-heure durant laquelle il parla. Le jet d'eau qui affluait sur son visage ne se calma pas un instant, mais sa puissance changeait sans arrêt : d'abord une fragile retenue d'eau, qui se rompt en laissant s'écouler un torrent de boues printanières, puis, ici, un moment de répit apporté par une seconde de sécheresse estivale, et aussitôt une averse qui éclate dans l'azur du ciel ; plus tard, une pluie automnale qui jaillit, terrible, transperçant tout, se transformant sans prévenir en une chute de neige fondue qui assourdit les coups, et ensuite, brusquement, tout se met à geler et cristalliser, puis, à nouveau... et ainsi de suite, sans fin, et je n'exagère pas ! Ce qui m'a marqué, plus que les mots qu'il a prononcés, c'est que monsieur le Metteur en scène admettait par le biais des questions qu'il me posait qu'il adhérait à certaines opinions et idées à propos du théâtre ; or, une telle attitude semble plus que logique, et même souhaitable, toutefois elle ne correspondait pas du tout à la première impression que je m'étais faite de monsieur le Metteur en scène et qu'il avait confortée lors de notre rencontre dans son bureau – dans son studio de création – il n'est donc pas exagéré de dire que j'étais absolument stupéfait. Lorsque vous entendez quelque chose dont vous n'auriez même pas osé rêver, ces pensées, qui auparavant auraient semblé trop douces, deviennent alors cassantes, désagréables, comme si, arrivé en retard à un spectacle, vous remontiez maladroitement le rang des spectateurs à la recherche de votre place et marchiez sans le vouloir sur des pieds en chemin, et que le hurlement de leur propriétaire suspendait une seconde l'action sur la scène ; que vous vous précipitiez pour vous excuser à voix basse et vous penchiez en avant pour avancer plus vite, mais que vous aviez irréversiblement troublé la solennelle concentration des dizaines ou des centaines de spectateurs et qu'autour de vous se propageait un murmure de mécontentement. Les réflexions de monsieur le Metteur en scène ont troublé mes sens irrités et je ne peux plus associer ses paroles à des émotions compréhensibles ; quant à essayer de me rappeler quoi que ce soit et de le raconter, sans aucune base émotionnelle pour étayer mes souvenirs, cela me semble perdu d'avance. Cette impression fut si forte que j'espère que je n'aurai pas l'air excessivement pathétique en disant que j'avais fini par m'en remettre. Je m'en étais remis en sentant que monsieur le Metteur en scène était revenu à son état normal, qu'il était à nouveau une longue écharde plantée à côté de ma table, ni debout ni assis, mais appuyé des deux mains sur le plan de travail, une mèche de cheveux de Paulius dépassant de sous son poignet, noire, presque brillante, désordonnée par la pression qu'elle supportait.

Il n'est pas besoin de mentionner le fait que cette discussion avec monsieur le Metteur en scène m'avait incité, par souci d'honnêteté, à me demander à nouveau pour la première fois qui était cet homme, quelles étaient ses intentions, ses convictions profondes, qu'était-il prêt à raconter pour impressionner son interlocuteur et créer une ambiance particulière, et qu'étais-je, moi, Charlie, à ses yeux. Il arborait une de ses nombreuses chemises délavées, boutonnée jusqu'en haut, et son col compressait une veine de son cou qui dépassait comme un cathéter veineux, qui chaque jour, toujours plus lentement, redonnerait vie à ses cheveux roux décolorés... mais, je le jure, l'espace d'une minute, j'eus l'impression que si les néons d'une enseigne lumineuse s'étaient allumés – d'où pourraient-ils bien sortir dans tout cet ascétisme gris ? –, il apparaîtrait vêtu d'un costume ou un smoking élégant, à la coupe moderne ; car comment expliquer autrement ce classicisme menaçant qui avait émané de lui pendant la discussion ? (Eh bien, il y a une chose qu'il me semble avoir comprise : c'est comment m'était venue cette pensée sur l'imagination et l'orgueil, quoique, à vrai dire, l'association soit lointaine.) Il est facile de le remarquer – je ne cacherais pas la déception qui me gagna comme le refrain d'une chanson populaire après notre discussion – monsieur le Metteur en scène n'était, malgré tout, pas un véritable metteur en scène : il ne pouvait pas comprendre les gens jusqu'au bout, et c'est la raison pour laquelle il n'avait pas vu ce qui me semblait, à moi, pour le dire simplement, et vous excuserez mon impertinence, absolument évident. Pour fuir ces pensées qui me ramenaient vers ce qu'il avait dit, je me concentrai sur la mèche de cheveux de Paulius, finalement libérée de la pression de la main de monsieur le Metteur en scène – il me faudrait à nouveau préparer la gélatine, en imprégner les cheveux, tout ce minutieux travail était à refaire. Et ce qui me chagrinait le plus c'était que monsieur le Metteur en scène avait préparé la mise en scène de notre discussion jusqu'au bout : en sortant, il se retourna une dernière fois théâtralement – comme on dit malheureusement, dans de telles situations – et, comme si cela lui traversait soudainement l'esprit, me demanda si moi aussi j'entendais le rugissement du fauve. Ce son, c'était le rugissement d'un fauve ? Je me le demandai, mais je n'en dis rien à monsieur le Metteur en scène, mon silence lui tint lieu de réponse. Sa théâtralité n'avait pas besoin d'une réplique. Puis il se désintéressa de moi et se retourna en déclamant une dernière phrase : tu as raison, tu as raison, nous attendons des changements.

Je pourrais le décrire de la manière suivante : monsieur le Metteur en scène m'avait semblé avoir un peu grandi au cours de notre discussion, sans pourtant avoir renoncé à sa petitesse. Lorsque le dos de sa chemise délavée eut disparu derrière la porte, je remarquai que Charles le Petit lui avait emboîté le pas. Il avait dû être présent pendant toute la discussion, et protégeait à présent de mon regard perplexe, et certainement un peu las à cause de ces pensées sur le fauve, le dos de monsieur le Metteur en scène. Puis, je me souvins soudainement avoir vu le nouveau chat sortir de la chambre de Vincent pour se glisser dans la mienne. Je ne l'avais ni vu ni entendu. Je me mis à quatre pattes pour regarder sous le lit et vis la petite créature roulée en boule comme un tas de feuilles d'automne rassemblées à coup de balai, effrayée par quelque chose que je ne m'expliquais pas. Je tendis la main, provoquant un soubresaut dans l'amas de poussière accumulé sous le lit. Le tigré me fixait d'un air désapprobateur, puis, tout doucement, comme sortant d'un rêve survenu juste avant le réveil, ses longues moustaches se mirent à remuer et il me renifla les doigts. Je le tirai tant bien que mal de sous le lit, le pris dans mes bras et me mis à le bercer. Le matou, en signe de reconnaissance, posa une patte sur mon épaule. Je la serrai doucement pour y déposer un baiser, et je sentis la rugosité de ses coussinets.

CHAPITRE CINQ

LA DANSE

Je descendis par les larges escaliers enfoncés entre deux murs épais et atteignis un large couloir devant une porte. Le lait grisâtre du petit matin se frayait paresseusement un chemin à l'intérieur du bâtiment, et il n'y avait pas besoin d'allumer la lumière. Je jetai un coup d'œil dans l'embrasure de la porte écorchée par les mains et le temps - derrière elle vrombissait une voiture, rouge comme une cerise plongée dans la crème chantilly. Je soulevai le lourd sac noir en plastique, poussai la lourde porte et le déposai de l'autre côté du seuil. Le sac s'affaissa doucement, comme s'il était rempli de grains de blé, puis il tomba mollement, en accord avec l'humeur matinale. C'est tout ce qu'il restait de lui - d'Ignas. Je crus au début que je ne récupérerais même pas une touffe de cheveux, mais si. Si cela ne tenait qu'à moi, je dirais que ça ne s'était pas très bien passé. Un spectacle qui ne se déroule pas comme prévu peut-il être réussi (si tant est qu'on puisse parler de réussite) ? Par exemple, si Hamlet est joué par un acteur, mais qu'à la fin c'est un autre acteur qui boit le poison ? Attendez... je ne me souviens pas, qui boit le poison ? Hamlet meurt bien empoisonné, non ? Il le boit, ou… ? Bon, ce n'est pas grave, ce qui est important c'est que Hamlet meure ! Qu'il meure de sa belle mort, d'un infarctus ou d'autre chose, mais qu'il meure. Imaginez ce qu'il se passerait s'il ne mourait pas au cours d'un spectacle ! De toute façon, de nos jours, de ce que j'en sais, et c'est triste de le constater, tout est possible, et tout est toléré et encouragé, et même accueilli par une aura d'admiration, comme ils disent, c'est une nouvelle interprétation des classiques. Néanmoins, ce n'est vraiment, vraiment pas le cas. Un plan est un plan, en particulier dans l'art. Rares sont ceux qui en connaissent encore la valeur. Je veux dire du plan, pas de l'art. Que serait l'art sans plan ? On oppose le plan à l'élan, à l'inspiration, à la chance, mais ma foi, il est évident pour quiconque capable de se creuser un peu les méninges que sans un plan qui, il faut le souligner, serait suivi de manière rigoureuse, il n'y aurait pas d'art non plus – ni de vrai art, ni d'art contemporain, ni aucun autre. Vous comprenez, c'était comme s'il avait été possible de pressentir que quelque chose de ce genre allait se passer. C'était la nervosité de Morta et de Vita, sur laquelle j'ai voulu attirer votre attention. J'aurais dû comprendre (quoique, pardonnez-moi, qu'en aurait-il été ? Qu'aurais-je bien pu faire ?) que leur nervosité était plus qu'une simple nervosité. Sa source – tout comme celle de ce bruit méconnaissable – fut rapidement révélée… mais ce n'est pas tout.

Bon Dieu, j'avais décidé de parler de tout à fait autre chose ! Et pourquoi pas ? Vous savez, il y a des choses dont vous jurez de ne jamais dire mot à personne, mais en un instant, vous avez l'impression de ne plus vous reconnaître vous-même – ou, au contraire, c'est seulement à ce moment-là que vous vous voyez, comme quelqu'un à qui, pour la première fois, sans qu'il s'y attende, on met un miroir bien astiqué devant les yeux – et vous l'avouez subitement : vous espérez que les choses iront mieux pour vous, et peut-être moins bien pour les autres. Non, non, ne vous fâchez pas, je n'ai pas pour objectif de vous faire du tort. D'un autre côté, chez nous, vous ne trouverez de réconfort auprès de personne, car n'importe qui vous fera comprendre en un clin d'œil que sa situation est mille fois pire. Il est donc possible que ce soit la seule façon de coexister avec les autres : en essayant de les piéger et de leur nuire, car c'est seulement ainsi qu'il est possible d'attirer leur attention et de les obliger à vous écouter. Je généraliserais de la manière suivante : il n'y a pas de liens entre nous et les autres, il n'y aucun lien, ou bien, pour le dire plus agréablement, si cela change quelque chose ; ces liens ne fonctionnent pas. Pardonnez-moi, « ne fonctionnent pas » – c'est tout de même un peu trop adouci ! Tisser de vrais liens et les entretenir est considéré comme une occupation déplacée, une activité inconvenante et suspecte, un avilissement, même si ces liens prennent racine dans la nature de l'homme et chevauchent naturellement nos devoirs biologiques, comme la famille... Presque dès le début, on exigea de moi, Charlie – eh non, je n'ai pas dit que quelqu'un était venu me donner un ordre, mais n'est-ce pas le seul trait distinctif valable qui nous sépare de l'animal, le fait que nous ne comprenions pas uniquement les mots crus, mais aussi les sous-entendus, l'arrière-plan, et que nous puissions lire entre les lignes ? – d'oublier et de continuer à vivre. C'est comme si dans ma tête tournait bruyamment une roulette bringuebalante, sur laquelle à la place du rouge et du noir reluisaient deux mots – « pouvoir » et « devoir » – et les conseils de tous, tous ceux qui se donnent de la peine, reposent sur ces deux mots : tu peux oublier ce qui s'est passé, tu dois oublier ce qui s'est passé, tu peux continuer à vivre, tu dois continuer à vivre. Et je me répétais à moi-même, comme si je m'étais jeté un sortilège insignifiant : j'ai le devoir de ne pas oublier, il ne faut pas que j'oublie... Chez nous, même la mort affreuse et tragique d'un enfant, indépendante de la volonté de ses parents, est considérée comme la faute de ces derniers et les accable de honte – bon, je vais vous expliquer ce que j'en pense, en réalité, et que personne ne se fâche, même s'il est possible que j'offense quelqu'un indirectement et sans le vouloir : c'est comme si eux, les parents, se rendaient coupables de meurtre. La boule de conseils qui arrivait jusqu'aux parents résonnait douloureusement en rebondissant avec violence entre « pouvoir » et « devoir », entre condoléances feintes et franche condamnation, entre fureur rouge et désespoir noir, et je me répétais : il faut, il faut, il faut. Pardonnez-moi, mais que me restait-il ? Même lorsque la voûte de la mémoire s'assombrissait comme le ciel après minuit et que ses teintes se rapprochaient de celles du désespoir, des souvenirs d'elle, de ma fille chérie, surgissaient sans crier gare, scintillant comme un météore laissant derrière lui la longue traînée jaunâtre et brillante du passé. C'était comme si la mort était inséparable de la culpabilité et de la honte.

Et c'est à ce moment-là que je suis arrivé au théâtre. Arrivé de manière générale, pas arrivé ce matin ; ce matin, comme vous l'avez vu, je n'ai même pas mis le pied dehors, j'ai simplement pris le sac avec – qu'il repose en paix – les restes d'Ignas et l'ai sorti. Donc... Ce flair qui est le mien, je pourrais m'en effrayer ; que devrais-je en penser ? Car une fois de plus, il ne m'a pas trompé : la nervosité de Morta et Vita était plus qu'une simple nervosité, car, vous le savez, dans ce théâtre, on va à la mort sans culpabilité ni honte, puisque la culpabilité et la honte sont un succédané aux relations dont on n'a que faire ici. Moi, Charlie, je suis comme les autres gens, et même plus petit, plus faible que les autres, et donc j'avais au début la même opinion que les autres sur les représentations théâtrales ; je les voyais comme un pas désespéré vers la lueur de l'hystérie et de la haine muettes, comme une bombe de rancune qui, en explosant, projetterait des débris de culpabilité et de honte, tranchants et luisants, tailladant les poitrines, les yeux et les tempes de proches et d'inconnus : coupables les proches, coupables les inconnus, et l'acteur bien plus coupable encore, car c'est comme si, en mettant fin à sa vie, il tuait quelqu'un d'autre aussi. J'entends déjà au loin la colère menaçante, je la vois arriver avec ses éclairs accusateurs qui se dessinent nettement à l'horizon, je dirai tout de même ce que je comptais dire : au théâtre, dans ce théâtre, je ne retrouvais rien de ce genre, toutes les lumières étaient éteintes (bien sûr, je m'exprime ici au sens figuré, comment feraient-ils pour ne pas trébucher sur une marche oubliée s'ils baguenaudaient dans l'obscurité totale) et les acteurs montaient sur scène dans les ténèbres de la réconciliation et de la paix ; et lorsque je me plains de devoir m'occuper d'eux avant la représentation, je ne pense pas du tout à leur motivation commune, mais aux distractions et aux émois qui précèdent le spectacle – pour des raisons si futiles qu'elles semblent enfantines – et pourtant n'étouffent jamais leur essence. S'il n'y a ni culpabilité ni honte… et bien, il n'y a plus besoin de débattre de rien d'autre.

Je clopinai jusqu'au premier étage et me glissai dans la salle de bains commune pour me laver les mains. Cette salle de bains commune – je ne sais pas si quelqu'un en est responsable – était l'endroit le plus négligé de l'usine. Les murs, comme une femme d'âge respectable, avaient été plus ou moins poudrés de peinture blanchâtre bon marché, mais les cinq lavabos rouillés sautaient aux yeux telles les dents de cette femme, mal alignées et affreusement jaunies par la cigarette ; contre le mur de droite se trouvaient quatre cabines de douche délabrées, dont une seule était dotée d'une porte récente qu'elle arborait fièrement, telle une médaille dont personne n'aurait su pourquoi elle avait été décernée, car ce n'était certainement pas pour marquer l'accomplissement d'une vie. La troupe de théâtre n'était pas grande et je pourrais ajouter que la plupart de ses membres – chacun doté de ses petites habitudes un peu bizarres à première vue –, pour autant que je l'aie remarqué, utilisaient cette cabine ; les autres bâillaient comme des vieilles filles dociles après une jeunesse orageuse. Et moi, Charlie, bien que je ne fasse usage de la douche qu'avec modération, jamais sans réelle nécessité, une fois ou deux par semaine, je ne résistais pas à cette... comment pourrait-on la nommer ? tradition, règle ou faiblesse ? de me glisser dans la cabine, et une fois à l'intérieur (en y réfléchissant bien, cette possibilité de fermer à clef procurait une douce quiétude, car nulle part ailleurs, pas même aux toilettes, il n'était possible de verrouiller une porte, et cela était à l'origine de multiples situations inconfortables qu'il serait peu convenable de raconter ici, ce qui est inutile d'ailleurs ; il suffit de préciser qu'il était devenu tout simplement impossible d'être seul un petit moment, à part dans sa propre petite chambre) de profiter pendant quelques minutes du jet d'eau qui étouffait le bruit de reptation de l'ascaris du temps, même s'il fallait attendre un bon moment avant que les tuyaux parviennent à crachent une eau tiédasse. Le fait que – sans doute comme les autres, d'ailleurs, dont je ne peux toutefois que deviner les besoins et les plaisirs, ce qu'il n'est d'ailleurs pas convenable de faire – je profite à ma manière de l'assourdissement du bruit ne signifie pas que ce plaisir soit accessible à n'importe quel prix. Il n'est pas lieu de le rappeler, mais quelle bêtise – faites qu'elle règne sur toute l'humanité ! – que de chercher à atteindre ce plaisir à n'importe quel prix, car il retire à l'homme tout désir d'avenir. Les grognements de l'ours, cet animal sauvage qu'on avait fait venir quelques jours avant la représentation, enveloppaient le théâtre et parvenaient à encapsuler le bruit ininterrompu de reptation ; toutefois, la nervosité de Morta et Vita, déjà mentionnée à plusieurs reprises, confirmait que cela ne rendait pas les choses plus plaisantes. Cela mettait seulement la pagaille dans l'ambiance de réconciliation et de paix nécessaire à la représentation théâtrale, ce qui ne pouvait pas rester sans conséquences. Monsieur le Metteur en scène, si quelqu'un veut mon avis (personne ne le veut, et pour être honnête, personne ne devrait le vouloir), était obligé d'en tenir compte.

Évidemment, il n'y a rien à discuter, monsieur le Metteur en scène avait un plan qu'il suivait, un plan qui dépassait l'échelle d'un seul spectacle. Je n'ai aucune preuve pour confirmer mes dires, mais je suis persuadé qu'il a un plan de ce type. Comment pourrait-il en être autrement ? Attendez, vous ne seriez pas en train de me soupçonner de vous duper ? Vous me soupçonnez toujours ? Les silences qui me semblent essentiels, je les exprime de manière particulièrement intelligible (s'il est même possible d'exprimer un silence), et tout le reste ne devrait pas soulever chez vous de grands soupçons, alors pourquoi cet air désapprobateur et incrédule de petit rat affamé ? Et à quelles fins vous duperai-je ? Je vous le demande sans détour ! Peut-être que j'oublie quelque chose, c'est possible ! Peut-être qu'au bout d'un certain temps après ma discussion avec monsieur le Metteur en scène, mon souvenir se dissipera, ou peut-être pas, mais est-ce à vous d'en décider ?

Enfin, pardonnez-moi, pardonnez-moi ! Le mercure de ma patience est descendu jusqu'à la graduation la plus basse, et cela ne me fait pas honneur. La vérité est que pour exécuter correctement mes fonctions, il me fallait en savoir le moins possible à propos des acteurs, ou connaître, cela va de soi, bien moins d'informations que celles sous lesquelles ce lourdaud de Paulius avait eu le temps de me noyer. Il m'avait forcé, sur ce point-là, à être encore plus prudent. Si vous ne me trouvez pas trop prétentieux, je souhaiterais partager avec vous une intuition que j'ai souvent eue : je suis devenu une sorte d'interrupteur, dont le plus petit mouvement inapproprié risquerait d'allumer la lueur déjà évoquée de l'hystérie et de la haine, et donc pourrait en un instant réduire à néant l'atmosphère de paix et de réconciliation nécessaire aux représentations. Encore une responsabilité difficile que j'avais endossée sans qu'on me le demande. Monsieur le Metteur en scène ne pouvait pas ignorer le péril représenté par cette lueur, et en faisant venir l'ours il avait, cela ne fait aucun doute, pris un risque. J'imagine que sa visite dans ma petite chambre, quelques jours avant le spectacle, y était liée d'une manière ou d'une autre, mais je ne sais cependant pas en quoi, c'est pourquoi j'aurais à ce sujet tendance à taire mes suppositions (vous voyez, j'exprime mes silences).

Ce bruit. Le lent ascaris du temps, il... comment exprimer cela précisément, il fut à l'origine d'une sorte de nouvelle habitude. Le soir, j'allais me promener dans les couloirs de l'usine et je cherchais d'où venait ce frottement de pansement qu'on retire de la jambe d'un malade, ce froissement de papier de bonbon. Je dis « le soir », mais je pourrais tout aussi bien dire « la nuit » : à ce moment-là, la plupart des acteurs étaient déjà couchés et je les croisais rarement. Le plus souvent, j'apercevais seulement Morta, sortie fumer dans le couloir (je lâchais parfois sans raison un : « Est-ce bien raisonnable de fumer avant de dormir ? », davantage pour qu'elle ne me parle pas plutôt que pour lui parler ; Morta ne répondait rien, Dieu merci), ou (rarement, bien plus rarement) Ignas, et je devinais sans difficulté où il allait, car il grattait à la porte de Julita ou s'en approchait (et je vous prie de ne pas vous imaginer que cette remarque de ma part donne le moindre fondement à des élucubrations futures sur le sujet, cette affaire ne regarde qu'eux), et presque chaque fois, je voyais la pâle Vita, en réalité, je ne la voyais pas debout, mais – ne vous empressez pas de deviner sans avoir écouté jusqu'à la fin – couchée, enroulée dans ses draps du bout des orteils jusqu'à ses épais cheveux raides (je l'entendis une fois chuchoter à Morta qu'elle aimait dormir bien enveloppée, même si cela la faisait transpirer pendant la nuit), car elle avait peur d'être seule si elle faisait une crise et laissait donc sans gêne la porte ouverte – hélas, elle ne se rendait pas compte que les peurs laissées sans maître trouvent encore plus facilement leur chemin jusqu'à elle. Les premières fois, c'était sans objectif que je me promenais – désolé, mais est-il possible de trouver ce qui se propage sans but, en se déplaçant soi-même vers une destination précise ? – puis je pris l'habitude de combler cette nouvelle habitude avec de vieux restes d'habitude, car prendre une habitude c'est juste ranimer un souvenir, n'est-ce pas ? En tout cas c'était ce que je pensais au début, et peut-être ce que je pense encore un peu aujourd'hui, mais pas aussi fermement qu'au début, lorsque j'ai commencé tout naturellement, ou du moins très innocemment, à m'imaginer que chaque local de l'usine représentait un rayon de bibliothèque auquel correspondait une lettre. Si je peux voir les acteurs comme des livres, pourquoi ne pourrais-je pas voir l'usine comme une bibliothèque ? Je ne respectais pas l'ordre alphabétique, et il y avait plus de pièces que de lettres de l'alphabet, cela va de soi, c'est pourquoi, sans trop me prendre la tête, je la divisai comme cela me venait, j'éparpillai les lettres partout dans l'usine, en pensant que le meilleur ordre serait celui du hasard (cette logique, sans surprise, m'a souvent été de bon secours lorsque je travaillais en bibliothèque). Je fis évidemment une exception : j'attribuai délibérément la lettre Ch[1] à ma petite chambre ascétique. Et cette exception, peut-être vaine, je le reconnais, donna lieu à des conditions supplémentaires, si l'on peut les appeler ainsi. Dorénavant, lorsque je voulais me promener à la fois au hasard et sans hasard, je décidais à l'avance des lettres auxquelles je me rendrais et quel mot je formerais. Mais je n'avais peut-être pas pris en considération qu'en cédant à ce petit élan de vanité, qui par ailleurs ne faisait de mal à personne, chaque fois que je partais me promener, je commençais par la même lettre.

1. N.D.T. Le digramme « Ch » est ici considéré comme une lettre de l'alphabet lituanien.

Et des mots qui commencent par Ch – tout du moins dans ma collection de souvenirs, qui est, je ne le nierai pas, assez médiocre – il n'y en a pas tant que ça ! Les possibilités d'itinéraire s'en retrouvaient sensiblement réduites et lorsque je voulais parcourir une distance importante, j'épelais presque chaque fois le même chemin, pas le plus facile pour mes articulations vieillissantes et mon cœur aux forces déclinantes. Ainsi le mot « chronologie » impliquait que, depuis ma cellule au deuxième étage, je descende trois fois jusqu'au rez-de-chaussée (pour la lettre O), car les lettres N et L, intercalées entre les O, n'appartenaient ni l'une ni l'autre au même étage (pour le N je retournais à mon étage, et pour le L je me rendais jusqu'à la salle de bains commune). Après mon troisième passage au rez-de-chaussée, je faisais encore un bon nombre d'allers-retours entre le rez-de-chaussée et le premier étage (lettres G, I et E). Les trajets pour « chrestomathie », « cholestérol » ou « chrysanthème » n'offraient pas d'itinéraire plus simple, c'est pourquoi parfois, lorsque je sentais qu'après une journée de travail je ne parviendrais pas à surmonter une plus longue distance, je me limitais à des mots relativement courts, par exemple, « chou » ou, pardonnez-moi, « chieur », car après tout les mots ne sont que des mots lorsqu'ils servent les bons objectifs, n'est-ce pas ? Non, bien sûr que non ! J'évitais inconsciemment le mot « chaos » et ne l'ai jamais composé (pourtant cet itinéraire ne me ferait descendre qu'une seule fois au rez-de-chaussée, je ramasserais la lettre A au premier étage, quant au S, je l'avais assigné, peut-être par paresse, à un local étroit et biscornu non loin de ma petite chambre, juste après l'atelier où chaque nuit la Fin inachevée attendait la nouvelle aurore), car même dans un jeu fondé sur le hasard règne un ordre dans lequel il vaut mieux ne pas laisser entrer le chaos. Ainsi, comme vous pouvez le constater, je compris à quel point l'organisation d'une bibliothèque s'adaptait facilement et harmonieusement à une usine, je veux dire, à un théâtre – quoiqu'il serait plus correct de dire que cette organisation valait plus pour l'usine que pour le théâtre.

Durant ces promenades – qui, il est vrai, duraient parfois entre une heure et une heure et demie – je ne tombai jamais sur l'origine du bruit, et ne compris pas non plus ses déplacements ; il arriva une fois que je me réjouisse trop tôt en pensant avoir trouvé ce qui provoquait cette vibration d'ascaris du temps : tout en haut du bâtiment de l'usine (il serait difficile de le nommer troisième étage), dans un coin spacieux auquel j'avais attribué la lettre T, étaient entassées quelques turbines rongées par la rouille, sur lesquelles les chats se posaient pour faire la sieste. Je suspectais ces créatures, une fois rassasiées de sommeil, d'être prises de l'envie de badiner, de faire bouger les hélices des turbines, en courant dedans comme des écureuils dans leur roue, et de produire ce bruit affreux qui se propageait vers les étages inférieurs comme une reptation étouffée. Je m'approchai de l'une des turbines et demandai au chat tigré qui y somnolait d'en sortir. Il me lança l'espace de quelques secondes un regard plein de reproches, puis se leva, secoua la tête et descendit péniblement, en prenant son temps, me laissant une minute. J'exerçai des deux paumes une pression sur le tambour métallique réchauffé par le corps du chat tigré, mais celui-ci (hélas !) ne bougea pas d'un pouce – il était soit rouillé depuis des lustres, soit moi, Charlie, bibliothécaire de profession et d'expérience, je n'y connaissais rien au fonctionnement d'une turbine. En revanche, je m'imaginais par hasard avoir mis le doigt sur... hm, ce que j'appellerais une intuition hypothétique : le théâtre et la bibliothèque se rejoignaient en un même endroit, je ne dis en aucun cas qu'ils se confondaient ou se superposaient, mais ils coïncidaient tout de même, je devais donc assumer que ce n'étaient ni mes habitudes ni ma mémoire qui avaient dicté ce jeu avec les rayonnages de bibliothèque et les lettres ; il nous faut accepter de devenir nous-mêmes l'habitude des forces supérieures, le souvenir de quelque chose qui nous dépasse, accepter, dans un nouveau lieu, à une nouvelle époque, de renaître comme un souvenir qui aurait déjà commencé à s'estomper, accepter de ne pas être ceux dont on se souvient, mais ceux par lesquels on se souvient, vous comprenez ? Évidemment, cette nouvelle bibliothèque ne peut pas être qualifiée de véritable bibliothèque, mais peut-être de théâtre ? Un théâtre ? Dans les théâtres, le plus important, c'est de ne pas faire semblant, n'est-ce pas ? On fait semblant dans les mauvais théâtres, dans les bons théâtres on ne fait semblant que d'une chose : c'est de faire semblant – sauf la mort, bien sûr, la mort est jouée même dans les bons théâtres ! Je ne pourrais pas évaluer la façon dont les acteurs jouent dans ce théâtre, mais même sans les avoir vus sur scène, j'aurais tendance à penser ne pas me tromper en disant qu'ils ne font pas semblant, car ils en sont tout simplement incapables. Il en résulte – comme vous le voyez, je suis une logique rigoureuse et objective – que ce théâtre, où les acteurs ne font pas semblant, car ils ne savent pas faire semblant, est le meilleur théâtre qui existe ! Même la mort, évidemment, même la mort, Seigneur, même elle, elle n'est pas simulée. Il en faut peu pour que le théâtre atteigne son objectif final. Mais à moi, Charlie, il en faut encore moins. J'ai l'impression que la bibliothèque, en proposant une organisation extérieure, entame le processus qui nous transforme, comme je l'ai dit, en souvenirs, et – peut-être préférerez-vous une formulation qui vous est propre, mais moi je choisirais le mot « culture » qui est cher à mon cœur, peu importe la salve de jurons que vous laisserez dans son sillage – que la culture, le théâtre l'achève (et je n'ai pas dit qu'il y met un terme ! est-ce que je l'ai dit ? ou bien... non, je ne l'ai pas dit !) en cristallisant son organisation intérieure. Après tout, d'une façon ou d'une autre, tout ce qui fut patiemment accumulé, lettre par lettre, cédille par cédille, point par point dans le panthéon mondial des livres doit avoir un sens, et donc redevenir humain. Comme il est inconfortable d'exister dans l'ombre d'époques plus éclairées que la nôtre, au cours desquelles même les gens peu éduqués savaient que le théâtre n'était pas uniquement un endroit pour observer, mais aussi destiné à minutieusement amasser et classer – les vertus, les péchés, la mélancolie, les souffrances, les corps, l'anatomie, les terres inconquises et les réjouissances débridées – ce que le théâtre a appris de la bibliothèque, a mis en application comme le ferait un élève rebelle mais talentueux : mettant tout sens dessus dessous mais sans rien changer ; ce que l'homme a commencé avec la bibliothèque, le théâtre l'a terminé avec l'homme, assemblé, rangé, trié et préparé pour être montré aux autres. Avec votre permission, je résumerais la situation de la manière suivante : la roue de la culture tourne sur l'axe de la bibliothèque et du théâtre, comme tournerait l'hélice d'une turbine si elle n'était pas rouillée. Et si je peux me tromper au sujet des turbines, j'espère moins me tromper en ce qui concerne la bibliothèque et le théâtre.

C'est tout à fait embarrassant – d'où vient cette confiance inconsidérée ? Je vous prie de m'excuser ! Je doute même des plus simples mots que je prononce, mais peut-être s'agit-il d'une sagesse que j'ai acquise avec les années ? Je ne sais pas, je n'en sais rien, des gens plus intelligents que moi devraient résoudre ce genre de problèmes, et moi, Charlie, je leur tirerais mon chapeau. Je sais donc que l'expérience de la vie, telle une faux, abat cette sagesse quand le temps imparti s'est écoulé et qu'il n'en reste après que des tiges desséchées qui s'enfoncent dans nos pieds. C'est sa manière d'annoncer que rien dans notre monde n'est éternel et que toute chose a une fin. Vous pensez certainement que je tiens des propos métaphysiques. Oh, mais je le nie, et je préfère laisser la métaphysique aux philosophes, théologiens et notaires. Mon existence est terrestre, futile et matérielle et, c'est vrai, la plupart du temps, passée parmi les livres. J'ai entendu dire plus d'une fois qu'en travaillant en bibliothèque, moi, Charlie, je n'avais pas fait l'expérience de la vie, car, tu comprends, les livres, et en particulier ces vulgaires romans de gare, sont des ballons d'hélium remplis d'illusions auxquels s'accrochent des lecteurs à bout de souffle qui, après en avoir pris une grande inspiration, perdent la raison et le contact du sol sous leurs pieds – eh oui, que croyez-vous, même les usagers de la bibliothèque proféraient ce genre de... en un mot : ces accusations ! Alors qu'en réalité, si j'ai jamais eu la tête dans les nuages, j'abandonnais ces rêveries une fois passé le seuil de la bibliothèque. N'importe quel bibliothécaire vous confirmera qu'après avoir passé des jours enseveli sous les livres, à chercher où ranger les bouquins égarés, respirer leurs poussières de bronze et recoller des pages déchirées par un lecteur émotif, il se rend compte qu'un livre est l'objet le plus matériel qui soit, si nous définissions la matérialité, pour ainsi dire, par son manque d'autonomie et son obstination, – si vous me suivez ? – et cette matérialité, pendant plus de trente ans, moi, Charlie, je l'ai bue jusqu'à la dernière lettre. C'est pourquoi cette sagesse inévitable porte une fin, et j'ose affirmer que personne d'autre n'en possède ; si vous vous trouviez dans une impasse, avec devant vous un mur à perte de vue, croyez-moi, ce n'est pas la fin, il suffit d'une pichenette et... Eh bien, je ne sais pas ce qui pourrait se passer, car la fin est prévisible, tandis que l'infini est un mystère pour tous, y compris pour moi. Me voilà arrivé aux cabines de douche (donc à la lettre L, évidemment, c'est sans y penser que je l'avais atteinte), les acteurs pensent qu'ils ne peuvent pas aller plus loin, mais moi et monsieur le Metteur en scène savons que dans une cache invisible s'ouvre une autre petite pièce exiguë dans laquelle repose sur quatre pieds biscornus une baignoire lustrée, d'un blanc étincelant, flambant neuve en comparaison avec les autres installations de la salle de bains commune (et ici le L se transformait en un Ł emprunté à monsieur le Poète[1]).

Vincent tremblait de froid, c'est pourquoi je fis couler de l'eau plus chaude que d'habitude. La vapeur remplit la pièce en un clin d'œil, la faisant ressembler étrangement à une grotte. J'éprouvai la température en plongeant doucement mon coude dans l'eau, comme si je m'apprêtais à faire prendre un bain à un bébé. Vincent avait l'air à peine plus fort qu'un nouveau-né – il s'était traîné jusqu'à la salle de bains commune sans mon aide, avait ôté ses vêtements, découvrant un corps qui avait su résister à diverses mises à l'épreuve, mais qui, en revanche, n'était plus capable de se hisser tout seul dans la baignoire – je compris en l'observant que la faim l'avait affaibli plus qu'il n'y paraissait. Il glissa dans l'eau comme un morceau de glace – se diluant en silence, de façon presque amusante. Il enfonça même sa tête sous l'eau, sans laisser échapper de sa bouche ni de son nez aquilin une seule bulle d'air (et j'eus à nouveau cette vague impression – peut-être que son

1. N.D.T. Czesław Miłosz,est un poète lituanien de langue polonaise, dont le nom et le prénom comportent cette lettre Ł pourtant inexistante en lituanien.

nez n'avait vraiment pas de narines, bien que j'y voie clairement deux fentes), et il me fallut la ressortir en l'attrapant à deux mains. Je ne prétends pas qu'il l'ait fait exprès, enfin je ne lui ai pas non plus demandé, mais Vincent ne pouvait pas s'attendre à ce que je n'accomplisse pas mes fonctions jusqu'au bout. J'humidifiai l'éponge molle et poreuse et la passai doucement sur ses épaules angulaires. Il n'y avait pas besoin de frotter vigoureusement ce corps frêle et sans force. Je passai par son ventre, fis un détour par son dos et ses cuisses plus par curiosité que par nécessité – sa peau y était toujours rebondie, jeune, comme si elle ne s'intéressait pas à ce qui se passait avec la chair qu'elle protégeait depuis de longues années des ravages extérieurs. J'avais remarqué ceci : lorsque j'étais confronté à une personne s'apprêtant à mourir, il arrivait souvent que des pensées bizarres, inadaptées aux circonstances, s'emparent de moi ; par exemple, à ce moment-là, alors que je le frottais avec l'éponge, je me mis à penser que ce Vincent, plongé dans cette eau étincelante, en particulier avec ses cheveux couleur de cendre lustrés par l'humidité, était devenu plus attirant, beaucoup plus attirant qu'il ne l'était à son arrivée au théâtre, alors qu'il ne s'était pas encore affamé mais qu'il y était déjà manifestement résolu. D'ailleurs, vous le savez parfaitement vous-même – et si vous ne le savez pas, cela veut dire que vous êtes encore fichtrement jeune et que des découvertes stupéfiantes vous attendent – que la beauté d'une personne n'a rien à voir avec son corps, rien, ou alors pas plus que sont liées au corps les stèles funéraires dites contemporaines que l'on construit à la mémoire d'une personne, qui ne permettent de connaître ni la vraie personnalité du disparu, ni l'être humain en général. Le corps qui nous porte ne serait-il qu'un monument fait de chair à la mémoire de la beauté, vivant une existence éternelle et consentant sporadiquement à se montrer à nous, mortels ? La beauté a besoin d'élus, et tu ne peux jamais savoir quand tu seras appelé à la voir se frayer un chemin dans l'homme et se répandre en lui comme un sortilège se déclenchant à retardement. Comme pour Vincent, immortalisé dans ce corps s'enlaidissant chaque jour où il souffre de la faim.

L'immortalisation est, à vrai dire, un des sujets sur lequel j'avais l'intention de m'épancher. Vous comprenez, après la mort de ma fille... et pourquoi dis-je « mort », alors que je devrais choisir un autre mot ? Le langage se montre souvent plus honnête que nous, et il est bien dommage que nous ayons la capacité de nous opposer à son intégrité, et de façon si laide, si irrespectueuse, presque avec mépris – en utilisant le langage lui-même. Par conséquent, je le reconnais, je continuerai à employer le mot « mort », et vous imaginerez ce que vous voudrez. Par ailleurs, j'ai l'impression, quoique je n'aie aucune manière de le démontrer, qu'à un moment Vincent avait de toute évidence capitulé devant le langage. Il avait longtemps manié une langue bureaucratique ordinaire, comme s'il déambulait sur des échasses en bois – maladroitement, apeuré comme une cigogne, mais en même temps pédant et enjoué – puis soudain, comme si quelqu'un ou quelque chose lui avait enlevé ses échasses, lui, tombé au sol, s'était entendu lui-même, sa propre voix automatisée se propageant depuis les hauteurs qu'il avait quittées. Il est sûrement arrivé au théâtre peu de temps après, sur l'invitation de monsieur le Metteur en scène, c'est en tout cas la supposition que je fais, si peu fiable soit-elle. Et l'enterrement de ma fille chérie, à cause des innombrables tests, examens et procédures, avait pris du temps (comme il nous a fallu courir dans tous les sens, ma femme et moi !). Lorsque nous récupérâmes sa dépouille, nous ne savions pas quelle décision prendre – l'incinérer ou l'enterrer. Personne ne pouvait nous conseiller, nous ne voulions d'ailleurs écouter personne et nous n'aurions pas suivi les avis qu'on nous aurait donnés. Même lorsque la terre meuble, marron clair et argileuse eut rempli la petite tombe, même après que celle-ci eut noirci sous l'effet conjugué de la poussière, du vent et des précipitations, la petite croix toujours dressée au-dessus de la plaque, je ne pus m'empêcher de penser que nous devions mettre fin à tout cela d'une manière ou d'une autre, c'est-à-dire, immortaliser. Selon les coutumes et les traditions cela se fait avec une modeste pierre tombale de granite ou quelque chose comme ça. Bizarre ! Ces coutumes et ces traditions m'aidaient autant qu'elles aggravaient la situation. Selon les coutumes, nous étions obligés d'attendre qu'un an se soit écoulé après l'enterrement pour ériger une petite stèle, et puisque c'est ainsi que les choses se font d'habitude, je ne voyais pas de raison de m'y opposer, au contraire – je suivais fidèlement les traditions, même si l'obligation d'attendre un an semblait un peu fumeuse et sans véritable fondement. Toutefois, ma femme, ma femme bien-aimée, avec qui je m'étais bien entendu toute ma vie – je remercie Dieu pour ce cadeau qu'Il nous avait fait à un âge très précoce, quand nous avions tout juste quitté l'école, que nous craignions, une fois sortis, ne pas être capables de résister à de nouveaux dangers et tentations, et je l'avais demandée en mariage assez rapidement par rapport aux usages en cours – avait subitement désiré se rebeller contre les traditions, alors qu'elle était la première, lorsque la situation l'exigeait, à me rappeler, sans aucun paternalisme, mais par responsabilité amoureuse : que diront les gens ? Et elle avait raison. Bien sûr qu'elle avait raison. Toutefois, à peine un mois après l'enterrement, qui avait été extrêmement épuisant pour nous deux car la douleur inconcevable de la perte était accrue par les attentions insistantes qu'on nous portait constamment, mon épouse bien-aimée –oh, bien sûr qu'elle a un nom, excusez-moi – Adèle, exigea de convoquer sans attendre l'éternité, c'est-à-dire de retirer la petite croix et d'ériger une stèle.

Je pourrais peut-être aujourd'hui trouver la force d'expliquer son comportement – quoique le mot « force », en toute franchise, après la mort de ma fille (sa mort !) disparut de mon vocabulaire et de mon corps, et s'il m'échappe, croyez-moi, il n'exprime ni ce qu'il signifie vraiment, ni la part de volonté qu'il me reste. Voilà donc, avec votre permission, une hypothèse : il y a au moins deux types de douleur – la douleur pratique et la douleur abstraite, qui ne diffèrent en rien par leur essence, surgissent et se posent au même endroit, fonctionnent avec la même force, peuvent être qualifiées de douleur l'une comme l'autre sans aucun risque d'erreur, et à cet égard, reflètent l'amour, car tout comme l'une aime l'homme, l'autre aime l'humanité ; elles ne diffèrent pas dans leurs émotions, seulement dans leur forme. Donc la forme, l'aspect, la composition – c'est en cela que différaient les douleurs qui nous éloignèrent sans pouvoir être guéries. Ma pauvre Adèle chérie ressentait la douleur de façon pratique et voulait la juguler pratiquement, en entreprenant des activités pratiques ; mais, après la mort de notre fille chérie, aucune occupation n'avait plus de sens, elles n'avaient même plus aucune raison d'être. (Est-ce qu'il ne lui fallait pas retourner au travail et à nouveau compter, additionner, diviser et multiplier comme le lui imposait son titre laborieusement gagné de comptable attentive, consciencieuse et respectable ? Nous plaisantions parfois, et peut-être même nous en vantions-nous un peu, de tous accomplir une seule et même mission : créer un ordre mondial par des signes écrits – enfin, je ne veux pas vous duper, plutôt l'illusion d'un ordre mondial.) Immortaliser, ériger une stèle ; voilà ce qui l'enflamma, pardonnez-moi, la stimula, pardonnez-moi, la fit vivre – si elle vécut.

Et qu'en est-il de moi, Charlie ? Vous savez, voici une différence de plus : la douleur pratique enferme une personne en un point – pour ma bien aimée, l'épuisée Adèle, ce point coïncida avec le lopin de terre noircie sur lequel la petite croix avait été plantée avec, à ses côtés, une plaque métallique gravée au nom de notre fille chérie, ainsi que sa date de naissance et, Dieu ait son âme, de mort – alors qu'au contraire, la douleur abstraite repousse l'homme dans les terres vierges de l'imagination, c'est pourquoi il me fallut à tout prix me trouver une cachette. Je n'avais aucun endroit à moi en dehors de notre maison. Je n'avais que ma bibliothèque. Je l'avais encore à cette époque-là. Je rentrais à la maison uniquement pour dormir quelques heures, le reste du temps, je restais tapi là-bas, sans croiser personne, comme si j'avais contracté une maladie contagieuse. Est-ce que je mangeais ? Est-ce que je me lavais ? Je ne m'en souviens plus. J'étais pourchassé, une cible constamment transpercée par les balles. En revanche, je me souviens d'une fois où, rentré à la maison après minuit, j'avais inséré la clef dans la serrure mais elle n'avait pas tourné, comme si le mécanisme avait gelé. Alors, doucement et silencieusement, comme le soupir d'un chat, la porte s'entrouvrit et Adèle, enveloppée de la chaleur de la pièce, s'avança sur le seuil. Vous comprenez, trente-deux ans en bibliothèque, mais quarante-trois ans avec cette femme, un instant d'obscurité et de fraîcheur, la porte d'entrée se refermant et nous, aspirés par le ciel bleu de la nuit froide. Comment Adèle n'avait-elle pas épuisé toutes ses réserves de douceur ? Comment pouvait-il lui en rester après tout cela, après la mort de notre fille ? Évidemment, les mots qu'elle prononça furent le fruit cruel de sa douleur pratique, mais elle parla avec encore plus de douceur que d'habitude : soit tu rentres à la maison pour toujours, soit tu en pars pour de bon.

Quelle voix limpide elle avait ! Quelle nuit limpide ! À travers les trous des étoiles, à travers la passoire du ciel noir au-dessus de nos têtes s'écoulait le suc de la mort, et ses fruits empoisonnés scintillaient là-bas, très haut, tristement inatteignables. C'était peut-être la première fois en quarante-trois ans que nous vivions un moment aussi terrible mais, comme on dit, romantique, comme si nous n'étions pas en train de nous séparer, mais venions tout juste de faire connaissance. Adèle m'avait-elle pardonné de ne pas l'avoir aidée à ériger la stèle ? Ou avait-elle compris ce que je n'avais pas encore réalisé, du moins à ce moment-là, en me tenant sur le seuil de la maison : que j'avais érigé ma propre pierre tombale et y avais élu domicile ? Que la bibliothèque était devenue à la fois ma cachette et la stèle de notre fille ?

Après la représentation, tous les acteurs, perdus et cois, se séparèrent, chacun retournant dans sa chambre. Monsieur le Metteur en scène repoussa au jour suivant la traditionnelle prière commune, ce qu'il annonça en marmonnant sèchement « demain ». J'ai évidemment mes suppositions en ce qui concerne la décision prise par monsieur le Metteur en scène, mais quel intérêt ? Il pourrait y avoir cent raisons à cela, et je ne vous en soumettrai qu'une, qui n'est pas nécessairement la plus importante. C'est que les chats étaient revenus. Avec leurs yeux de vers luisants, ils se mouvaient à petits pas pressés, comme s'ils s'occupaient d'affaires urgentes, et dès qu'ils apercevaient un humain, c'est-à-dire l'un d'entre nous, leur fourrure se hérissait et ils s'éloignaient d'un bond. Leur joie cruelle, du moins à mes yeux, ne pouvait que me briser le cœur. Comme si, jusqu'à ce jour, on s'était mal comporté avec eux et qu'ils ne goûtaient que maintenant au vrai goût de la vie féline. Et tout cela tandis que le triste choc s'abattait sur la troupe. Qui l'aurait cru ? Et à quelle vitesse l'on succombe à l'humeur générale ! À quoi bon tout ce travail ? Pardonnez-moi ma virulence, mais, en réalité, qu'ai-je à voir là-dedans ? Tout ce projet était une lubie de monsieur le Metteur en scène, de laquelle personne d'autre ne devrait se sentir responsable. Et pourtant, une fois la scène nettoyée, je pressai le pas dans les couloirs sombres pour rejoindre ma petite chambre, cette chère Ch, accablé de culpabilité ou de mécontentement. D'humeur sombre, j'ôtai ma ceinture à outils et je déboutonnai ma chemise, et, à ce moment-là, j'entendis quelque chose gratter à la porte.

Mais enfin, les chats aussi sont devenus fous ! (Permettez-moi cette confidence, à présent j'ai un peu honte d'avoir failli injurier ces gentilles petites créatures espiègles, qui ne sont nullement responsables de notre ridicule tragédie humaine – enfin oui, je suis d'accord, il faudrait dire : notre triste comédie.) Lorsque la poignée bougea, je compris que ce n'étaient pas les chats (vous n'êtes pas les seuls à avoir entendu parler des chats qui savent ouvrir les portes, toutefois pas dans une usine, même pendant cette nuit de Walpurgis féline). La porte s'ouvrit et derrière je vis se dessiner une silhouette osseuse. L'obscurité s'étendait sans vergogne, si bien que même mes yeux, pourtant habitués, ne purent reconnaître tout de suite qui se tenait là.

Comme si une sorcière était venue épouser un diable ! Et quid de moi, Charlie, le diable ? Quelle blague ! mais je ne rigolais pas sur le moment. La silhouette s'avança dans la chambre et – enfin, bien évidemment – je la reconnus, Julita. Elle se tenait là, droite, tendue, et ses cheveux bouclés habituellement rassemblés en un chignon (à l'exception d'une mèche vagabonde – d'ailleurs, je n'étais pas d'accord avec l'hypothèse selon laquelle elle la détachait intentionnellement : la coquetterie, même innocente, n'était pas son genre) tombaient librement sur ses épaules. C'est pour cela que je ne l'avais pas reconnue. Et puis, il y a ce détail – comment dire – délicat que, pardonnez-moi, je ne peux pas éviter de mentionner : elle n'était vêtue que d'une chemise de nuit – Dieu merci, à manches trois-quarts – qui découvrait ses genoux et un peu ses cuisses (ce genre de tenue délicate que l'on fabrique imprudemment de nos jours). « Je vous en prie », dit-elle – me laissant apparemment décider de quoi elle me priait. « Je vous en prie, n'ayez pas peur », précisa-t-elle – car elle aimait la précision. Cela me plaisait que Julita s'adresse poliment même à moi, Charlie, qu'elle me vouvoie, sans cette familiarité déplacée qui s'est emparée de notre monde et l'a rendu idiot. Comment les deux sont-ils liés ? Vous savez, la politesse n'est pas uniquement une question de vouvoiement, elle détermine notre façon de penser, notre mode de vie ou la trajectoire qui nous sauve de la platitude horizontale. Je vois qu'il me faudrait du temps pour tout expliquer, et je ne suis pas sûr de parvenir à me faire comprendre.

Oubliez cette histoire. La politesse de Julita n'était pas une plaisanterie d'une nuit. Ce qui est, avouons-le, encore plus extraordinaire au vu de son travail, de cette tension gênante et de ses interlocuteurs loufoques à problème et sans problème. Ce qui est étrange, c'est que les membres de sa profession se caractérisent par leur vulgarité, leur scepticisme et leur intransigeance, sinon il leur serait impossible d'employer ce langage dur, piquant et froid comme la chenille d'un tank qui leur est propre ; s'agirait-il d'une maladie professionnelle – mais d'un autre côté, peut-on qualifier de maladie ce qui permet la survie ? Et soudain j'entendis : « Vous, Charlie... » J'aurais fait n'importe quoi, à ce moment-là, honnêtement, n'importe quoi.

Toutefois, je ne m'attendais pas à cela ! Julita tendit la main et me fit voir quelque chose. Après avoir regardé avec attention, je reconnus une touffe de cheveux. Je n'y crus pas, jusqu'à ce qu'elle dise : « Ses cheveux et les miens. » Ses cheveux à elle, je comprends, mais comment était-elle parvenue à avoir les siens, les cheveux d'Ignas, je l'ignore. En particulier parce que j'avais balayé l'héritage du corps d'Ignas, comme on dit ici, et je l'avais entassé dans un sac ; il était difficile d'y distinguer quoi que ce soit, et je n'avais vu aucun cheveu. Je pris la touffe dans ma main – ses boucles, en réalité – et j'examinai Julita d'un œil ; on pouvait discerner que du côté gauche, au-dessus de l'oreille, ses rares mèches de cheveux étaient noires et, en comparaison, les autres cheveux étaient plus courts, plus fins, et presque incolores dans l'obscurité. Ce pouvait être ceux d'Ignas, mais comment le savoir ? La voix de Julita sonna avec fermeté : « Pourriez-vous, Charlie, tresser nos cheveux ensemble ? » « Tresser » n'est pas le mot exact ; Julita, cette amatrice de la précision, aurait pu trouver un terme plus adapté, mais je n'entrepris pas de débattre, car il valait mieux défendre son avis sur des questions plus sérieuses. Comprenez bien que cela ne faisait pas partie de mes attributions, que cela les dépassait, et que je n'avais pas l'intention de continuer à parler de ces... eh bien, ces sculptures capillaires. Non seulement je n'étais pas obligé, comme l'avait demandé Julita, de tresser ses cheveux avec ceux d'Ignas, mais je n'étais, de manière générale, obligé à rien ! Cette représentation théâtrale imprudente, ces chats enragés, et même Julita reniflant dans sa chemise de nuit de coton, personne ne pouvait m'imposer à moi, Charlie, de faire quelque chose avec des touffes de cheveux déposées dans la paume de ma main comme des petits billets de banque gagnés salement. Je secouai la tête en signe de désaccord, et Julita recula de quelques pas vers la porte. J'espérais qu'elle parte tout de suite. Mais non. Elle plia légèrement les jambes, souleva le bas de sa chemise de nuit et se mit à balancer les hanches lentement. Julita dansait – il serait plus juste de dire « se mouvait maladroitement en suivant des règles apprises il y a longtemps » ; elle s'efforçait manifestement d'être précise, hélas, une telle danse nécessitait un autre genre de précision, innée, incalculable. Je posai la touffe de cheveux sur la table, ôtai ma chemise et me glissai sous le drap dans mon lit. Détourné de Julita et face au mur j'entendis le coton caresser son corps squelettique en mouvement comme une balançoire grinçante, et sa respiration profonde, nerveuse s'accordant à son unique défaite. Derrière la porte, dans la gorge du couloir, arrivait par vagues le miaulement perçant des chats. Le silence s'installa. Julita s'approcha sans bruit de mon canapé pliant, ouvrit le drap doucement comme une page de livre et se coucha en se blottissant contre mon dos. Elle tremblait. Elle m'entoura de son bras et, en un clin d'œil, nous fûmes gagnés par le sommeil.

CHAPITRE SIX

LE CHŒUR

Charlie, tu n'aurais pas vu ma robe, ma robe pour la représentation, elle devrait être par-là, Charlie ? Arrête ! Charlie, pourquoi tu... – Que se passe-t-il Vita ? – Charlie, il est encore en train de se curer le nez et... – Certains médecins affirment que c'est bon pour la santé de se curer le nez. – Ne commence pas, mon cœur... – Je dis seulement que, parfois, ce qui nous semble dégoûtant peut être bon pour la santé. – Crois-moi, Morta, chérie, j'ai vu tellement de choses de ce genre ! Et pas une seule qui ait amélioré l'état de qui que ce soit. – Penses-tu que je n'en ai jamais vu, moi ? – Ce n'est pas ce que je voulais dire, mon cœur. – Je sais. Est-ce d'ailleurs vraiment si dégoûtant de se curer le nez ? Qu'en penses-tu, Charlie ? – Tu sais où est ma robe ? – Votre robe. Votre robe est sur la commode. À côté de la penderie. – Oh, Ignas, c'est vous ! Excusez-moi, mais comment savez-vous quelle robe je cherche ? – Rouge vif. Tissus épais. Motifs jaunes à fleurs. – C'est celle-là, oui. – Elle est posée sur la commode. Je l'ai remarquée, parce que de loin on dirait que quelque chose dégouline de la commode... Ce n'est pas important. Cette commode, il n'y a rien dessus, d'habitude. C'est pour ça que ça a attiré mon attention. – Julita, mon cœur, merci, que tu es gentille ! J'aurais pu y aller moi-même. – Pourquoi as-tu besoin de ta robe ? – Le metteur en scène va-t-il venir ? – Pourquoi ne viendrait-il pas ? – Si le metteur en scène ne vient pas, cette discussion n'a pas lieu d'être. – Je n'en sais rien. D'ailleurs, pas besoin de parler du tout. – Paulius, tu ne veux pas parler ? – J'sais pas. Je ne veux rien. – Le metteur en scène va venir. Il nous a prévenus. Il est peut-être en retard. – Vous êtes bien informé aujourd'hui, cher Ignas. – Y a-t-il quelque chose qui vous turlupine ? – Qui me turlupine ? Pourquoi cette question ? – Vous êtes inhabituellement acerbe aujourd'hui, Vita. – Oh, je vois, je vois, Ignas, vous tenez à me vexer. – Ignas, tu ne devrais pas dire ça. – Enfin, Julita, ma chérie. Je plaisante, bien sûr. Nous avons bien le droit de plaisanter, n'est-ce pas ? – Vous vous demandez si le rire peut nous aider ? – Morta. Vous me faites tout de suite dire ce que je n'ai pas dit. Plaisanter. Pendant qu'on attend. Pendant qu'on se prépare. Vous comprenez ? – Cela nous remontera-t-il le moral ? – Je ne sais pas, Julita. Je dis seulement que je plaisantais. Enfin, je m'excuse à nouveau, Vita. – Et qui est acerbe aujourd'hui ? – Vita, je t'en prie, ne t'y mets pas non plus... – Nous sommes en train d'attendre. Nous ne pouvons pas commencer sans le metteur en scène. – Peut-être que Charlie pourrait aller chercher monsieur le Metteur en scène ? Oui, oui, Charlie, le metteur en scène. – Ce n'est pas à lui d'y aller.

– Charlie, mon cœur, écoute Morta, va voir où est... – Vita, ma chère, cela ne fait pas partie des responsabilités de Charlie. – Et quelles sont les responsabilités de Charlie, cher Ignas ? – Je n'en ai pas été tenu informé. Mais il doit y en avoir. Des instructions. Des règles. Une fiche de poste. – S'occuper du metteur en scène. Mon cœur, je vous garantis que c'est mentionné dans sa fiche de poste ! – Ignas, mon chéri, Charlie travaille avec son cœur, pas selon ce qui est noté dans sa fiche de poste. – Le cœur aussi a besoin d'instructions. Très chère Julita. – D'un intitulé de poste, mon petit cœur ! – Le metteur en scène va venir. Il me l'a dit. Nous avons un peu discuté. – J'sais pas. Il devrait y avoir quatre, cinq, peut-être six voies. Enfin, je veux dire, sur la route. Vous me suivez ? Beaucoup de voitures. Dans un sens, dans l'autre. Une banlieue, sans aucun doute. Enfin, tu vois, pas ce trou. On y verrait tout un tas de grands bâtiments. J'sais pas. Des centres de logistique. Des entrepôts, des endroits pour stocker de la marchandise. On charge, on décharge. Je les ai vu faire des centaines de fois. Enfin, différents hangars, différentes usines, et autres. Ou alors des genres de citernes à eau rouillées. Quelque chose comme ça. Et des voitures, des camions, des bus ; dans tous les sens. Ça va. Ça vient. Sans regarder en arrière, tu vois. Et moi je marche. Au bord de la route, tu vois. Il n'y a pas de trottoir, pas de chemin, rien. – Comment vous êtes-vous retrouvé là ? – Vita, je vous en prie, laissez Paulius... – J'sais pas, je veux dire, j'imagine. Dans un sens, dans l'autre sens. Beaucoup de voitures et de trucs dans le genre. J'sais pas comment je me suis retrouvé là, enfin, comment je pourrais m'être retrouvé là. – J'ai peur que cette robe ne m'aille pas. – Vita, nos costumes ne nous vont jamais. Vous rappelez-vous l'allure qu'avait… – Ne devrait-il pas y avoir quelqu'un pour prendre nos mensurations ? Quelqu'un a-t-il mesuré votre tour de taille et de poitrine, votre largeur d'épaules ? – Personne ne fait attention à ce qu'on porte. – On a l'air risibles. Je trouve. – Vous êtes sérieux ? Risibles ? Pensez-vous que cela puisse sembler risible à qui que ce soit ? – Oui, évidemment. Mais ce n'est que la première impression. – La première impression, ce n'est pas nous qui la produisons. La première impression, ce sont les gens qui l'amènent avec eux. – Et donc, vous nous proposez de jouer nus ? – Ma très chère Morta, vous me prêtez à nouveau des propos que je n'ai pas tenus. – Cela ne changerait rien si l'on jouait nus. Tu as raison, Ignas. – Pendant ce temps-là, Ignas est encore à moitié déshabillé. – Ignas ! Ignas… – Calmez-vous, Julita, mon cœur. – Moi, j'aime bien les petites sculptures de Charlie. Hier, il m'a montré Paulius. – Ces petites sculptures. Ce sont des mèches de cheveux et rien d'autre. – C'est faux, Ignas. Ce sont des mèches de cheveux, c'est vrai, mais leur forme, leur forme et leur ombre, sans doute leur ombre, je sais pas comment nommer ça, cette chose, elle renferme Paulius, ou plus précisément quelque chose de paulinien. – Et qu'est-ce qu'il se passe ? – Eh bien, rien, il ne se passe rien. Je sais pas. Je ne sais sans doute pas l'exprimer. Il se passe rien. Je marche tout simplement, tu vois, là, sur le bas-côté. Sans trottoir. C'est très dangereux. Risqué. Tu vois, ça fait certainement très peur. Combien de fois ai-je été, eh bien, celui qui est sur la route, tu vois, le conducteur. Dans un sens, dans l'autre sens. Au volant d'un camion. Chargé, puis à vide. Et parfois, tu vois, très rarement, parfois, je voyais un bonhomme qui marchait sur le bas-côté. Pas de direction apparente, pas de maison où aller ; je sais pas, eh bien, où est-ce que ce bonhomme pouvait bien aller, euh, habiter, tu vois, y a rien à voir. Toutes sortes de hangars, des entrepôts, des centres de logistique. Donc où va-t-il et d'où vient-il ? – Est-ce que Vincent se taira pendant toute la durée de la représentation ? Est-ce une sorte de privilège qu'il a ? – Mm-m-moi non plus ça ne m'a pas plu. – Qu'est-ce qui ne t'a pas plu, Charles ? – Ll-lll-les vêtements de mon costume de scène. – Ne le prends pas mal, Charles, ta taille n'est pas facile à trouver. – Et même, pas facile à estimer. – Je vais avoir l'air, d-dd-dd'un clown. – On a tous l'air de clowns. – Les manches, e-ee-eelles tombent. Il faudrait les faire raccourcir. Et les chaussures, m-mm-m... – Les chaussures, mon cœur, elles étaient magnifiques ! – J'ai failli m'étaler par terre. – Mais, Charles, tu n'es pas tombé, n'est-ce pas ? – Les vêtements ne devraient-tt-t-ti, ne devraient-ils pas être confectionnés sur mesure ? Ss-sp-spécialement pour nous ? – Ici personne ne fait rien spécialement pour personne, mon cœur. – C'est l'impression que tu as, Vita ? Qu'on nous glisse dans un rôle préparé à l'avance. – Ce ne sont même pas des rôles mais... des boîtes préfabriquées, mon cœur. – C'est bien dit, Vita. Comme si ça sortait d'une page. D'un livre. Peut-être que nous sommes de l'étain fondu à haute température. De l'étain coulé dans des moules ? – Vous le dites encore mieux. – Dans des cercueils. – Comment, Julita ? – Dans des cercueils. Dans des cercueils préparés à l'avance. – Les cheveux sont à la fois morts et vivants. – Que dis-tu, Morta ? – Que les cheveux sont particuliers : ils sont à la fois morts et vivants. Je pensais tout le temps à ça en réalisant des autopsies. Les cheveux sont à la fois morts et vivants. Tordez vos cheveux, Vita. Ça ne fait pas mal, si ? Car ils sont morts. – Mais vivants. – C'est cela Ignas, vivants. – Quand quelqu'un meurt, ses organes meurent plus lentement que lui. – Pour l'amour de Dieu, qu'est-ce que tu racontes, Morta ? – Je partage des connaissances professionnelles. Ils meurent doucement, c'est-à-dire qu'ils se transforment. Alors que les cheveux, ils ne meurent pas suite au décès. C'est même l'inverse : ils sont encore plus beaux quand le corps est mort. – Pourquoi nous racontes-tu ça ? J'en ai froid dans le dos. – Parce que, Julita, tu as dit quelque chose de paulinien. Les cheveux sont à la fois morts et vivants. C'est peut-être pour cela qu'ils conservent quelque chose de l'essence de la personne à laquelle ils ont appartenu. – Quand la discussion prend fin et que je raccroche. C'est à ce moment-là. – À chaque fois ? – Non, non, évidemment, pas à chaque fois. Après certains appels. Des appels qu'on pourrait tous qualifier différemment. Je les qualifiais simplement d'appels compliqués. – Julita, ma chérie, tu n'es pas obligée d'en parler. Si tu n'en as pas envie. – Et pourquoi donc, Ignas ? Je ne compte pas parler de cet appel. Je parle des appels compliqués. C'est après ceux-là.

Les quelques instants, interrompus rapidement par autre chose. Par un autre appel, en général. Les jours moins chargés, quelqu'un qui s'approche ou un bruit extérieur. – Ou les nuits. Enfin, je sais pas, vous travailliez la nuit aussi, n'est-ce pas ? – Oui, Paulius, bien sûr, ou les nuits, les nuits moins chargées. Quoique, des nuits... des nuits moins chargées, il n'y en avait pas vraiment. Il pouvait y avoir moins d'appels, mais ils... – Principalement des compliqués, c'est ça mon cœur ? – Des compliqués. Quand la discussion prenait fin, et ce n'est pas agréable à reconnaître, la personne ayant appelé aussi. Son histoire, ses peines, son appel au secours, son malheur, sa douleur. Pour moi, c'était fini. Je parlais avec indifférence. Même quand la personne qui appelait, d'après ce que je devinais, voulait simplement discuter. Toujours avec indifférence. Autrement, impossible de travailler. – Mon cœur, tu n'as pas besoin de te justifier. On ne peut pas faire autrement avec ces fous. Ils voulaient avoir une conversation téléphonique avec toi, c'était déjà ça. Moi, ils m'invitaient chez eux ! J'aurais pu en perdre la tête moi-même. – Vita, ils souffrent de leur solitude, tu comprends ? – Mon cœur, ne le prends pas mal, quand tu travailles, tu ne le comprends pas, enfin, je ne le comprenais pas... je refusais de le comprendre. Pour préserver ce qu'il restait de mes nerfs. – Moi aussi, Vita, c'était pareil. Pourtant, quand je raccrochais, pas forcément après ceux-là, je veux dire, les plus compliqués, je sentais que leur solitude restait avec moi. – Le metteur en scène est en retard. Il a annoncé qu'il serait en retard.

Je ne pensais pas qu'il le serait autant. – Et je l'emportais avec moi. – Paulius ? – Je sais pas. Tu vois, j'sais pas parler, euh, comme elle. Comme Julita. Julita, je t'ai écoutée, et je sais pas, enfin, tu comprends. Quand tu as dit, euh, que leur solitude restait avec toi, j'ai pensé, je sais pas, peut-être que je l'emportais avec moi ? Tu vois, la solitude du bonhomme, tu comprends ? – Cc-cc-ce n'est pas possible. Qu'on, ss-s-ssoit habillés comme des clowns devant le public. C'est la représentation la plus importante de toute notre vie. – Qu'est-ce que tu peux y faire, Charles ? – On peut, en d-dd-ddiscuter avec le metteur en scène. Ll-l-le metteur en scène devrait comprendre. – Ou peut-être qu'il comprend mieux que toi, Charles ? – Mm-Mo-Morta, nous trouves-tu particulièrement clownesques ? – Non, ce n'est pas ce que je dis. Je dis que nous devons nous conformer aux idées du metteur en scène. Tu es d'accord, Charlie ? Monsieur le Metteur en scène sait ce qu'il fait, n'est-ce pas ? – Je sais pas, tu vois, pourquoi je me mets, enfin, pourquoi je m'imagine que je ne sais pas que je suis ce bonhomme, tu vois, que je suis à sa place ? Si, sa solitude, je l'emportais. Je sais pas, si je la chargeais dans le camion, si, tu vois, si la solitude de ce bonhomme y rentrait, pourquoi j'ai l'impression que... En un mot, je veux dire, tu vois, les voitures, les camions, les bus vont et viennent, alors pourquoi... Je sais pas. Peut-être que, tu vois, l'un d'entre vous peut, je sais pas, m'aider ? – Tous ces éléments, disons-le ainsi, définissons-les et appelons-les des situations. Ces situations doivent-elles être professionnelles ? Parce que je pense que je suis prêt. Prêt à vous faire part de certaines idées. Pour résumer mon point de vue… – Excusez-moi de vous interrompre, mon cher Ignas, mais pourquoi dites-vous « point de vue » ? – D'un autre côté, vous avez raison, Vita. Ce n'est pas un point de vue. Cela va de soi. C'est mon expérience. Elle n'est pas liée à mon travail. Du moins pas directement. – Vita ! Quand avez-vous eu le temps d'enfiler votre robe ? – Elle me va ? – Elle vous va. À ravir. – Eh bien, vous voyez. À quoi bon ces tailles. À quoi bon ces mensurations, mesdames ? Elle vous va comme un gant. Comme si elle avait été faite sur mesure. – Oui. De l'étain coulé dans un moule. Soigneusement modelé en… – Julita, ma chérie. Je t'en prie. Après tout, il est possible de se comporter autrement ici. Il est possible de rester dans le cadre d'une certaine retenue. – Où est passé celui qui nous a fabriqué ce cadre ? – Vous moquez-vous de moi, Morta ? – Non, pardonnez-moi Ignas, je me moquais de moi-même. Je suis sortie du cadre de la retenue. – Avec cette robe, ma chère Vita, votre visage aussi. Il rougit. – Ignas, est-ce possible ? – Quoi donc, ma chérie ? Ai-je par mégarde dit quelque chose d'inadapté ? Vita, vous ai-je blessée ? – Aa-a-arrête de me regarder. Je n'y comprends rien, aux rr-r-rrobes. – Charles, mon cœur, vous ai-je demandé quoi que ce soit ? J'ai appris à ne plus demander. Après tant d'années de travail. Avec des salopettes et des salopettes. Et maintenant une robe comme celle-là. Je ne m'y attendais pas. – Vita. Elle ne m'avait pas fait attention. Tu t'es vexée à sa place Julita. Je te serais reconnaissant si on se passait de tel… Charlie, serait-il temps d'aller chercher le metteur en scène maintenant ? – Vous savez quoi, moi, cette gamine, elle ne m'a pas plu, dès le début. – Pourquoi tu dis ça comme ça, « gamine » ? Je ne t'ai encore jamais entendue l'appeler comme ça, Vita. – Eh bien, maintenant je l'appelle comme ça. Gamine. Elle n'avait rien à faire là. Vous le saviez, ça ? Charles, raconte-leur. – Qq-qq-qu'est-ce que je viens faire là-dedans ? – D'ailleurs, après l'appel... après cet appel, je n'ai ressenti aucune solitude. – Julita, ma chérie, tu avais promis... – Je n'en parlerai pas, calme-toi, Ignas. Je dis simplement : c'était différent après cet appel. Je n'ai pas ressenti de solitude. Je n'ai rien ressenti. Au début. Je ne parle pas de ce qui s'est passé après. – N'en parle pas, n'en parle pas, personne ne veut en entendre parler. Charles, ma parole, tu passes ton temps à fixer les gens comme ça ? – Je sais ce que je vais demander à Charlie... – Charlie est parti chercher le metteur en scène. – Il est parti, c'est pour ça que je dis : je sais ce que je vais lui demander. Quand le moment sera venu. – Julita, ma chérie, j'ai peur que ce soit une mauvaise idée. – Parce que tu sais ce que je vais lui demander ? – Et donc voilà. Cette situation. Cette situation singulière. Un dîner en famille. C'était une tradition sacrée. Tous ensemble à table. Chaque soir. C'était avant notre situation. Et évidemment. Avant Julita. Avant toi, ma chérie. Qu'est-ce qui vous fait sourire, Charles ? Ce que je dis est-il drôle ? – Non. Pp-pp-pardonnez-moi. Cc-cc-continuez. – Un dîner en famille. Comme je le disais, une tradition sacrée. Notre union. Pendant toutes ces années. Même quand nos deux fils ont grandi. Des adolescents. La puberté.

Les révoltes. Les disputes. Toutes les familles en ont ? Mais il nous restait nos dîners. Il est clair que personne ne pouvait prévoir que cette situation singulière surviendrait à ce moment-là. Je parle, bien évidemment, de notre singulière situation actuelle. Vous vous demandez sans doute : et pourquoi pas au travail ? Pourquoi pas, par exemple, en réunion ? Après tout, je restais au bureau jusqu'à la tombée de la nuit. Je me trompe ? Bon. Je me le demande aussi. – Je ne connais pas de situation de ce genre, donc je ne dis rien. Je ne suis pas obligé de parler, si je n'ai rien à dire, n'est-ce pas ? – Merci, Vincent. Tu n'es pas obligé. Bien sûr que tu n'es pas obligé. – Moi, je suis quand même curieuse. – À propos de quoi, Morta ? – De ce que Charlie va faire avec mes cheveux courts. – Vous Morta, vous voulez voir votre sculpture mortuaire ? – Pour être plus précis, Ignas, ce qui m'intéresse c'est de voir à quoi ressemble mon essence. – Pour l'amour de Dieu, ce n'est rien d'autre qu'une mèche de cheveux. – Savez-vous quelle question m'ennuie le plus ? – Est-ce qu'après la mort, ll-ll-les cheveux continuent à pousser ? – Non, Charles, personne ne s'intéresse à ça. Ce qui intéresse tout le monde c'est : est-ce que je l'ai vue. – Ll-ll-l'as-tu vue ? – Avez-vous vu quoi ? – Oui, l'ai-je vue ? L'âme qui s'échappe du corps lorsque je le découpe. – Est-ce que tu l'as v-vv-vue ? – L'avez-vous vue ? – Je ne l'ai pas vue. Jamais. Sur plus de mille cas ; pas une seule fois. – Pourquoi cette question t'est-elle revenue ? – Est-ce qu'on t'ennuie ? – Parce que je suis en train de me dire : peut-être que l'âme se réfugie dans les cheveux ? – Mais alors, o-ooù-où se réfugie l'âme des chauves ? – Charles, ma parole, vous n'avez pas d'âme. – Vita, j'envie ton âme. – Pourquoi la mienne ? – Elle vivra dans un palais ! – Et donc après ce dîner. C'est après qu'est survenue cette situation singulière. Pas n'importe quel dîner. Celui du samedi. Le plus important. Les assiettes étaient vides. Ma femme et moi buvions du vin. Du rouge, je me le rappelle. En silence. Nos fils attendaient impatiemment de pouvoir sortir de table et s'isoler. Devant la famille. Je ne l'aurais jamais imaginé. Même devant ma famille. Et, concernant ma famille. C'est la seule façon de l'expliquer. Un dîner en famille, le sujet est clair, c'est à cela que ça sert, non ? À célébrer. Notre victoire sur la solitude. Comme une arme de guerre. Ou au moins un bouclier. – Oh mon Dieu ! Charlie, mon cœur, c'est toi. Tu m'as fait une de ces frayeurs ! Ne fais plus jamais ça... – Et le metteur en scène, où est monsieur le Metteur en scène ? – Pourquoi pensiez-vous que Charlie le trouverait ? – Laisse Charlie tranquille. – Quand le moment sera venu, je vais demander à Charlie de joindre ma petite sculpture à celle d'Ignas. Qu'il les tresse. – Mon cœur, ma chère, puis-je te demander ? – Bien sûr, Vita, sans hésitation. – Ignas, les petites sculptures, c'est beau, c'est mignon, mais n'était-ce pas Ignas qui t'a seulement, comment dire... – Je vois ce que tu veux dire. Peut-être que c'était lui. Peut-être que non. Quelle importance ? Ce qui compte, c'est que cette robe te va à ravir. – C'est tout ce que tu penses de moi, Julita ? Que je ne suis que ça ? Des robes et c'est tout ? Cela fait tant d'années que je me traîne dans des salopettes puantes, et maintenant… – Excuse-moi, Vita, ce n'est pas ce que je voulais dire. Ce qui compte, pour moi comme pour toi, c'est ce qui se passe ici. Ce qui est important, c'est aussi ce qui nous donne de l'espoir, et pourtant nous n'avons pas apporté l'espoir de nos anciennes vies avec nous, n'est-ce pas ? Alors, qu'importe ce qu'Ignas a été pour moi ? – Et si le corps, s'il b-bb-brûle ? – Et alors, si le corps brûle ? – Eh bien, ils brûlent aussi, les ch-cch-cheveux. N'est-ce pas ? – C'est vrai, Charles. – Où, se rr-rr-réfugie l'âme ? – N'est-ce pas toi, Charles, mon cœur, qui pourrait répondre le mieux à cette question ? Après tout, tu as vu… enfin, tu comprends, mon cœur. – Mm-mm-Morta en a vu plus que moi. Je n'ai rien vu. Un corps carbonisé, et c'est t-tt-tout. À ce moment-là, je ne pensais pas à l'âme. – Peut-être que l'âme aussi brûle. Vous n'avez pas pensé à ça ? – Morta, tu racontes n'importe quoi ! – Je marche, je marche, tu vois, je marche sur le bas-côté. L'heure de la journée, je sais pas, c'est pas important, ça l'a jamais été. Alors qu'il y a une chose très importante, euh, qu'on ne peut pas traverser, tu vois, cette route. Une telle circulation. Dans le sens euh, du danger, de la menace. Et je ne vois aucune maison. Non, il y a ces voitures, euh, ces bus, ces camions. Enfin, tout, très indifférent. Et aucune maison. Tu vois ? c'est peut-être ça la solitude. Euh, ne pas avoir de maison. Ou peut-être, tu vois, peut-être plutôt la peur, sans doute. J'ai pas peur de grand-chose. Je n'ai pas peur de ces voitures, enfin, qu'elles me renversent. Je sais pas, en fait, j'ai peur que personne ne s'arrête. – Je me demande bien d'où il le sort. – Quoi donc ? – Le fauve. Ça n'a pas dû être facile de le ramener ici. – Quand j'ai entendu ce bruit, au début j'ai cru qu'une des turbines de l'usine s'était remise en route. – Moi aussi, mon cœur. Pas spécialement une turbine, mais que quelque chose s'était allumé. Je me suis dit que ça allait nous poser problème. – Et Charles... je n'aurais jamais pensé que ce drôle de petit bonhomme... – Sa taille est-elle si importante ? – Non, peut-être que ça n'a pas d'importance, mon cœur, peut-être que ça n'en a pas, mais tout de même, un tel fauve contre un petit bonhomme comme ça. – On ne te fera pas changer d'avis, Vita. – Au travail, j'ai appris à suivre une règle. Selon cette règle, il ne faut jamais tirer de conclusion hâtive. Si tu ne prends pas en considération les faits. – Et, cher Ignas, vous manque-t-il des faits ? – Quoi qu'il en soit, Ignas, les faits ne sont pas en votre faveur. – Qu'insinuez-vous ? – Charles, mon cœur, pendant que Charlie est absent, tu peux nous raconter. – Qu-qu-que veux-tu savoir, Vv-vv-Vita ? – En effet, Charles. Il est peut-être temps. Tout notre groupe est là. Tu pourrais nous expliquer. Selon les modalités établies... – De quelles modalités parlez-vous, cher Ignas ? – Ignas, je vous respecte beaucoup, mais ici, vous m'excuserez, ce n'est pas votre lieu de travail. – Eh bien, disons, les règles de l'existence humaine. Vous ne nierez sûrement pas leur existence selon le décret suprême. Et nous devons les respecter. Et donc Charles ; si, bien évidemment, il ne veut pas enfreindre cette modalité, il doit maintenant nous expliquer... – Vv-vv-vous voulez savoir, c-cc-ce que nous construisons avec Charlie ? – Oui, Charles, on peut dire ça. – Je ne peux pas.

Jj-jj-je ne peux pas. Monsieur le Metteur en scène d-dd-doit donner son accord. – Charles, mon cœur, tu parles comme Charlie. – Pas besoin de le représenter. Ça ne changera rien. – C'est pour, l-ll-la fin. – Vous voyez. Ça ne change rien pour nous. Nous ne l'atteindrons pas. – Tu n'as pas envie de savoir, mon cœur ? Moi, je suis encore plus curieuse de savoir ce qu'il y a là-bas. – La fin, et rr-rr-rien de plus. – Bah, la fin, c'est la fin. – Je cherche une solution pour éviter cette situation singulière. Avant le dîner, nous avons prié. Nous ne l'avions jamais fait avant. Je m'étais souvenu que mes grands-parents, à une époque, faisaient une prière avant le repas. Et en regardant un film, j'avais vu que cette tradition perdurait dans d'autres familles. Je m'étais dit, il faut essayer. Mon épouse ne s'y était pas opposée. Mes fils... mes fils, ça ne changeait rien pour eux. À cette époque, rien de ce que je faisais ne leur convenait. Ils se sont peut-être dit que c'était le dernier repas de leur père. Mais ils sont restés silencieux pendant que je disais la prière. Ils n'ont pas contesté. Ça n'a pas aidé. La prière n'a rien changé, évidemment. Bref, je ne comprends pas, pourquoi la prière n'a rien changé. Mais elle n'a rien changé. – Vous avez essayé, tu vois, de mettre de l'ordre... – Pas à temps, Paulius. – La situation singulière s'est mise à se répéter. Après chaque dîner. C'est pourquoi j'ai dit un jour à nos fils qu'ils n'étaient plus obligés de dîner avec nous. – Ce doit être beau. – Un corps qui brûle ? Quelle idée, Julita ! – Non, pas un corps qui brûle. Une âme enflammée qui s'échappe d'un corps qui brûle. Une sorte de petite flammèche orange. Comme des flammes qui s'élèveraient vers le ciel, mais en bien plus petit. – L'âme n'est pas un gaz. – Et qu'est-ce donc alors, Morta ? – Peut-être pas orange. Elle pourrait être bleue, ou verte. – Ou noire. – Du feu de couleur noire ? – Tu imagines, à quoi ressemblerait une flamme noire ? – L'âme n'est pas un gaz. Et certainement pas non plus un feu d'artifice. – Ça n'existe pas les feux d'artifice noirs. – Les âmes de couleur noire non plus. – Vraiment ? – J'ai peur d'être brûlée vive. – Il faudra que l'un d'entre nous soit brûlé vif. – J'espère que ça ne sera pas moi. Vous pouvez me... je ne sais pas, faites ce que vous voulez, mes chéris, mais ne me brûlez pas vive. – Avons-nous le choix ? – Charles, je t'en prie, ne me regarde pas comme ça. – Tu ferais mieux d-dd-de ne pas dire ça à monsieur le Metteur en scène. – Et pourquoi ? – Il p-pp-pourrait penser... – S'il pensait quelque chose de nous, il serait déjà là. Charlie, comment se fait-il que tu n'aies trouvé monsieur le Metteur en scène nulle part ? – Cette fille. Moi, je ne l'appellerais pas gamine. Je ne peux pas nier qu'elle n'a éveillé aucun soupçon en moi. Mais, de toute évidence, il me manque... – Des faits, cher Ignas, il vous en manque perpétuellement. – Et qu'avez-vous, très chère, contre les faits ? On peut consigner les faits sur papier. Personne ne peut contredire ce qui est consigné sur papier. Cher Vincent, concernant ce point, j'attends votre approbation et votre soutien. – Le papier, ç-çç-ça brûle vite. – Et quel rapport avec... – N'aimeriez-vous pas savoir pourquoi Charlie ne se fâche jamais contre nous ? – Contre nous ? Que voulez-vous dire ? – Contre nous.

Notre comportement. Quand nous ne faisons pas tout ce que nous devrions faire. – Attendez un peu. Et que devons-nous faire ? Que devrions-nous faire de plus ? – Ignas, arrêtez. Vous feriez mieux de vous taire. – Comme Vincent. – Moi, contrairement à Julita. Contrairement à toi, mon cœur. Moi, ça ne se terminait jamais, avec la fin d'un appel, cela va de soi. Toi, Julita, ton travail se terminait avec la fin des appels, et moi, mon travail commençait juste après. Par contre, quand je revenais de ces urgences, c'était pareil. J'aimerais mieux parler de mon enfance. Quand j'étais petite, mes parents m'emmenaient à la campagne pour les vacances. – Moi aussi. – Moi aussi. – Pour moi, il n'y avait pas de campagne et j'en étais bien contente. – Ça me fait de la peine pour toi, Morta. Ne le prends pas mal, mon cœur. Mes grands-parents étaient occupés à travailler. Dès l'aube. Je me réveillais tard (moi, bien sûr, j'aimais faire la grasse matinée, enroulée dans ma couette), il n'y avait personne à la maison, mon petit-déjeuner m'attendait chaque jour dans la cuisine. Et quel petit-déjeuner ! Du pain noir avec du fromage frais, un peu de beurre, baratté par ma grand-mère évidemment, et c'est tout. Quel délice ! Je traînais toute seule toute la journée. Je ne sais pas pourquoi mes grands-parents ne me donnaient pas de petits travaux à faire. Je restais toute seule avec les chats, les poules, les prunes, les prairies, les coings, les cassis, les fraises des bois, les orties, enfin, avec tout ce qui vivait dans les environs, seule de chez seule. Voilà ma situation, comme vous l'appelez, Ignas. Pour vous, mes cœurs, ça avait l'air d'être triste, mais pas pour moi. Désolée, mais je n'étais pas triste. – Si l'âme se réfugie dans les cheveux, alors l'histoire de ces satanés chats... – Ignas, vous aussi ? Les autres je peux comprendre, mais que vous, mon cœur, vous ayez gobé cette histoire de chats, je ne l'aurais pas deviné. – Je ne dis pas que j'y crois. Je dis que les faits contredisent cette histoire. – Les faits selon lesquels l'âme se réfugie dans les cheveux ? – Peu importe les faits, mais maintenant c'est limpide. C'est absolument limpide, la raison pour laquelle le metteur en scène avait l'air si désespéré. Quand il est arrivé avec la tête rasée. – Je tiens à vous rappeler qu'il est toujours le metteur en scène. – Si c'est toujours lui le metteur en scène, alors où est-il ? – Avec ma femme. Tous les deux. Sans plus. Un dîner à deux. – Vous avez l'habitude de réunions de plus grande ampleur, cher Ignas ? – Taquinez-moi, taquinez. Nous avions commencé à prendre nos repas sans rien nous dire. Chacun pour soi. Selon les modalités domestiques. Voilà la situation singulière. – L'existence elle-même ressemble à la situation singulière décrite par Ignas. – Que dites-vous, Vincent ? – Je dis que cette situation, pour reprendre les mots d'Ignas, notre existence tout entière lui ressemble. Je ne comprends pas le but de cette discussion. Il n'y a rien ici à discerner ni à démêler. – Morta, quand tu parles, Morta, tu sais bien, même si nous nous connaissons à peine, que je t'aime bien, je peux certainement dire cela, tu sais, Morta, mais on dirait que, quand tu parles, ça pue le froid de la morgue. – Julita ! Qu'est-ce qui te prend ? – Ce n'est rien, Ignas. Je l'ai tellement côtoyé ce froid, que je suspecte cela moi-même.

– Tu le ressens à l'intérieur de toi, Morta ? – Parfois. Pas tous les jours. – Est-ce que c'est ta situation, le froid de la morgue ? – Pourquoi ? Non, absolument pas. Lorsque quelque chose d'étranger s'insinue dans ton corps, tu n'es plus vraiment seul, n'est-ce pas ? – Mes chéris, je n'ai pas l'intention de vous écouter. Arrêtez. – Charles, c'est quoi votre situation singulière ? – Ss-ss-singulière ? – Eh bien, ce dont nous sommes en train de parler. – Mm-mm. – Vous avez quelque chose à dire ? – Mm-mm-moi c'est comme pour Julita et Vita. – Mon cœur, je te remercie. – C'est-à-dire, comme pour Julita et Vita ? – Çç-çç-ça y ressemble beaucoup. – Très cher, vous ne pouvez pas en choisir deux. Non, cela va de soi. Et de toute façon, vous ne pouvez pas choisir une réponse donnée par quelqu'un d'autre. – C'est ainsi que vous prenez les choses, très cher Ignas ? Il nous faut rendre des comptes ? – Ce n'est pas ce que j'ai voulu dire. – Mm-mm. – Très cher, vous ne respectez pas les règles. – Ignas, mon chéri, il n'y a pas de règles. – Dd-dd-dans ce cas, comme Vita. – Pauvre Julita. Ça me fait de la peine pour elle. – Plus que pour nous tous ? – Et pourquoi devrions-nous avoir de la peine pour nous tous ? – Et pourquoi devrions-nous avoir de la peine pour Julita ? – Rappelez-vous, elle voulait que sa mèche de cheveux soit tressée avec celle d'Ignas. – Ah oui, c'est vrai. – Pauvre petite. Elle ne pouvait pas savoir ce qu'il resterait de ses cheveux. – Charlie, tu vas trouver une solution, n'est-ce pas ? – Vita, pourquoi as-tu retiré ta robe ? – Vita, elle t'allait à merveille. – Avec ton visage rougi. – Je n'ai pas envie de porter cette robe. Je le dirai au metteur en scène.

Charlie, emportez-la. – Mais elle t'allait bien. – Elle est rouge. – Oui, elle est rouge. Et le rouge te va à ravir. – Merci, mon cœur, mais non. – Mes très chers, je veux que vous sachiez. Toi aussi, Charlie, je souhaiterais que tu écoutes. Je l'annoncerai plus tard au metteur en scène. Je veux être rasé de près. Juste avant la représentation. – Avant la représentation ? – Quelle mouche vous pique, Ignas ? – Voici ma décision. Après examen final. Je peux signer s'il le faut. – Détendez-vous, Ignas, votre signature n'a aucune valeur ici. – Comment ça, ma signature n'a aucune valeur ? – Une signature, c'est une forme d'espoir. – Qu'est-ce que vous racontez ? – Julita pourrait vous rappeler que... – Morta, si vous n'étiez pas une femme, je prendrais cela pour une insulte. – Et une femme ne peut-elle pas vous insulter ? – Ne jouez pas avec les mots de cette façon. Il existe des mœurs adaptées... – Dd-dd-des règles ? – Charles, vous feriez mieux de vous occuper de vos affaires. – Mais quand même, vous n'êtes pas juste envers lui. Ignas, donne-moi ta main. Approche-toi, je vais te caresser les cheveux. – Il ff-ff-faut leur dire adieu. – À quoi bon ces moqueries ? Que cherchez-vous ? – Et vous, Ignas, que cherchez-vous, en vous rasant les cheveux juste avant la représentation ? Croyez-vous ainsi vous protéger de quelque chose ? – Si c'est indispensable. S'il vous faut savoir. Je vais vous expliquer. Voici ce que je vais vous expliquer : je ne veux pas que mon âme se réfugie dans mes cheveux. Je veux qu'elle disparaisse pour de bon. Qu'elle parte le plus loin possible. – Et comment va-t-elle disparaître ? – Le plus loin possible de moi ! – Pardonnez-moi mais vous êtes votre âme. Vous disparaîtrez avec elle. – Ignas, mon chéri, tu t'envoleras sous la forme d'une belle flamme orange. – J'espère bien que non. J'espère que je ne suis qu'un corps. Et mon corps... avec mon corps, le metteur en scène peut faire ce que bon lui semble. Où diable est-il ? Dd-dd-d'où tenez-vous que, Ch-cch-Charlie ne se fâche jamais contre vous ? – Charles, en sais-tu plus ? – Cela saute aux yeux, Charlie t'a confié quelque chose. – Morta, d'où vient cette cicatrice ? – J'ai dû me couper et laisser s'échapper... – J'ai compris, votre âme. – Ou alors, tu l'as laissée entrer. – Je l'ai laissée entrer ? – Eh bien, oui, la laisser entrer, comme tu le disais, tu n'es pas seule. – C'est sûrement la première fois que je suis confrontée à une telle situation. Allons bon, vous voyez, je m'exprime maintenant comme notre cher Ignas. – La bureaucratie nous ensorcelle tous, mon cœur. – Et elle nous tue. – Je ne suis pas d'accord avec vous, très cher Vincent, lorsque vous affirmez que l'existence est ainsi. À quoi peut bien ressembler votre vie pour que vous teniez de tels propos ? – Laissons chacun s'occuper de son existence, mon cœur. – Je n'y touche pas, à l'existence. Toutefois, Vincent ne dit rien, et son silence veut dire que nous devons être d'accord avec lui. – Balivernes ! – Balivernes. Mais comment être en désaccord avec le silence ? Il se peut que je n'aie jamais été confrontée à un tel sentiment, absolu et incontestable, comme la solitude. – Toi, Morta ? – En travaillant avec ces... ? – Cadavres ? – Morts, je voulais dire. – En travaillant dans la mort. – Ou peut-être que je porte la mort en moi. Tu as raison, Julita. Lorsque je parle, je souffle du froid, et peut-être que ce n'est pas le froid qui s'est installé à l'intérieur de moi, mais bien la mort. S'il existe une différence entre les deux. – Vous voyez, cela veut dire que vous l'avez laissée entrer. Vous avez entrebâillé votre hémisphère gauche. – Ne dis pas cela, Morta. – Tout va bien, ce n'est pas douloureux de réaliser cela. Il est même possible que j'aie été plus heureuse que vous pour cette raison. – Parce que la mort s'est établie en toi ? – Vous racontez n'importe quoi ! – Ce ne sont que des paroles, calmez-vous, Ignas, pour l'amour de Dieu. – Il vaut mieux vivre avec la mort ou avec le froid que de vivre complètement seul. – Vous avez dû éventrer le diable et gober son âme pour, pardonnez mon langage, débloquer à ce point-là. – Parce que le diable a u-uu-une âme ? – Le diable est-il mort ? C'est une question plus importante, vous ne pensez pas ? – Le rouge est la couleur du feu. – C'est pour cette raison que tu ne veux pas porter cette robe, Vita ? – Ce sont des superstitions. – Ce sont peut-être des superstitions pour vous, mon cœur, mais pour moi c'est le destin. Je ne veux pas. – De la couleur rouge ? – Je ne veux pas être brûlée vive. – Tu vois, je sais pas, je pourrais peut-être, Morta, comme tu dis là, bref, j'aurais pu en amener. – Quoi, Paulius ? – Je sais pas, la solitude. Tu vois ce que je veux dire ? J'en ai rempli tout un camion là-bas.

CHAPITRE SEPT

LA PLUME

Oh, pardonnez-moi ! Pardonnez-moi ! Il y a tant de choses que je voudrais vous dire que j'ai oublié de vous raconter le plus important ! « Important » n'est peut-être pas le mot ; devrais-je plutôt dire « intéressant » ? Vous savez, ce que renferme la nature humaine nous est inconnu. Tous les péchés débridés, les vices et les faiblesses, les penchants (bons comme mauvais, bien sûr), et ce à quoi nous ne pouvons résister sans nous détruire, tout peut être discuté – dire que cela est inné ou naturel n'est qu'une excuse. Mais une chose est claire à mes yeux : la curiosité, elle, est bien le fruit de notre nature, voire notre nature elle-même. Le terme « curiosité » a le mérite d'être plus clair que la dénomination étrange de « nature » que nous utilisons d'habitude. Comprenez-moi bien, je ne conteste en aucun cas l'existence de vices naturels, au contraire, mais je ne comprends pas pourquoi la curiosité est parfois élevée au rang de moteur de l'humanité, qui nous pousse à avancer... sauf s'il s'agit d'avancer vers... bon, vous voyez bien. Après tout, on dit aussi que la curiosité est un vilain défaut, n'est-ce pas ? Et l'humain reste humain non pas lorsqu'il s'y adonne, mais quand il parvient à la maîtriser. Mon verdict, si vous me permettez de le partager, serait celui-ci : l'humain deviendra humain lorsqu'il détruira irrémédiablement cette tendance. Il me semble que je me contredis à nouveau et que j'oublie ce que je voulais vous dire. Enfin bon, désolé de me moquer, mais vous préférez assouvir cette curiosité qui vous chatouille les pieds plutôt que de devenir humain, n'est-ce pas ?

Vincent, compte tenu de son état, se hissa sur la scène avec une étonnante facilité. C'est tout ce que j'en vis (je fus peut-être le seul à remarquer que son visage ridé s'était figé comme s'il était fait de pierre et que son nez aquilin était percé pour la première fois de deux orifices noirs, comme si juste avant sa mort Vincent avait voulu m'offrir ce précieux cadeau – le secret de ses narines). Puis je me retirai furtivement dans les profondeurs des coulisses d'où j'entendis le murmure indulgent qui montait des sièges des spectateurs, ainsi que les grognements de l'ours se déplaçant paresseusement dans sa cage, recouvrant par intermittence le bruissement du corps décharné de Vincent et de ses pas hésitants. Je dis « hésitants » mais ceux ne l'ayant pas vu dans la baignoire une demi-heure plus tôt ne pouvaient pas comparer et comprendre l'assurance qu'ils avaient gagnée. À mes yeux, c'était comme s'il savourait à petites gorgées un élixir de vie, et, je l'avoue, je fus envahi à la fois par l'admiration et le dégoût. Lorsqu'il prit la parole sur scène et que ses répliques tourbillonnèrent dans le puits, je me protégeai aussi des sons, donc ce qui se passa par la suite je l'appris par les récits des acteurs, ou plutôt par leurs tentatives de raconter. Hélas ! Si je poursuis mon idée première – de grâce, rappelez-vous : la curiosité – je fais preuve d'autant de bassesse que vous (oh, ne vous méprenez pas, ce n'est pas une insulte – mais ce n'est pas non plus un compliment). Moi, Charlie, moine de l'indifférence, je fus soudain submergé par la pire forme de curiosité qui soit – tenace, vorace, doucereuse, comme si j'avais repris connaissance après de nombreuses années et désirais absolument savoir qui j'étais. Bon, c'est une comparaison particulièrement dramatique, et j'aurais peut-être dû faire preuve d'un peu plus de retenue, toutefois il y avait du dramatique dans la situation alors, croyez-moi, les termes choisis sont assez justifiés. Le spectacle se termina à l'heure, comme prévu, car monsieur le Metteur en scène – et c'est la raison pour laquelle je l'admire – appréciait la ponctualité et savait organiser la représentation de sorte que les fougueuses improvisations des acteurs, qu'il aurait été criminel de refréner, ne fassent pas dérailler le rythme général de la pièce ; quoi qu'il arrive, la pièce s'arrêtait toujours à l'instant où les aiguilles de l'horloge atteignaient l'heure prévue. Assister à ce spectacle me suscitait un sentiment sans pareil à chaque fois. Vous savez, les gens râlent, et on les entend ; pourquoi est-ce qu'on met en scène des spectacles si longs qu'on en a des fourmis dans les jambes et que tout amour pour le théâtre s'évapore ? Mais l'amour pour le théâtre n'existe pas – ne vous fâchez pas, je me dois de vous le dire, si vous vous posez de telles questions. J'oserai vous rappeler que la vocation du théâtre, comme d'ailleurs celle des autres formes d'art, n'est pas de s'adapter à une patience sous-développée. Le passage du temps ne compte pas pour l'art, n'avez-vous pas remarqué ? Une œuvre d'art n'a qu'un seul objectif – oui, je suis d'accord, cela paraît difficile à croire, voire un peu provocateur, mais il n'y a là aucune provocation – et ce seul et unique but, c'est d'être achevée. Complète, du début à la fin. Le temps, vous comprenez, perd de sa force et donc de son sens, car ce n'est pas l'homme qui obéit au temps, mais lui qui obéit à l'homme (plus précisément au créateur, mais c'est un autre sujet). Réfléchissez, s'il était apprivoisé, le temps pourrait-il toujours être appelé temps ? Ulysse entre les bras de Circé est-il toujours Ulysse ? Bonaparte sur l'île Sainte-Hélène est-il toujours un chef de guerre ? Un lion dans une cage – toujours un roi ? Et un ours derrière des barreaux... Arrêtons-nous là, laissons-en pour une prochaine fois, car je voulais seulement dire que le spectacle – même cette fois-ci – se terminait toujours à temps, et tandis que moi, sans rien savoir, je m'apprêtais à monter sur scène pour y faire mon travail, je fus arrêté par les acteurs rassemblés dans les coulisses.

Ils se pressaient les uns contre les autres, confus et muets, comme les pièces éliminées d'un jeu d'échecs, et plus loin, adossé au mur, était assis Vincent, les genoux déformés, comme s'il avait été plié par des mains étrangères. Que fait-il là ? faillis-je laisser échapper, mais quelque chose me retint, alors que je sentais un frisson – pas dans le dos, mais dans l'œsophage, jusqu'aux intestins. Afin de ne rien laisser échapper d'inacceptable, et tout était si confus que presque n'importe quel mot aurait pu me placer dans une situation délicate, je demandai dans le vide, sans regarder personne, d'une façon, d'après moi, tout à fait neutre et sans danger : où est monsieur le Metteur en scène ? Je m'étais efforcé d'adopter un air indifférent, hélas, en entendant ma propre voix, j'entendis que mon ton était abrupt, comme si je demandais : comment monsieur le Metteur en scène a-t-il pu terminer le spectacle à temps sans venir à bout de son idée ? Je ne mentirai pas, je suis embêté par cette petite difficulté : un éclat de reproche s'est coincé dans ma voix, et pas moyen de m'en débarrasser. Tout le monde voit que ça me fait mal, sans ressentir aucune compassion. Cela va de soi, il me fallait me retirer, les acteurs résoudraient par eux-mêmes ce pépin, comme ils disent. Quoi qu'il se soit passé, le temps n'était pas encore venu pour moi de réaliser mon devoir ; toutefois, à ce moment précis, cette malheureuse curiosité se colla à moi et je restai là à me dandiner parmi les acteurs. J'eus tout de même le bon sens de ne plus poser de questions.

Les membres de la troupe, j'ose l'affirmer, se comportaient de manière inhabituelle, singulière. Julita, la réservée et précise Julita, fut la première à craquer. Elle tomba à genoux et se mit à pleurer sans bruit, les cheveux échappés de son chignon caressant doucement le sol, comme des cordes suspendues à un balcon enflammé. Pleurait-elle vraiment sans bruit ? Je ne peux l'affirmer car, sur la scène cachée à ma vue, l'ours rugissait plus fort que tout le reste. Comprenez, c'était impossible : des larmes, des sanglots, des gémissements – cela ne faisait pas partie des caractéristiques de ce théâtre. Ils le détruiraient en un instant. Donc, c'était une bonne chose que l'ours énervé rugisse comme une actrice ne parvenant pas à sortir de son rôle, et qu'il ne reste de place pour aucun autre son. *A priori*, personne à part moi n'avait remarqué Julita. Les autres acteurs étaient debout, perdus dans leurs pensées, et ne voyaient rien de ce qui se passait autour d'eux. Si vous me permettez d'être franc : cette perturbation rugissante qui s'insinuait dans leurs corps ressemblait à une fin imprévue et bien trop prématurée, quoique je ne puisse pas mettre le doigt sur ce qui venait de se terminer... Enfin, non, l'existence humaine ici était constamment interrompue, la vie n'avait rien à voir là-dedans, alors que la mort, la mort – j'essayais de rassembler mes pensées – la mort semblait manquer de cohérence et elle, bon, je commence à m'embrouiller, pardonnez-moi, c'est stupide, mais tout de même : c'est comme si elle demandait à être libérée de l'usine avec la lumière qui y croupissait. C'est pourquoi j'ai pensé, vous comprenez, que...

La mort ne pouvait pas nous abandonner ! Jamais elle ne nous abandonne, n'est-ce pas ? Elle est toujours avec nous, même quand le reste disparaît, se retire, s'évanouit. La mort est le symbole de la fidélité, son remplacement, son héritière. Elle est restée auprès de ma petite fille jusqu'à la dernière minute. Elle – je veux dire la mort, mais peut-être aussi ma fille – s'est montrée si courageuse : rester dans cet oppressant coffre de voiture en dépit de tout !

Ne pas avoir peur du feu, il faut du courage pour cela, n'est-ce pas ? Moi, j'en parle, de la mort, j'en parle ; ma fille chérie a dû avoir peur – elle avait eu peur, Julita l'avait entendue, elle me l'a dit elle-même – et Vincent, une fois lui aussi à demi-mot, avait dit que ma fille pouvait, devait, il lui fallait avoir peur, parce que si elle n'avait pas eu peur, quel sens aurait eu sa vie ? Quel sens auraient eu nos vies à nous, Adèle et Charlie ? Et nous... nous... pas nous, eux, les acteurs – moi, Charlie, je n'avais rien à voir là-dedans –, au contraire, ils ne pouvaient pas avoir peur, vous voyez, les acteurs, blottis les uns contre les autres, se touchant presque, ne se voyant pas, serrés les uns contre les autres comme s'ils étaient effrayés : la ronde Vita était plus blanche que la douleur elle-même ; l'osseuse Morta, toute brisée ; l'agonisant Vincent, à nouveau sans narines ; la précise Julita, sans raison d'être. Ils ne voyaient rien, alors que moi je voyais ce qui ne pouvait être, mais était malgré tout : Vita avait les bras d'Ignas, longs, fragiles, poilus ; Morta avait le torse d'Ignas, raide, droit, cerclé d'un bourrelet ; Vincent, la respiration d'Ignas, irrégulière, obstruée, tendue ; Julita, le désespoir et le désir d'Ignas, ce même désir. Et c'est alors que ma pauvre tête distraite, stupide, en voyant ce qui était, vit aussi ce qui n'était pas, vous comprenez, seulement à ce moment-là – quelle distraction impardonnable – elle vit ce qui était évident : Ignas n'était pas là. Ignas n'était pas là et je le dis en saisissant enfin qui nous avait quittés, qui avait disparu, d'où venaient ces changements auxquels, je dois le reconnaître, on m'avait dit de m'attendre :

monsieur le Metteur en scène avait disparu, il avait quitté le théâtre ; lorsque son plan était tombé à l'eau, la mort s'était attardée mais pas monsieur le Metteur en scène ! Et sans monsieur le Metteur en scène, le théâtre courait à sa perte, le théâtre se mourrait !

Quitte à parler de ceux qui s'énervent contre les arts qui ne satisfont pas leurs attentes, je vous proposerais bien à l'occasion, si cela vous intéresse, de vous pencher sur une autre source d'indignation : tu comprends, l'art parle trop de la mort. Je vous en prie ! Cette obsession n'est-elle pas essentielle ? La mort ne fait-elle pas partie de ce à quoi l'art aspire ? Veuillez m'excuser, mais je pense avoir le droit absolu de m'indigner face à cette indignation. Je prendrai la peine de vous rappeler que l'art noble (je pense à l'art se consacrant au destin des grandes âmes, et non aux fragments fantasques et éloignés de la réalité – vous savez de quoi je parle) ne tend qu'à une chose : être achevée. Ce que l'art désire, la mort l'offre par essence. Bon, moi, Charlie, je ne peux pas corroborer votre idée selon laquelle la mort naîtrait, puisque cela sous-entend qu'elle meurt aussi, et, vous en conviendrez, cette idée donne le vertige et laisse l'impression de ne plus savoir quoi ni comment penser. Toutefois, peut-être me laisserez-vous utiliser l'expression « nature de la mort » puisque, pardonnez-moi, cela ne sonne pas moins convaincant (bien que ce soit pour des raisons différentes) que « nature humaine », n'est-ce pas ? Et donc, quand bien même vous douteriez de cette nature mortelle, vous n'oserez pas remettre en question le fait que la mort achève toujours quelque chose, et que cette complétude fasse son essence, le drame de son inévitabilité et sa beauté. « La beauté de la mort », ah oui, une autre association gênante. Mais pourquoi avons-nous peur d'associer ce qui est lié – la mort et la beauté ? Je comprends que lorsque nous qualifions une chose de belle, nous reconnaissons à cette chose, cette personne, ce phénomène, la capacité de briller d'un détachement impeccable et divin, et de nous rendre faibles, mous, vulnérables, et nous lui donnons immédiatement, involontairement – si vous voulez, disons subrepticement – toute une série d'autres qualités. Oh ! Pas seulement des qualités ! Des droits, des pouvoirs, des privilèges, tout ce que vous voulez, mais surtout, principalement, nous faisons don de notre humilité, nos désirs secrets et morbides, dont nous avons honte et que nous chérissons d'autant plus, car nous sentons que nous nous ouvrons à des occasions particulières, exceptionnelles, comme il convient aux personnes gravement malades. Faut-il vraiment que je dise l'évidence : la mort a déjà tout cela, ou peut-être serait-il plus juste de dire qu'elle n'a pas besoin de nos droits, de nos pouvoirs ni de nos privilèges ; alors, ne murmurons pas « la beauté de la mort » avec un timbre d'humilité dans la voix, comme si nous étions saisis par les premières vagues d'un retournement d'estomac venu de la nuit des temps.

Je voudrais me faire bien comprendre. Je ne cherche en aucun cas à glorifier la mort, seigneur non ! Oui, évidemment, il est facile d'être pris par le doute, et nous nous méfions et soupçonnons qu'après avoir passé un certain temps dans notre théâtre, on commence à porter un autre regard sur la mort. Mais, pour être honnête, il n'en est rien. Difficile à croire, n'est-ce pas ? On dirait plutôt que le fondement du lien avec la mort change – ici, elle est attendue, désirée, exigée – toutefois, faites-moi confiance, je n'ai aucune raison de vous induire en erreur, cette attente ou ce désir éteint la lueur de l'hystérie (dont j'ai déjà parlé, n'ayez pas peur, je ne me répéterai pas), mais ne change en aucune façon la mort qui nous nous rend visite pendant la représentation – et je ne me suis pas emmêlé les pinceaux, car elle nous rend bien visite à nous, nous tous, et pas uniquement à l'élu, celui qui a été sélectionné. Donc, je me suis encore étendu à propos de la beauté de la mort, sans chercher à la mettre sur un piédestal, mais simplement pour lui rendre ce qui lui revient à juste titre : c'est en vain que nous lui reprochons de priver la vie de sens, car c'est bien l'approche de la mort qui lui en confère. Si nous demandions à un immortel... je dis « demander » car je ne doute pas que les immortels existent, ils déambulent parmi nous, très vraisemblablement sans même chercher à se cacher, nous ne voulons tout simplement pas les voir, – non, je ne suis pas fou, enfin, excusez-moi, je ne me laisserai pas considérer comme tel, et personne jusque-là n'a jamais douté de ma santé mentale – et sans doute, j'imagine, se moquent-ils de nous, à nous voir mépriser chaque jour ce qui donne du sens à nos vies – je veux dire, la mort. C'est pourquoi je ne vois pas de raison de taire la mort, le drame et la beauté de sa fatalité, car cela me ferait aussi passer sous silence la valeur de l'achèvement.

Et pendant la représentation de Vincent – bien que ni monsieur le Metteur en scène, ni les autres n'étaient enclins à associer les représentations à une personne spécifique, même si nous savions que chacune serait fatale à un acteur en particulier et pas un autre (et d'ailleurs, s'il n'est pas fatal pour quelqu'un de s'avancer sur scène, cette personne devrait-elle vraiment se condamner à un tel sort – devenir acteur ?) – il y eut, à mon avis, un cataclysme d'achèvement. C'est l'une de ces situations qu'on peut proprement qualifier de très grande confusion : le spectacle était achevé et inachevé à la fois. Vincent aurait dû être là-bas, sur la scène, même s'il paraît évident pour tout un chacun que le verbe « être » ne convenait pas vraiment pour décrire les morceaux de corps laissés par la fureur rassasiée d'un ours, mais il était assis effondré dans les coulisses, et Ignas, qui aurait dû être en train de patienter calmement avec les autres en attendant la prière, avait, comme vous l'aurez compris, je n'en doute pas, franchi les portes de l'estomac de la bête hirsute... Au début, je le reconnais, et pardonnez-moi ma maladresse, je ne compris tout simplement pas d'où provenait cette masse grisâtre dans laquelle les restes du corps baignaient. Il y avait eu beaucoup de sang, évidemment, mais il était comme dilué par un autre liquide ; le sang avait perdu son habituelle noirceur féroce – celle qu'il a quand on est poussés à se battre et qu'on meurt au combat. Le sang n'est jamais rouge, il est noir, n'est-ce pas ? Les yeux le voient d'un rouge effrayant, mais nous savons qu'en réalité il est d'un noir féroce. C'est une chose étrange que ce sang ; personne ne contestera, je pense, que, par exemple, la qualité, le pouvoir et la perfidie du sang viennent mêler ce que nous voudrions séparer – oui, évidemment, je pense à la vie et à la mort. Bon, réfléchissez-y, le sang est à la fois la vie et la mort, pas vrai ? Lorsque le sang est rouge, nous pensons à la vie, lorsqu'il est noir, à la mort. Lorsque nous ne voyons pas de sang, mais que nous sentons ses palpitations obstinées, lorsque nous imaginons son invisible bouillonnement nerveux, c'est la vie ; et à peine le voyons-nous, à peine sa fureur cachée se répand-elle, c'est la mort. Ou est-ce l'inverse ? Je ne m'y retrouve plus, c'est trop pour moi, pardonnez-moi, en réalité c'est peut-être l'inverse : lorsque le sang est rouge, c'est la mort incontestablement palpable, et le sang noir, féroce, vigoureux, c'est bien la vitalité ; lorsqu'il se cache, il se cache comme la mort, et lorsqu'il gicle, il gicle comme la vie, c'est ça non ?

À quoi bon tout ce verbiage, je ne le sais pas moi-même. Le sang d'Ignas avait rougi – et c'était tout – en se mélangeant avec les multiples fluides de l'ours repu, coulant de sa gueule et à travers la barrière de ses crocs jaunis. N'allez pas croire que je vous révèle ici une tendance de ma part à apprécier ce genre de détails, car ce n'est pas le cas, j'ai simplement remarqué l'étrange couleur de ce sang. J'appellerais cela une déformation professionnelle inévitable. On sait bien différencier une nécessité d'un métier d'une curiosité à courte vue, n'est-ce pas ? Je ne me suis pas trompé, la curiosité, à mon avis, a la vue courte, car elle voit l'objectif, mais pas les conséquences. Et les tentatives pour différencier les différents types de curiosité qui existent, car il ne faudrait pas les considérer comme ayant la même valeur, eh bien, que puis-je ajouter, tout cela résulte de cette même myopie, car si tu ne peux pas voir l'horizon, comment verrais-tu la destruction qui se trouve au-delà. Mais le devoir est le devoir. Le devoir s'oppose à la curiosité ; comme un désinfectant, le devoir détruit les miasmes de la curiosité. Seulement, la curiosité – et je vois ici une incohérence dans sa comparaison avec les miasmes – brille d'un éclat agaçant, inutile et impertinent, alors que le devoir, invisible, fait preuve d'une humilité parcimonieuse, comme moi, Charlie, et maintenant que ma méfiance s'est dissipée, je peux dire aussi comme lui, le petit bonhomme, Charles le Petit. En nous voyant travailler ensemble (si vous vous souvenez bien, nous fabriquions la Fin), j'avais même commencé à me demander si nos âmes étaient réellement détachées de nos corps, et si nous devions les considérer des exploitatrices sans scrupule, comme les soldats d'une armée écrasée et estropiée qui, au moment de la retraite, occupent temporairement un somptueux palais, et quelques jours après le laissent en piteux état, dévasté, nauséabond, tel un corps recouvert de plaies purulentes ? En réalité, l'âme s'installe-t-elle temporairement dans un corps auquel elle s'est accrochée au hasard, au lieu d'en concevoir et d'en construire un ? Le corps n'est-il pas une fantaisie de l'âme, un caprice ? En niant l'importance du corps, ne déprécions-nous pas l'âme ? Je ne sais pas d'où viennent toutes ces questions insurmontables pour mon intellect trop peu développé au cours de ma vie, toutefois, comprenez-moi, en travaillant d'arrache-pied aux côtés de Charles le Petit, j'en étais venu à la conclusion que non seulement le devoir est invisible et modeste, mais le corps, son fidèle serviteur, son outil, son arme, comme vous voulez, se doit d'être (doit être !) invisible et modeste aussi – ce qu'il fait le mieux lorsqu'il n'exige pas trop de la réalité, du monde et de son environnement, donc lorsqu'il occupe le moins d'espace physique et existentiel possible. Gens de petite taille, tassés, émaciés, ratatinés, écrasés, qui n'ont jamais grandi, ne se sont pas développés, mauvaises herbes brûlées par le gel, cailloux repoussés au bord du chemin d'un coup de pied, dernières marches de l'amphithéâtre : il est ahurissant de voir à quel point l'histoire nous a dévalués. Grands hommes, écoutez ces mots : avec quelle sévérité, quelle dureté et quel mépris vous avez rempli le livre de l'histoire de pages destructrices, si bien qu'en le pressant de la main, il en sort un sang, eh bien, un sang noir, une vase qui pue le marais et le poison de la trahison, et nous, les nabots, nous écrivons un autre livre en silence, un livre de compassion, de résignation, de résilience, mais personne ne l'a jamais ouvert, et il n'y a personne à blâmer, personne, et ce n'est pas ce que je cherche à faire.

Attendez... Excusez-moi... Vous ai-je raconté ce qui était arrivé la veille de la représentation de Vincent... enfin, la représentation d'Ignas, mais plutôt quand même celle de Vincent ? Attendez une minute, vous allez comprendre pourquoi cela me revient d'un coup :

en haut de l'installation (je veux dire, de la Fin), je ne l'ai pas mesurée mais c'était bien à trois mètres de haut, il fallait visser le loquet, une sorte de verrou qui se débloquait quand on tirait sur la corde. L'atelier était très haut de plafond mais la pièce n'était pas très large, à peine la place d'y faire une galipette, donc il n'était pas possible d'y coucher l'installation. J'étais là à l'observer en me dévissant le cou, avec un certain désespoir. Charles le Petit entra à cet instant, suivi de trois chats ronronnants (à cette époque le noir et deux autres bons à rien étaient toujours sur ses talons), et à peine avais-je commencé à me plaindre que ce petit bonhomme ridiculement et pitoyablement frêle empoigna le loquet à installer et, sans me laisser le temps de m'écrier « qu'est-ce que tu fais ? », se hissa le long d'un des montants. Je ne le cacherai pas, j'ai cligné des yeux de ravissement devant ce coléoptère quadrupède, agrippé au poteau de chêne, qui serrait le loquet d'une main et une perceuse électrique de l'autre, en grimpant vers le sommet ; puis, suspendu dans les airs, semble-t-il plutôt comme une chauve-souris en hibernation que comme un scarabée, il racla, gratta, perça et incisa. Une fois le loquet fixé, il posa la perceuse au sommet de la Fin, farfouilla d'une main dans la poche de son pantalon, en sortit un objet que je ne pouvais pas distinguer, le secoua comme un petit drapeau blanc en le tenant entre deux doigts et le jeta triomphalement dans l'air étouffant de la pièce. Je dois reconnaître qu'avant d'avoir eu le temps de crier « qu'est-ce que tu fais ? », ma bouche déjà ouverte pour lui crier « attention » (à mes yeux, le bonhomme était bien trop imprudent), la chose qui s'était détachée des doigts de Charles le Petit – je la distinguais de mieux en mieux, elle était grise – tomba en flottant avec légèreté, et si je n'avais pas fermé la bouche à temps, elle me serait tombée dans la gorge, au lieu de cela elle se posa sur mes lèvres desséchées. J'observais cette chose en louchant, même si j'avais pu deviner sans mal ce que c'était et à qui elle avait appartenu. Le diable à plumes ! Une plume de ce diable ! Charles le Petit se laissa glisser jusqu'au sol, effrayant les chats qui traînaient paresseusement autour de nous qui s'enfuirent par la porte, et encore une fois je n'eus ni l'occasion de jurer ni de lui dire que les montants n'avaient pas été très soigneusement rabotés et qu'il risquait de récolter une écharde. Tout se passa en un éclair, et je n'avais même pas eu besoin de guider les gestes de Charles le Petit, suspendu là-haut sous la voûte du plafond en ciment, il avait intuitivement compris ce qu'il devait faire ; ma tête employa ce temps à formuler la pensée que ce bonhomme dégarni venait d'incarner une règle remarquable mais souvent oubliée : une petite personne est toujours une personne consciencieuse. Afin d'éviter les vaines discussions, et ces discussions, moi, Charlie, je m'y jetterais à corps perdu, ce qui est la raison pour laquelle elles ne sont ni agréables ni souhaitables, veuillez s'il vous plaît mettre de côté les divers exemples – tirés de l'histoire, de la biologie, de la géographie et de ma biographie personnelle – qui, d'une manière ou d'une autre, pourraient contredire cette règle qui s'est glissée dans ma tête pendant les acrobaties exceptionnelles de Charles le Petit, afin que l'esprit de la vérité puisse flotter dans l'air un instant comme l'odeur de la poudre après un coup de feu, et convenons que ces exemples ne sont que des exceptions, d'accord ?

« Charlie, où étais-tu passé ? » Non, plutôt, il tonitrua : « Charlie, où étais-tu passé ! » Chaque déception renferme une graine d'euphorie – une grande déception cache une charge explosive puissante, un obus porteur d'une douce extase. Quand j'entendis la voix irritée de monsieur le Metteur en scène – où étais-tu passé ! – je vous le jure, elle était aiguisée par une grande fureur, une rage, et je tressaillis non seulement de surprise, mais aussi un peu de satisfaction : monsieur le Metteur en scène avait perdu son sang-froid, et donc personne ne remarqua que moi aussi, Charlie, j'avais perdu mon sang-froid, pris par la bourrasque d'émotions fortes dirigée à mon encontre. Miséricorde, je m'étais trompé ! Monsieur le Metteur en scène n'était pas parti, et la mort, dans ce cas, ne s'était pas abattue sur le théâtre, mais sur ses changements ! Monsieur le Metteur en scène n'avait pas été écrasé par l'effondrement de son plan ! Non ! Bien au contraire ! Lorsque je le revis, il avait l'air plus grand, plus solide, débarrassé du moindre soupçon de petitesse, empli de sentiments inexprimés. La colère inhabituelle de monsieur le Metteur en scène jaillit et fendit mon admiration, puis il disparut d'un coup, laissant derrière lui une ombre courte qui prit la forme de Charles le Petit, qui le suivait sans bruit. La fureur avait agrandi monsieur le Metteur en scène et son comparse n'en paraissait que plus petit encore. En reprenant mes esprits après la béatitude provoquée par la fureur (admettez que la présence de monsieur le Metteur en scène dans cet état sérieux, plutôt que son habituelle mollesse, était un réel cadeau que je savais apprécier à sa juste valeur ; qu'il enrage, qu'il fulmine, qu'il maudisse, qu'il tonne autant qu'il le veut, mais qu'il ne soit pas comme...), je compris la raison de sa question : je filai m'occuper de la scène. Cela ne m'empêcha pas de remarquer que Charles le Petit, se tenant aux côtés de monsieur le Metteur en scène, caressait dans ses bras un nouveau chat, qui était donc arrivé juste après la disparition d'Ignas – émacié, le regard effronté, gris et sans nuance, la fourrure brillant d'un étonnant reflet vert clair. L'euphorie qui m'avait envahi avait sans doute eu un effet antalgique, car je ne ressentis aucune injustice, à peine un léger et lent picotement, comme si une longue queue de chat avait transpercé mon cœur. Jusqu'alors, c'était à moi, Charlie, que les nouveaux quadrupèdes se présentaient en premier, toutefois, d'après les chuchotis des acteurs troublés que j'avais pu saisir avant l'accès de colère de monsieur le Metteur en scène, j'avais pu tirer une conclusion, exacte bien que rapide, selon laquelle une partie des fonctions que j'assumais, sans que personne ne me le demande, avaient été reprises par Charles le Petit.

Les mots tombaient des bouches des acteurs comme des moineaux morts : l'apogée du spectacle, l'indécision de Vincent, l'inquiétude des spectateurs, les rugissements insatiables et l'impatience de l'ours, le trouble de Vincent (Morta souffla : toutes ces tergiversations, Julita secoua la tête), l'agitation du public, Vincent récitait son texte d'un air inexpressif en s'éloignant de la cage, l'ours donnait des coups contre les barreaux avec son museau chaud et humide, l'impatience du public commençait à monter (la pâle Vita affirma qu'on avait rien entendu à cause des rugissements incessants de l'ours, mais que peut-être Vincent ne récitait pas le texte comme il était écrit dans la pièce ; Julita leva la tête, son visage était devenu pâle et son regard féroce, comme si elle avait perçu dans les spéculations de Vita un subterfuge), Charles le Petit était apparu (au moment de ces chuchotis, personne ne se rappelait s'il devait jouer pendant cette scène), Vincent s'était réfugié auprès de lui (Vita : il voulait serrer Charles le Petit dans ses bras), les contestations toujours plus bruyantes des spectateurs, Julita s'était avancée au milieu de la scène (à ce moment-là les acteurs se mirent à répéter à l'unisson :) le visage de Charles le Petit s'était déformé, un œil fermé, l'autre grand ouvert tournant dans tous les sens, (Vita ajouta :) il tournait sur son axe, en piaillant comme si le bonhomme s'était transformé en caméléon (si vous me permettez d'intervenir, je me méfiai fort de ce témoignage, car j'avais passé un certain nombre d'heures dans mon atelier avec lui en travaillant sur la Fin, et je n'avais jamais rien observé de la sorte), Vincent, visage ridé, narines, personne n'avait aperçu Ignas, jusqu'à la dernière seconde, la cage s'était ouverte (Morta : la porte avait été ouverte par Ignas, Vita en doutait, elle ne pouvait pas le confirmer, il était possible que ce soit Charles le Petit qui l'ait ouverte), quelqu'un avait prononcé les mots que devait dire Vincent, et un rugissement plus profond que les autres s'était détaché des vociférations de l'ours, Charles le Petit, Vincent et Ignas près de la porte ouverte, la lumière des projecteurs aveuglait Julita qui aurait voulu rester sur le bord de la scène, Julita avait trébuché, récité quelques mots – ceux de Vincent ou d'Ignas –, (Vita ronchonna :) on n'entendait rien, les spectateurs étaient redevenus silencieux (peut-être étaient-ils tous partis ?), Ignas était tombé dans la cage, (Morta :) c'est Charles le Petit qui avait poussé Ignas dans la cage, le public avait repris du poil de la bête, le public était heureux, l'ours avait cessé de rugir, les autres quitté la scène, Charles le Petit tirait Julita, Charles le Petit était si fort. Il avait accompli son devoir, il en était digne.

Si jusqu'à maintenant vous considériez ma modestie et mon humilité, à moi, Charlie, comme étant feinte, – ce qui serait compréhensible et acceptable, car en réalité n'est-ce pas ainsi que vous vivez chaque jour qui passe ? – peut-être réussirai-je à présent à me frayer un chemin jusqu'à votre cœur dur comme la pierre en vous assurant que j'avais accepté mes nouvelles fonctions au théâtre calmement et avec une joie contenue, car Charles le Petit méritait d'être apprécié, même si je m'étais posé quelques questions tout à fait naturelles, comme par exemple comment allait-il concilier le nombre croissant de ses responsabilités – celles qu'il s'était appropriées et celles données par monsieur le Metteur en scène, par les règles régissant le théâtre ou par la crainte de quitter l'usine – avec sa tâche principale d'acteur et non de membre du personnel ? Après tout, servir est une action, une attitude, un choix qui relève du domaine du verbe « devoir », et non pas des verbes « pouvoir » ou « falloir ». Je me répète volontiers car je veux être sûr d'être bien compris : Charles le Petit en était digne. Même ce chat d'apparence effrontée s'était installé langoureusement pour apprécier les caresses prodiguées par ses mains petites mais fortes, et qui, semble-t-il, montraient rarement leur douceur. Serait-il blasphématoire de reconnaître que ces mains me rassuraient, qu'en plongeant mon regard dans cette petite boule de fourrure grise aux étranges reflets verts, si satisfaite d'être dans ses bras, je pouvais imaginer ces mêmes mains, peut-être avec le même soin, oubliant les formalités et l'indifférence protectrice, n'épargnant aucune tendresse, tirer du squelette métallique de l'automobile carbonisée le corps fragile et cassant comme une hostie de mon enfant chérie.

CHAPITRE HUIT
LA TANIÈRE

Je m'inquiète à l'idée d'être à nouveau mal compris. Ces mots sur les grands hommes m'ont échappé, c'est comme ça, je ne cherche pas d'excuse. Toutefois, permettez-moi d'ajouter que je ne pense absolument pas qu'il faudrait placer un petit homme au centre de l'histoire – dans l'œil du cyclone, pour ainsi dire. Que pourrait-il bien y faire ? Il périrait et, bien évidemment, entraînerait les autres dans sa chute. Donc je vous demande de ne pas penser que j'ai pu, moi, Charlie, laisser s'introduire dans ma tête, ou dans toute autre partie de mon corps, l'idée si naïve et dangereuse que l'histoire devrait appartenir au petit homme. Non, non, non, et encore une fois, si vous me le permettez, non. Ma conviction la plus profonde est toute contraire : beaucoup, sinon la plupart de nos infortunes (et je considère l'histoire comme une succession d'infortunes) viennent d'un excès de confiance envers le petit homme, auquel nous avons permis de devenir patron, maire, ministre... et metteur en scène ? Peut-être, je n'en discuterai pas, peut-être aussi metteur en scène. Je vous prie de m'excuser, j'emploie le singulier, mais il va de soi qu'il y a et a toujours eu une infinité de petites personnes, des millions de millions, toute une fourmilière grouillante. Nous sommes invisibles, mais nous sommes partout, comme des punaises de lit sous un matelas ou des acariens sur un visage (ne saviez-vous pas qu'elles rampent chaque jour sur votre visage ?). Et c'est la raison pour laquelle je vous dis, si mes mots ont le moindre sens, je vous avertis que vous pouvez m'écouter, mais ne le faites pas, pour l'amour de Dieu, ne m'écoutez pas, vous comprenez ? À ce moment précis je me tiens au centre, eh bien, au fond du puits, sur la scène, et le fait que vous m'écoutiez, cela n'est qu'une coïncidence inutile, sinon malheureuse, le genre de coïncidence que quelqu'un dans l'histoire (je vous rappelle qu'elle est suspendue au-dessus de nous comme une guirlande d'infortunes) cherche systématiquement à transformer en règle, et – misère, misère – y parvient quelquefois. Il y en a qui réussissent, alors que nous – que des problèmes ! Ne pleurez pas en serrant le petit homme dans vos bras, tirez-le, si vous voulez, poussez-le, mais doucement, il ne faut pas lui faire mal pour rien, le petit homme n'est pas à sa place dans l'œil du cyclone, on ne peut pas le laisser s'approcher des tourbillons, là où les bourrasques montent, où le ciel s'assombrit et le cyclone se forme.

Cette conviction profonde qui est la mienne, à moi, Charlie, se fonde sur une autre idée, peut-être aussi terrible qu'elle est vraie : ceux qui veulent diriger doivent diriger. Réfléchissez, combien d'infortunes nous ont-elles touchés parce que nous n'avons pas permis à ces désirs de se réaliser ? Comment les réaliser de manière à ce qu'ils ne nous étouffent pas ? Comme je l'ai dit, c'est une autre question, assez délicate, à laquelle il me serait difficile de répondre maintenant. De tels désirs peuvent-ils se développer dans l'âme du petit homme ? Si nous nous sommes bien compris, je dirais que non, et il me semble ne pas avoir besoin de le démontrer davantage. Une petite personne n'a aucune envie de possession ou d'appropriation, si ce n'est de quelques bibelots et babioles – c'est ce que je suppose –, c'est pourquoi, lorsqu'on lui donne quelque chose, même une broutille sans valeur, comme un gouvernement, il ne sait qu'en faire, il simule, il angoisse, fait des bêtises, et nous savons tous que, tôt ou tard, son agitation prendra fin. Je me permettrais de répéter timidement que l'histoire ne devrait pas tomber dans les petites mains du petit homme comme un chat dans les bras de quelqu'un. Mais le petit homme peut exercer une certaine influence sur la direction de l'histoire, et il le fait. (Une direction qui n'a pas perdu son éclat pur ! Mais bon, c'est vrai, elle est restée longtemps immobile et il en émane une odeur désagréable.) Il est tout à fait possible que je ne parvienne pas à exprimer ma pensée clairement. Je vous propose donc une illustration : vous avez peut-être déjà entendu l'histoire selon laquelle la roue d'une automobile lancée à pleine vitesse percute un tout petit caillou et l'automobile, qui semblait pouvoir balayer n'importe quel obstacle de son chemin, bondit alors dans les airs et se renverse dans le fossé. Tel est le rôle du petit homme dans l'histoire : il roule comme un tout petit caillou – même si la comparaison, en y réfléchissant bien, oui, c'est cela, il me semble que cette comparaison n'est pas tout à fait exacte, puisque les cailloux sont très durs, ils sont souvent tranchants, alors qu'un petit homme se rapproche plus d'une plume flottant dans les airs, capable de renverser le cours d'une histoire insensée et lancée à pleine vitesse, non pas avec sa dureté ou son tranchant, mais par sa douceur et sa fragilité, et si vous pensez que la chute d'une petite plume ne peut pas renverser une automobile, c'est que vous n'avez jamais vu le petit homme ! Vous ne le connaissez pas ! Vous n'avez pas essayé de regarder son âme ! Attendez, attendez, ne vous précipitez pas pour attraper le petit homme et chercher où est son... Il n'en sortira rien de bon, vous ne devriez pas faire ça. Au contraire, comme je l'ai dit, quand on écoute le petit homme, ça ne se termine jamais bien. Savez-vous pourquoi ? À vrai dire, moi non plus je ne sais pas. Bon, évidemment j'ai quelques idées sur le sujet. Par exemple : plus l'homme est petit, plus le monde qu'il veut créer est grand. Il ne veut pas diriger, mais créer. Vous comprenez à quelle chimère dangereuse vous avez affaire ? Une créature à la crinière de lion, au dos de bélier et à la queue de serpent n'est qu'un cauchemar d'enfant face à cette menace imprévisible. Et si de telles réflexions se rapprochent ne serait-ce qu'un peu de la vérité, il semblerait que le but du petit homme soit de créer un monde si grand qu'il pourrait s'y cacher, disparaître. En y réfléchissant bien – même si j'aime moins réfléchir que partager mes réflexions –, c'est ce qui fait de lui un petit homme !

La plume du diable entre le pouce et l'index, je retournai rapidement à ma cellule. Je me précipitai vers l'armoire, l'ouvris d'un geste brusque, tâtonnai parmi les petites sculptures en cheveux sur la deuxième étagère, et, en poussant deux d'entre elles sur le côté, j'enfonçai la main plus loin pour attraper... pour attraper ce qui aurait dû y être, mais n'y était pas ! Mes doutes se dispersèrent : Charles le Petit était venu dans ma chambre. Il était venu à mon insu et sans me le dire. L'inquiétude alluma l'écran de mon imagination et je vis comment ce petit bonhomme aux rares cheveux ébouriffés qui était devenu mon assistant s'était introduit en un instant dans ma chambre, se faufilant dans les moindres recoins (savait-il ce qu'il cherchait ? je ne peux pas le savoir !), se glissant peut-être même sous le vieux canapé élimé, là où seuls les chats parvenaient à aller, mais il était si petit, ce bonhomme, cet imprévisible Charles le Petit, qu'il serait passé sans difficulté sous le canapé (quel plaisir d'être imprévisible, voilà ce à quoi je songeai avec un frisson d'admiration, et s'il lui avait été donné de connaître un tel plaisir, c'est qu'une attention spéciale lui était destinée dans, disons-le ainsi, les hautes sphères, bien plus hautes que celles que l'on peut trouver ici, chez nous). Il n'avait, bien évidemment, rien trouvé sous ce canapé (de la poussière, un bouton, quelques rognures d'ongles et une crotte de nez recouverte de trois cheveux de couleurs différentes). Est-ce que moi, Charlie, j'étais un drôle de petit cachottier, du genre à dissimuler quelque chose à cet endroit ? Le fait que j'avais placé le petit corps du moineau de malheur dans l'armoire est la preuve que je ne comptais cacher ni cette créature devenue poussière, ni tout autre objet de valeur. Et, si vous me permettez cette question, pourquoi aurais-je dissimulé quoi que ce soit ?

Cela voulait dire que le moineau de malheur était tombé entre les mains de Charles le Petit. Difficile de décrire ce que cette illumination suscita en moi : la douce épaisseur qui l'entourait avait fait naître un sentiment extrêmement intense – qui pourrait être qualifié, si je parviens à bien choisir mes mots, de contentement, de terreur ou de culpabilité, quoiqu'il ne corresponde à aucun des trois exactement, mais plutôt à quelque chose qui parcourrait les racines nerveuses combinées des trois, prenant un sens et un caractère nouveaux, comme lorsqu'en regardant des enfants nous reconnaissons les traits de leurs parents en sachant qu'ils ne sont pas la copie identique de leurs parents, n'est-ce pas ? Ma fillette chérie aussi ressemblait... bon, je parle de ma fille sans raison, excusez-moi, parler de ma fillette chérie dans le contexte de ce sentiment que j'essaie de définir est presque blasphématoire. Il est difficile à qualifier, sans doute parce qu'il me rapproche à la fois de la victoire et de la défaite, de l'instant précis où le contentement, la terreur et la culpabilité se rencontrent et où leur mélange peut produire une substance explosive assez puissante. Mais moi, Charlie, je conservais mon calme, car le signe envoyé me paraît plus important que la sensation de brûler. Je parvenais enfin à le déchiffrer : la plume qui était tombée en planant depuis le sommet de la Fin jusqu'à mes lèvres annonçait des changements. Sans doute faut-il préciser que la nouvelle de ces changements n'était portée pas tant par la plume que par son propriétaire originel, duquel elle était tombée ou avait été arrachée, ce maudit danseur captif qui s'était frayé un chemin à l'intérieur de l'usine et nous avait fait sortir de nos gonds (la pauvre pâle Vita avait souffert d'ecchymoses encore longtemps après, et je l'entendais s'inquiéter de devoir monter sur scène avec ces décorations jaunâtres, ce qui serait une tragédie plus terrible que le spectacle…).

Quelle stupide caboche ! Comment a-t-elle pu fermer les yeux sur ces signes avant-coureurs ?! Depuis la nuit des temps, ce qui vient d'en haut, surgit dans le ciel, traverse la voûte céleste – dans l'usine, la voûte céleste, c'était le plafond orné de conduits et de structures métalliques –, toujours, quoi qu'il arrive – un nuage noir comme le charbon, une comète à double queue, le soleil éclipsé par la lune et transformé en anneau de diamants brillants ou, enfin, un oiseau inconnu, jamais observé – annonçait systématiquement une chose : un grand changement. Charles le Petit, en laissant tomber la plume, comme un enseignant avec un élève étourdi, m'avait appris à déchiffrer l'alphabet des présages. Ce petit bonhomme était plus prêt que moi, Charlie, à s'adapter aux changements. Les mots de monsieur le Metteur en scène sur les évolutions à venir, jetés sans que personne ne les entende comme une pièce de monnaie dans la boue, étaient maintenant clairement liés à ce grand changement, toutefois il était aussi clair – et moi, Charlie, pardonnez-moi, je suis peut-être un peu abruti, mais tout de même je suis orienté dans la bonne direction, je suis capable de me débrouiller et d'en arriver à des conclusions concernant l'avenir – que des changements bien plus grands que les plans révisés de monsieur le Metteur en scène étaient à venir. Soyez compréhensifs, à ce moment-là je ne savais rien des plans de monsieur le Metteur en scène, encore moins de changements plus sérieux ; je sentais que quelque chose se préparait, mais quoi ? Je n'en avais pas la moindre idée. Ah, quel instant merveilleux, offert par une petite plume ébouriffée ! Il me semble que je compris alors la signification du corps de monsieur le Metteur en scène, à la fois trop grand et trop petit, et peut-être que ce n'est pas seulement monsieur le Metteur en scène, peut-être que nous tous, si je dois parler de nos tailles, sommes également trop grands et trop petits, et lorsque nous sentons des changements à venir, nous sommes enivrés par ce sentiment et commençons à croire que nous pouvons prédire leur ampleur, alors qu'en réalité nous n'avons aucune idée de ce qui nous attend. Nous voyons l'éclat pur briller, nous sentons la puanteur stagnante !

D'ailleurs, voilà l'endroit adapté pour expliquer tout cela : si mon discours sur le changement s'accompagne de ce sentiment mélangé de contentement, de terreur et de reproche, cela ne signifie en aucun cas que les changements eux-mêmes provoquent chez moi du contentement ou de la terreur – bon, peut-être qu'ils me donnent un peu envie de faire des reproches. Changements,

changements… je n'ai jamais compris l'enthousiasme avec lequel les crieurs publics emmaillotent les changements comme des nouveau-nés aux bras ballants dans des langes propres – quoiqu'il serait plus correct de dire que ce sont les promesses de changement qui sont emmaillotées, quant aux changements eux-mêmes, eh bien, Dieu merci, ils n'arrivent pas toujours. On pourrait avoir l'impression que tout le monde vit ainsi – dans l'attente des changements. Je dis « on pourrait avoir l'impression » car, en réalité, selon mon expérience personnelle, les gens sont loin d'être si enthousiastes et sont peu désireux de changements malheureux. Qui parmi nous n'a jamais entendu « Nous avons besoin de changement » ? Pardonnez-moi, c'est incompréhensible ! Après tout, chaque changement signifie d'abord une fin, n'est-ce pas ? Si nous promettons des changements, pourquoi oublions-nous de prévenir que nous serons aussi confrontés à la tristesse infinie de la fin du passé ? N'est-ce pas parce que nous percevons l'histoire comme un long changement que nous la vivons constamment comme une triste fin ? Comme si, en observant le succès des changements incessants, nous vivions en réalité l'échec amer de la fin, alors que l'histoire est suspendue au-dessus de nous telle une guirlande de désastres ornée d'ampoules multicolores surchauffées, clignotantes ou bourdonnantes. N'est-ce pas pour cela ? N'est-ce pas parce que… Après la mort de ma fille, et ici, je ne peux plus la passer sous silence, Ignas, le grand supérieur, comme Vincent, encore plus haut dans la hiérarchie, évoquèrent publiquement et à voix haute des réformes immédiates. Tu entends, tout ce qui est en leur pouvoir sera fait pour qu'arrivent les changements, pour que change... je ne sais pas ce qui devait changer, je reconnais qu'une fois le mot « changement » prononcé, j'arrêtais d'écouter. Je peux cependant griffonner dans la marge une petite remarque : ces prétendues réformes sont une marque d'impuissance, leur annonce signifie que nous sommes incapables de préserver l'ordre établi, que nos défauts nous empêchent de nous y adapter, que nous ne parvenons pas à faire ce qui était prévu et que nous utilisons les changements pour fuir, pas pour avancer, si vous voyez ce que je veux dire. Les changements s'incrustent comme une espèce invasive : ils se multiplient entre eux, rongent tout ce qui les entoure et ouvrent de grands espaces sur nos faiblesses aimantes. Comme vous le voyez, rien à voir avec du contentement ou de la terreur, alors que la volonté de culpabiliser, désolé, mais je ne la retiens pas. Oh ! Vous n'êtes pas obligés d'être d'accord avec mon raisonnement et mes conclusions, et je n'ai pas mentionné la mort de ma fille chérie pour vous gagner par la compassion plutôt qu'à coup d'arguments. La gentillesse que vous avez eue de m'écouter me suffit. Et j'espère que vous acceptez mes mots à cœur ouvert. Voilà toute la patience dont vous devez faire preuve : m'écouter, moi, le petit homme, sans pour autant m'écouter. Ne pas m'écouter, comme ne nous écoutent jamais ceux qui apportent les changements. Peut-être font-ils ce qu'il faut ? Je n'en sais rien, sans doute, sans doute, j'ai peur de me remettre à me contredire, c'est la raison pour laquelle je mets un point final à cette question, et je vous remercie de m'avoir permis d'exprimer mon point de vue.

Monsieur le Metteur en scène m'invita à la prière le lendemain de la représentation d'Ignas, représentation qui devait être celle de Vincent, mais, comme nous le savons, était devenue celle d'Ignas, et après ce que j'avais appris sur Charles le Petit, je ne doutais plus que la version qui circulait à voix basse parmi les acteurs, selon laquelle ce serait le petit homme qui aurait poussé Ignas dans la cage de l'ours, était véridique. L'imprévisible Charles le Petit se révélait doté d'un sentiment du devoir non moins prévisible. Il avait été envoyé – à vrai dire, une idée similaire à la mienne flotte probablement dans vos esprits, celle de savoir si Charles le Petit est toujours digne du titre de Petit, et s'il en mérite un autre, alors... peut-être que ce n'est pas le plus important pour le moment, n'est-ce pas ? – par monsieur le Metteur en scène pour m'annoncer que, m-m-moi au-aussi, Charlie, j'étais convié à la prière. Pas un mot au sujet de la plume. Et qu'aurions-nous bien pu en dire ? L'invitation de monsieur le Metteur en scène me prit au dépourvu et, coincé dans mes habitudes, comme si on m'appelait pour nettoyer la scène, je saisis ma ceinture à outils sur la table et tirai le chariot de son coin, chose que je regrettai très rapidement car, alors que nous marchions vers la salle de prière avec Charles, qui restera le Petit, le chariot nous accompagna dans les couloirs en bringuebalant de façon excessivement bruyante et le petit bonhomme et moi prîmes peur tous les deux. Je ne saurais dire précisément ce qui avait effrayé Charles le Petit, je vis seulement qu'il marchait de manière anormalement tendue ; moi, Charlie, si je pris peur, c'est en comprenant pourquoi le bruit du chariot résonnait autant : un silence mortel régnait dans l'usine – l'ascaris du temps, toujours en mouvement, s'était presque tu et se faisait à peine entendre, même en tendant l'oreille.

Les acteurs se tenaient debout, alignés en un demi-cercle clairsemé et désordonné, Vincent (désolé, je ne peux pas le dire autrement) se traînait avec difficulté, il ressemblait à une voile déchirée à laquelle aucune brise ne pourrait redonner forme. Lorsque monsieur le Metteur en scène entra, tous mes membres s'engourdirent ; il semblait avoir beaucoup grandi depuis la veille et il n'était pas seul, il était accompagné par une autre personne, et cette personne n'était pas Charles le Petit – puisque celui-ci était collé à moi, à nouveau un peu trop près, me permettant de sentir à la fois mon étonnement et son appréhension (apparemment, Charles le Petit en savait plus que moi). Monsieur le Metteur en scène était accompagné d'une gamine, enfin, je devrais dire d'une jeune femme, car au premier regard on comprenait qu'elle était majeure, mais nous savons ce qu'il en est vraiment de cette majorité ; à dix-huit ans, maximum dix-neuf, on n'est toujours en réalité qu'un enfant à qui on a donné le droit de se frotter aux fruits du plaisir adulte, et en s'y frottant on ressent plus de peur que de joie. Alors laissez-moi la décrire ainsi : c'était une gamine, je l'affirme franchement, car ma fillette chérie était du même âge, peut-être un tantinet plus jeune, et je reconnaissais bien la limpidité du visage d'une personne de cet âge (le visage de ma fillette était gravé dans ma mémoire... peut-être pas pour toujours, les gens comme moi, Charlie, ne comptons ni nos vies ni notre destin en siècles, mais je le verrai tant que je me tiendrai ici, sur scène, devant vous, et lorsque viendra la fin, lorsque viendra le moment de la Fin, je m'en irai en contemplant le visage de ma fillette, comme la porte par laquelle j'espère entrer... eh bien, où que je sois envoyé, je m'y conformerai humblement).

La gamine avait, comme on dit, les yeux affolés, et me rappelait sans le vouloir les craintes des acteurs qui erraient sur la scène après la représentation alors qu'ils auraient pu en descendre depuis longtemps, en particulier ces acteurs qui, eh bien, avaient besoin de mon aide, auprès desquels le devoir m'appelait. Je les aidais, j'aidais leurs corps, ou ce qu'ils étaient devenus, à quitter la scène, mais personne n'aidait leurs peurs à descendre (cela ne faisait certainement pas partie de mes responsabilités à moi, Charlie !) et, laissés seuls, ils étaient pris de tremblements violents. Je ne sais pas très bien où allaient ensuite ces craintes perdues, et j'aurais facilement pu croire qu'elles avaient été rassemblées en tas et, eh bien, qu'elles avaient été absorbées par les yeux de la gamine qui tentaient de saisir le plus rapidement possible chaque point de l'espace, d'assimiler chaque nouveau visage, de s'adapter à la luminosité, aux reflets et aux ombres, tout en essayant de réguler, d'adapter son mécanisme interne déboussolé ; et peut-être que ce n'était pas l'ascaris du temps rendu muet, mais le regard de la gamine qui plongeait l'usine dans un silence désagréable, offrant un répit aux peurs errantes qui ne trouvaient jamais de repos. Donc les yeux de la gamine roulaient frénétiquement, comme de petites souris grises ne trouvant pas où se cacher. Ces petites souris ne comprenaient sans doute pas complètement ce qui se passait et ce qu'elles faisaient, courant d'un coin à l'autre pour se retrouver à nouveau dans une impasse, se faufilant dans des recoins, rebondissant sur les surfaces, sans trouver une miette de sécurité, elles firent le tour de tous les acteurs qui se tenaient là comme des maisons aux fenêtres, aux portes et autres ouvertures condamnées, elles glapirent tristement en remuant leurs petites queues pointues, elles froncèrent le museau et firent neuf fois le tour sans perdre espoir, pour finalement se réfugier dans la tanière de mon âme.

Le matin où j'ai conduit ma fille à l'arrêt de bus, Dorothée était déjà là à attendre. Je l'avais vue à quelques reprises seulement, et elle semblait surprise car d'habitude elle était la seule à prendre le bus pour se rendre à l'école depuis cette partie de la ville ; j'avais généralement le temps de conduire ma fille en voiture, sauf quelques rares matins, quelques matins funestes, comme celui-ci. Ici, au théâtre, il y avait tant de peur dans ses yeux ! Rien à voir avec la Dorothée qui attendait le bus. Moi aussi, Charlie, je connais cette expression : les yeux agrandis par la peur. Qu'ils étaient grands ! Non, personne ne méritait d'être en proie à une telle peur. Ensuite, après avoir dit au revoir aux deux fillettes, je m'étais éloigné en leur jetant un coup d'œil dans le rétroviseur, et je me souviens m'être dit que cette Dorothée donnait l'impression qu'elle deviendrait une belle jeune femme, mince et élancée, et en même temps robuste, pleine de calme et d'assurance, dont même les longs cheveux châtains, peut-être un peu trop longs pour son âge, qui glissaient depuis le sommet de son crâne comme une épaisse masse de chocolat chaud, lui apportaient un air sérieux. À l'époque, je songeais que Dorothée avait l'air plus mûre que ma fille, et la voilà dans l'usine, le théâtre, la salle de prière, paraissant quatre ou cinq ans plus jeune à cause de la peur ; c'est la raison pour laquelle je dis « gamine », cette belle gamine aux cheveux longs, comme si elle avait été transportée directement depuis l'arrêt de bus juste après que ma fillette eut été emportée, et que, prise de désespoir et de panique, elle s'était pétrifiée.

Nous fabriquions la Fin maladroitement. Je ne veux pas vous ennuyer en vous racontant comment nous l'avons réalisée. Ce récit serait inondé de détails techniques arides, auxquels il suffit de penser pour avoir mal à la tête et des démangeaisons dans les pieds, raison pour laquelle Charles le Petit et moi nous sommes efforcés de réfléchir le moins possible en travaillant, ce qui permit au travail d'avancer agréablement, mais lentement. Je ne cacherai pas que la compagnie de Charles le Petit m'apportait calme et réconfort, et, en regardant d'un œil les rares cheveux du petit bonhomme onduler alors qu'il était penché au-dessus d'un élément qu'il polissait, j'avais tendance à penser que lui aussi trouvait en ma compagnie, à moi, Charlie, une sorte de soutien auquel il s'accrochait dans le courant obscur du désespoir. Mais nous n'en avons jamais parlé, qu'est-ce que vous vous imaginez ? Est-il même approprié d'en parler, même pour des personnes un peu plus proches, pour autant qu'un acte aussi difficile soit même possible dans de telles circonstances ? Pour nous – vous m'excuserez de parler en notre nom à tous les deux, le mien, Charlie, et celui de Charles le Petit, sans l'avoir consulté à l'avance – il n'était pas nécessaire de parler, et si vous, pour une raison qui m'est incompréhensible, n'avez pas encore appris par l'expérience que le silence est supérieur à tout ce qui est humain et terrestre (je n'oserai rien dire des autres sphères), il me reste à ajouter avec réserve que nous prononcions les paroles inévitables, comme « passe-moi le marteau » ou « passe-moi le rabot », comme si nous trahissions un ami commun. La fabrication de la Fin représentait une vraie difficulté et ce mécanisme, d'apparence pourtant si simple pour nous, contremaîtres inexpérimentés, comportait un certain nombre de défis et d'énigmes. Rien qu'aiguiser la plaque de métal jusqu'à obtenir, pour ainsi dire, un fil qui ne risquerait pas de faire rater le spectacle, exigeait des forces exceptionnelles. Évidemment, j'avais confié ce travail à Charles le Petit, et je n'exagère pas en disant qu'il lui fallut deux semaines pour le mener à bien. Il me faut ajouter qu'il offrait un spectacle étourdissant à ceux qui n'épuisaient pas leurs corps à la tâche et ne dépensaient pas chaque jour toutes leurs forces, or, de telles personnes, il n'y en avait pas énormément, bon, concrètement, il n'y en avait qu'une seule, moi, Charlie, et donc en lambinant pendant ces deux semaines sur les autres éléments de la Fin – Charles le Petit avait commencé à affûter la plaque de métal après l'apparition de Dorothée au théâtre – je pus observer le spectacle de ce bonhomme s'acharnant de toute sa santé, un spectacle qui, à mon humble et impartial avis, n'aurait pas fait de mal à la grande scène du théâtre, sauf que, évidemment, il ne correspondait en rien au genre de spectacles que nous y donnions. Charles le Petit s'enflammait et des étincelles orange sautaient de la plaque de métal, si bien que j'eus réellement peur, à plusieurs reprises, que ce bonhomme distrait et arrogant se brûle la peau d'un visage déjà bien rougi. Sans oublier qu'une personne imprévisible, et même une personne imprévisible que l'on pense être la plus agréable du monde, a – ou donne l'impression aux autres d'avoir – une tendance à l'automutilation et à la destruction. Ne vous méprenez pas, je ne suggère en aucun cas que le dévouement effréné de Charles le Petit pour son travail pourrait avoir une cause pathologique. Il donnait seulement une impression déchirante qui, au quotidien, provoquait l'inquiétude, mais aussi, au cas où je serais à nouveau mal compris, insufflait un charme subtil au spectacle. Après tout, nous souhaitons que les acteurs, même lorsqu'ils confessent leur amour par de doux sortilèges ou fredonnent de tristes berceuses, donnent une impression de danger, n'est-ce pas ? Sans cela il n'y aurait pas de spectacle, il n'y aurait pas d'art !

Oh, je sens qu'une fois de plus j'ai succombé à mes défauts honteux et me suis perdu dans les lointaines circonvolutions du bavardage, alors que je voulais simplement indiquer que Charles le Petit et moi besognions avec zèle sur la Fin, et après la bizarrerie de Vincent… Bref, nous avions vécu plus calmement la période qui avait suivi la représentation finale d'Ignas et l'arrivée de Dorothée. Je voyais rarement les acteurs de la troupe, et comme nous nous étions enfermés dans l'atelier je ne les croisai pas pendant des jours, car j'avais aussi réduit le nombre de mes promenades autour du vocabulaire en Ch – à dire vrai, les itinéraires étaient toujours plus courts : ils étaient passés de « cholestérol », « chiromancie », « chérubin », « chirurgien », « choléra » et « chœur » à « *cha* », « *chi* » et « *cho*[1] », mais, Dieu m'en garde, je ne voulais me moquer de personne ! Par conséquent, lorsque je dis que nous avions vécu plus calmement, en insinuant que ça n'avait pas forcément été le cas des autres, je ne fais qu'émettre une supposition, mais qui n'est sans doute pas sans fondement. Mais « plus calmement » est loin de vouloir dire « calmement » ! La plume qui était tombée des mains de Charles le Petit m'avait permis de me préparer un peu aux changements, seulement, il faut le reconnaître, j'avais orienté ma préparation dans une autre direction et je n'aurais jamais pu m'imaginer que ces changements se manifesteraient chez cette gamine, Dorothée, ses yeux remplis d'effroi fuyant comme deux souris d'église terrifiées, se débattant sans cesse sous la chaire de son souffle. C'était aussi inattendu qu'incompréhensible. Même si je n'interférais pas avec les idées de monsieur le Metteur en scène, j'avais plusieurs responsabilités au

1. N.D.T. En lituanien, « cha », « chi » et « cho » sont les onomatopées du rire.

sein du théâtre et je devais nécessairement être tenu au courant de certaines choses. Lorsque monsieur le Metteur en scène m'avait rendu visite durant cette soirée mémorable, il avait fait allusion (n'ai-je pas déjà fait allusion à cette allusion ?) à la mission de ce théâtre, qui devait s'accomplir. Une mission – ça allait de soi ! Mais qu'elle doive s'accomplir ? Le théâtre, ou toute autre forme d'art, peut-il finir de remplir sa mission ? Voilà les questions que j'aurais posées à monsieur le Metteur en scène si j'avais pensé avoir le droit de les poser. Pour faire court, si ce théâtre, en trahissant ni plus ni moins que le devoir d'immortalité de l'art lui-même (et ici, avec votre permission, je contesterais que l'évocation de la mort implique forcément de renoncer à une autre forme d'immortalité), devait mettre fin à sa mission, cela signifiait que moi, Charlie, je deviendrais complice de cette trahison, presque un Judas de l'art (et je ne doute pas du fait qu'à l'avenir j'aurai à répondre de cela devant... je ne veux même pas y penser), et j'étais forcé de savoir ce que j'aurais préféré ne pas savoir : le nombre de représentations qui restait, qui les jouerait, comment tout se terminerait.

En travaillant sur la Fin, j'avais retourné plusieurs fois dans tous les sens cette information, mais systématiquement, peu importe les sentiers détournés que j'essayais d'emprunter, j'en arrivais à contrecœur à la même conclusion : Dorothée n'avait pas sa place dans le plan des représentations. Il y avait un acteur de trop dans la troupe, même si, lorsqu'il nous l'avait présentée, monsieur le Metteur en scène avait annoncé clairement – et à ce moment-là le jet d'eau avait arrêté d'asperger son visage qui s'était figé en un bas-relief de bronze, dans une expression qui, sur quelqu'un d'autre, aurait été qualifiée de normale, mais au contraire, dans le cas de monsieur le Metteur en scène, vous m'excuserez, était l'expression d'un mort – qu'elle était la dernière actrice. Une fois, Charles le Petit m'avait pris au dépourvu d'une manière étrange : « Charlie, qu-qqu-qu'est-ce que tu fais ? » Moi ? Moi, Charlie ? Par empathie, je comptai sur mes doigts... eh bien, évidemment, je comptais sans me fier à ma petite tête modeste et assez faible, préférant donner le pouvoir de l'arithmétique à mes doigts. Le petit homme devait vraiment être soucieux pour briser la coquille de son silence avec une question, et même si j'agitais la main sans rien dire, rien d'important, je remarquai que je n'avais pas assouvi la curiosité de Charles le Petit, car le fait de compter sur mes doigts, apparemment, ne faisait que conforter l'angoisse qui le traversait déjà. Entrer dans la peau de Charles le Petit ! L'angoisse sait s'y frayer un chemin, alors que moi, Charlie, je le reconnais, je suis trop mou pour le faire, je n'ai même pas essayé d'essayer.

Lorsque je disais qu'en aiguisant la plaque de métal, les mains de Charles le Petit offraient un spectacle exceptionnel auquel j'étais pratiquement le seul à assister, je ne mentais pas. Néanmoins, il me faut apporter une petite précision. Le matin, dans l'atelier, après leur partie de chasse nocturne (je n'ai pas la moindre idée de ce qu'ils pouvaient bien chasser dans cette usine, peut-être des rats, quoique je n'en aie jamais vu, ou peut-être cet ascaris temporel rampant, mais en étaient-ils capables... ? Oh, enfin, est-ce à moi de décider ce dont ces filous sont capables ou non ? Quoi qu'il en soit, mon sommeil était sans cesse troublé par des grincements et grondements lointains, comme un volcan commençant tout juste à entrant tout juste en éruption. S'il vous plaît, n'allez pas croire que je me plains. Dieu merci, bien au contraire, les chats savent mieux que moi comment occuper les heures de la nuit), deux ou trois créatures se faufilaient en ronronnant, se frottaient contre moi et Charles le Petit, pour être grattouillées derrière les oreilles ou au-dessus de la queue, puis elles se pelotonnaient dans un coin avant de retourner vers des terrains de chasse plus intéressants. Quels traqueurs infatigables ! Ces petites siestes leur faisaient-elles manquer le spectacle de Charles le Petit ? Je ne sais pas, jugez-en vous-mêmes, je puis seulement ajouter que le borgne au pelage noir (il arrivait presque chaque matin sur la pointe des pattes) sommeillait de façon agitée, sursautant au moindre choc, or, la fabrication de la Fin, comme vous pouvez le comprendre, donnait lieu à plus de fracas, de grincements et de crissements que les cauchemars d'un félin, et lorsqu'il s'éveillait, il nous fixait longuement d'un œil entrouvert.

De temps en temps, un autre invité se présentait tranquillement, mais celui-ci ne ronronnait pas, il marmonnait « Tu as raison, tu as raison... », et comme le petit bonhomme et moi travaillions ensemble, je ne savais jamais à qui cet invité de notre atelier - bon, vous l'aurez compris, monsieur le Metteur en scène - pouvait bien s'adresser.

Il ne m'avait plus rendu visite dans ma petite chambre, et j'oserais même lui donner raison, car je considérais sa visite comme une forme de rabaissement, parfois nécessaire, mais qui ne doit en aucun cas être répété si on veut que le statut de monsieur le Metteur en scène soit respecté. Alors que l'atelier - vous en conviendrez sans doute - était un lieu de travail, dont la visite n'engageait à rien, et monsieur le Metteur en scène pouvait y passer, sans avoir trop à se justifier, pour vérifier l'avancement du chantier - après tout, désolé, c'est bien de la Fin que nous parlons. Et donc, monsieur le Metteur en scène passait sans cérémonie et, se tassant dans un coin, il nous observait d'un regard inexpressif en marmonnant son « Tu as raison, tu as raison... », et avec le temps je m'étais mis à soupçonner qu'il marmottait ces mots pour caresser et apaiser quelque chose en lui, un peu comme Charles le Petit et moi caressions les arrière-trains des chats. C'est moche à dire, mais ses visites ne m'apportaient aucun plaisir. Les cheveux roux de monsieur le Metteur en scène perdaient leur couleur et son visage ne reflétait plus le changement des saisons - du front au menton, il était recouvert d'un temps bruineux et gris à l'anglaise qui faisait fi des saisons, comme si cette épaisse couche de brouillard laineux, non contente de cacher le soleil, réussissait aussi à arrêter la rotation de la Terre autour de lui - et une veine de son cou, sous la pression de sa chemise boutonnée jusqu'en haut avec application, était tellement gonflée que, grand Dieu, il me fallait user de toutes mes réserves de patience pour ne pas me jeter sur lui et déboutonner le haut de son col. Je n'avais pas la moindre envie de le regarder aussi parce que, à la suite de la représentation d'Ignas, cet homme grand et mince s'était mis à s'allonger toujours plus sans pouvoir s'arrêter de grandir : entre chacune de ses visites, il gagnait bien l'épaisseur d'un doigt en hauteur.

Monsieur le Metteur en scène restait parfois une bonne heure puis disparaissait, il laissait parfois échapper, ou plutôt, vous m'excuserez, il rabâchait la même question (« Arriverez-vous à terminer ? », et si ça n'avait pas été monsieur le Metteur en scène qui posait cette question, je ne me serais pas retenu et j'aurais riposté que la fin ne pouvait advenir sans la Fin, n'est-ce pas ?), ou bien il venait rompre notre rythme de travail, mollement, passant nous apporter des informations contradictoires comme lorsqu'il avait déclaré qu'il invitait Dorothée pour la Fin. Il avait dit « pour la fin », mais je mettrais ma main à couper (excusez-moi, qu'en feriez-vous donc ?) qu'il voulait dire « pour la Fin ». Voyez-vous, il est possible que le petit homme soit incapable d'écrire le livre de compassion, de résignation et de résilience que je me suis empressé de vanter inutilement tout à l'heure, mais peut-être que, du livre d'histoire écrit par les grands hommes, même s'il en coule quelques gouttes de boue, de sang et de poison amer, chaque petit homme a droit de posséder une seule lettre, et c'est la raison pour laquelle il la chérit et l'estime tant ; puisqu'il ne peut prendre part ni aux phrases, ni aux paragraphes, ni – et encore moins – à l'ensemble (et, il faut le répéter, cessez de nous mettre à l'écart !), il se sent d'autant plus responsable ; chaque lettre – oh, je vous en supplie, accordez au moins cela aux petits hommes, y compris moi, Charlie – est déterminante pour lui, et si je pense avoir entendu « pour la Fin », j'espère vous avoir convaincu que ça sonnait bien comme « pour la Fin ». Aurais-je pu contester la décision de monsieur le Metteur en scène ? Dieu m'en garde ! Mais une fois n'est pas coutume et, si on se fie à ma mémoire pleine de trous, certainement pour la première et la dernière fois, humiliant non pas monsieur le Metteur en scène mais avant tout moi-même, j'avais ouvert le livre d'histoire, pointé une lettre du doigt et osé demander... bon, pour être honnête, j'avais bégayé : « Pour quelle... fin, si... si je peux me permettre ? » Et monsieur le Metteur en scène avait répondu d'un ton morne comme un jour de pluie : « Pour la Fin. » Après cette confirmation, mes mains avaient commencé à trembler, je ne pouvais plus tenir les outils et j'avais dû faire une pause, et Charles le Petit, pris de rage, comme s'il n'avait pas entendu monsieur le Metteur en scène, continuait à aiguiser le métal stridulant avec acharnement, faisant voler des étincelles, si bien que j'avais cru pendant une seconde qu'il crachait du feu. J'aurais surtout voulu que monsieur le Metteur en scène ne réapparaisse plus jamais et qu'il ne torture que lui-même avec ses propres plans, en épargnant les autres. Et le seul espoir que les visites désagréables de monsieur le Metteur en scène m'apportaient était que, très souvent lorsqu'il s'en allait, Charles le Petit partait à sa suite, et alors, un peu calmé, je me disais que la vie et la mort – bonne ou mauvaise – ne prenaient pas toujours la direction prévue par monsieur le Metteur en scène.

J'appris grâce à ces visites que la pause prendrait bientôt fin, qu'une nouvelle représentation se préparait et que Vincent aurait droit à une seconde chance (c'est ainsi que monsieur le Metteur en scène le formula, saupoudrant ses mots d'une amertume et d'un piquant que monsieur le Metteur en scène ne devrait pas se permettre). Comme vous pouvez le deviner, je n'ai pas essayé de juger si cette décision était la plus adaptée à ce moment-là, au lieu de cela je devais résoudre les dilemmes qui étaient les miens et que personne ne pouvait résoudre à ma place. Par exemple, fallait-il à nouveau inviter Vincent dans la salle de bain et le laver ? Oh, d'ailleurs, je ne savais absolument pas si l'existence de cette petite pièce demeurait secrète. Pouvait-on considérer secret ce cagibi dont personne ne se souciait à part à moi, et dont la découverte n'avait provoqué aucune émotion ? L'attention – du moins, la curiosité – n'est-elle pas le sang même du secret, qui lui confère sa vitalité ? Si on considérait la question sous cet angle, on arriverait sans doute à la conclusion que le secret ne vient pas de ce qui est passé sous silence, mais de la révélation de ce qui aurait dû être passé sous silence. Selon moi, Charlie, le rituel de la toilette de l'acteur principal était nécessaire, et je considérais le fait que monsieur le Metteur en scène avait eu la bonté de me permettre de m'en occuper dès mon arrivée au théâtre comme une forme de victoire, si modeste soit-elle, dont je rends volontiers le mérite à monsieur le Metteur en scène, et que je mentionne non pas pour m'en vanter, mais pour que les choses soient claires. Pourrais-je vous faire part d'une idée supplémentaire ? Une petite pensée, qui me hante depuis une éternité. À la bibliothèque, lorsque je me flétrissais devant ma table en attendant les lecteurs (ou que s'arrête le bip-bip des jeux vidéo), j'y ai réfléchi pendant des heures et des heures, alors peut-être que je ne vous ferai pas trop de mal en empilant mes bagages remplis de ces réflexions et en les laissant rouler dans le wagon d'une seule phrase ? Eh bien, je ne voudrais pas user des mots sans précautions, mais je dirais tout de même ceci : depuis la fin des temps, les esprits les plus érudits de l'humanité ont consacré un temps infini à la recherche de la vérité et à sa contemplation, en s'arrêtant à peine sur la question du secret – voilà une tragédie bien frustrante. J'ai tenu ma promesse : une seule petite réflexion qui nécessiterait de longs mois éreintants pour être démontrée, donc je vous prie de ne pas l'approfondir. Oh, la vérité reste nécessaire, personne ne le conteste, mais le secret est l'arme ou le bouclier le plus important de la vérité, ou les deux à la fois, car avec un secret on peut attaquer tout comme on peut se défendre afin de préserver la vérité. Ceux qui en ont besoin savent que ce n'est pas la vérité qui se cache au fond de l'homme, mais bien le secret. Et si je m'efforçais d'être précis, bien que je ne sois pas très doué pour cela, je dirais que l'âme se réfugie dans le secret loin des regards étrangers et que lorsque le secret se meurt, l'âme humaine aussi. Pardonnez-moi mais je ne m'excuserai pas d'avoir succombé à ma faiblesse habituelle de l'égarement, car cette fois-ci je ne pense pas m'être rendu à elle, et ces courtes réflexions devraient vous aider à mieux comprendre ce qui se passerait si tout le monde connaissait l'existence de la petite pièce au milieu de laquelle se trouve une baignoire d'un blanc éclatant comme le pelage d'une jument et, Dieu nous en préserve, l'utilisait à d'autres fins que celle de laver l'acteur principal avant sa représentation.

Voilà donc mon dilemme, vous voyez : pour Vincent, l'invitation dans la pièce secrète n'était plus un secret, alors cela valait-il vraiment la peine de reproduire le rituel ? D'autre part, je ne doute pas du fait que Vincent n'ait parlé à personne de la petite salle de bain (cela dit, entre nous, je ne suis même pas sûr qu'il soit encore capable de bouger sa langue) ; depuis la représentation ratée, il s'affaiblissait encore plus rapidement et, comme son corps finissait de se décharner, ses cheveux couleur de cendres devinrent si secs et fins que je m'inquiétais de ne pas pouvoir... bon, vous connaissez ce petit souci que j'ai, de... pour faire court, lorsque son corps toujours en vie avait complètement dépéri, le gouffre de ses narines s'était ouvert soudainement et on aurait dit que les deux trous noirs grands ouverts se bousculaient pour savoir lequel des deux aspirerait les dernières miettes du corps de Vincent. Le jour de la représentation, une bonne heure avant le lever du rideau, je remplis la baignoire d'eau chaude et me rendis vers la chambre de Vincent en me demandant si j'arriverais à l'emmener seul jusqu'au cagibi. J'envisageai d'appeler à l'aide Charles le Petit, mais je ne voulais pas qu'il perce à jour le secret du rituel de la toilette et c'est pourquoi je décidai finalement de me débrouiller sans lui. J'ouvris l'ancienne chambre d'Ignas et traversai l'espace qui continuait de lui appartenir (en traversant cette chambre – je l'avais intégrée à l'alphabet de mes promenades en l'associant à la lettre C, mais je passais devant sans m'arrêter, car, eh bien, je ne trouvais pas de mot commençant par Ch qui comprendrait aussi la lettre C – à chaque fois je devais reconnaître que je n'avais pas fait mon travail jusqu'au bout) : il y avait sur la table la lampe à abat-jour vert apportée par Ignas, deux piles de livres en pagaille, des stylos en plastique bon marché, un jeu de cartes élimé, une tasse, plusieurs couches de vêtements empilées sur le dossier d'une chaise. Je vis par la porte ballante de l'armoire que le manteau gris d'Ignas y était toujours suspendu, et sur son lit gisaient deux trous noirs immobiles et rassasiés. Vincent n'était plus là, il était mort.

CHAPITRE NEUF

Le voleur

C'est la vérité vraie, je ne cherche pas à la dissimuler : à la bibliothèque, nous nous ennuyons constamment. Nous, les quatre bibliothécaires : moi, Charlie, et trois femmes, trois petites femmes, dévouées à leur travail, qui avaient oublié qu'il existait autrefois « pouvoir » et « falloir », et ne connaissaient plus depuis longtemps qu'un seul mot : « devoir ». Cela va de soi, les gens atteignent ce « devoir » de la façon la plus inattendue, en empruntant des routes imprévisibles ils arrivent sur son territoire, sur cette île ou, pour être plus précis, sur ce continent isolé des autres comme l'Australie avec ses kangourous, ses koalas et ses boomerangs, et une fois qu'ils y sont, ils respirent tous le même air, celui de l'ennui. De lourds nuages de vapeur d'ennui se traînaient lourdement entre les étagères, et il arrivait qu'un livre, bousculé par l'un des usagers, tombe avec un bruit sourd. Évidemment, ils ne voyaient pas ces nuages qui flottaient au ras du sol, mais nous les sentions, et il m'arrivait de les admirer. Quel est le problème avec l'ennui ? Désolé, mais d'où vient toute cette haine pour lui ? Avez-vous déjà assisté à un spectacle magistral, ou lu un livre génial, exceptionnel, qui ne serait pas insupportablement ennuyeux ? Je vais vous dire une chose : si vous ne vous êtes jamais soudainement endormi et n'avez pas piqué du nez en lisant un livre, il est fort possible que vous ne lisiez pas d'ouvrages de particulièrement bonne qualité. La fondation des meilleures œuvres d'art ne brille pas d'or, mais d'ennui. Faut-il me rappeler à moi, Charlie, que les génies de l'art sont les virtuoses de la torture étouffante, les seigneurs de la monotonie menaçante ? Et c'est pourquoi, s'il vous plaît, ne vous empressez pas de condamner l'ennui, car il est pour nous, mortels, un cadeau divin (ou peut-être une épreuve, qui sait ?) qui nous donne la possibilité de nous rapprocher du génie, de ce phénomène extraordinaire qui nous amène à nous demander si, pour une fois, l'homme ne pourrait pas se faire Dieu (pardonne-moi, Seigneur, pour cette pensée sacrilège, mais il t'arrive à toi aussi de plaisanter, n'est-ce pas ?). Bien sûr, dans les confins de la vie, lorsqu'on meurt d'ennui, ça ne fait pas de nous des prodiges, et le travail en bibliothèque, j'ai regret de le dire, est sans doute relégué à ces confins. Et donc même nous, les êtres humains les plus simples – les trois petites femmes et moi, Charlie – nous inventions des divertissements bien innocents. Par exemple, nous formions des collections de ceci ou cela, je veux dire, uniquement dans la bibliothèque, et uniquement ce qui était discret, presque invisible, insignifiant, et donc ce qui ne pouvait être réuni qu'en bibliothèque et nulle part ailleurs.

Les collections les plus précieuses ne sont-elles pas celles touchées par les deux doigts de l'insignifiance et de l'impossible ? Madame Onutė, notre aînée, rassemblait tout ce que les livres, selon ses propres mots, rejetaient comme des naufragés en mer. Elle ne faisait jamais de recherches particulières, elle ne secouait pas les livres, ne les feuilletait pas – elle faisait confiance à la providence qui lui mettait ses petits cadeaux sous le nez. Madame Onutė, gardienne des objets perdus. Outre tout ce à quoi on pouvait s'attendre (des feuilles et des fleurs séchées qui s'effritaient, des rognures d'ongles, des marque-pages, des étiquettes de vêtement ou de boisson, des plumes, des tickets de loto), j'avais vu un fin peigne argenté (il m'était arrivé de le dévorer des yeux secrètement, mais sans y trouver ce que j'espérais y voir), une capote déroulée (je vous en prie, ne me forcez pas à la décrire plus en détail), un morceau de cardiogramme déchiré (le cœur semblait en bonne santé, du moins en meilleure santé que le mien, celui de Charlie, car je... bref, peu importe) et un objet de forme irrégulière, jaune verdâtre, qui faisait penser à une galette, sans doute d'origine organique, quoi que nous nous soyons disputés de nombreuses fois quant à sa nature et son usage, sans parvenir à un consensus.

Pour tout vous dire, madame Onutė et moi étions un peu en compétition ; il va de soi qu'il s'agissait d'une compétition indirecte et tout à fait amicale (quel genre de dispute peut-il donc y avoir entre deux bibliothécaires ?) et moi, Charlie, en m'occupant d'autres usagers, je lorgnais aux alentours et attendais avec inquiétude de voir si mes pièces de collection tomberaient sous ses yeux. Vous n'aurez sûrement pas trop de difficultés à deviner en quoi elles consistaient ; l'objet de ma chasse, enfin, les cheveux, évidement, ne se trouvaient pas très souvent dans des livres fermés. Oh, je ne traitais pas les livres brutalement, qu'allez-vous imaginer ? comment aurais-je pu ? je prenais toujours un plaisir particulier à les prendre dans mes mains avec le soin que j'accorderais à des oisillons tombés du nid (mais ne me rappelez pas l'autre oiseau de malheur) et, sans précipitation, si nécessaire pendant une demi-heure ou une heure, à tourner chaque page, regardant de près la jonction des pages où les cheveux se regroupaient comme de pauvres orphelins échappés d'un refuge. Je scotchais mes trouvailles dans un album et inscrivais à côté une courte description du cheveu et du livre où il avait été trouvé, par exemple : « Cheveu de femme, long, noir, tendance à boucler. Alexandre Dumas. *Les trois mousquetaires.* » Ou encore : « Très court, difficile à discerner, clair, sans doute cheveu d'homme. Jonas Biliūnas. *Nouvelles.* » J'aimais feuilleter lentement l'album de ma collection qui s'étoffait, et me rêver botaniste du XIXe siècle, explorateur (Charlie l'explorateur ! J'en rougirais presque, pardonnez-moi !), presque monsieur Charles Darwin, sur le point d'observer dans sa collection de fleurs, plantes, algues, champignons et mousses, le destin impitoyable de l'espèce ; sauf que, évidemment, mes trouvailles, précieusement collées dans mon album, ne parlaient pas de l'évolution des organismes vivants, ni de la fuite du paradis, mais plutôt du retour à la maison, de la réconciliation et du désir de trouver un abri. Certains d'entre vous appelleraient sans doute cela une accumulation de déchets, une régression, mais je n'ai pas peur de dire, et c'est mon avis, qu'il ne sert à rien de craindre sa maison, ni de craindre la mort.

Ce qui intéressait madame Natalija, c'était les choses intangibles. J'essaie ici d'adoucir ce qu'elle exprimait parfois de manière très directe et grossière : elle trouvait inacceptable d'accumuler des ordures (en réalité, elle s'écriait même : « Répugnant ! »), toutefois elle ne se privait pas de sa propre collection, qui était une typologie des odeurs des livres. Dans un cahier d'écolier, elle dressait, de son écriture de première de la classe, un tableau à quatre colonnes, basé sur les sources des odeurs : « Odeur naturelle du papier », « Odeur laissée par l'homme », « Odeur absorbée de l'environnement » et « Odeur non identifiable ». Une classification aussi peu professionnelle me semblait discutable, et madame Natalija et moi n'avons pas hésité à en débattre, sans trop nous emporter, mais avec sincérité et persévérance. J'avançais toujours un seul et unique argument, et si vous ne vous en offusquez pas, je le nommerai comme il se doit : « Odeur de toilettes » (eh bien quoi, c'est tout à fait normal et humain, je ne comprends pas pourquoi mes joues prennent la même teinte rouge que celles d'un lecteur ayant perdu sa carte de bibliothèque). Pour madame Natalija, ces odeurs ouvraient une bien large palette qui enrichissait et étoffait tout particulièrement sa collection, et si vous me permettez cet accès d'honnêteté, elle qui n'était pas particulièrement créative notait les odeurs attribuées aux toilettes d'une manière imaginative et animée. Hélas, moi, Charlie, je n'avais pas l'esprit tranquille ; pour faire court, une question d'ordre méthodologique, si je comprends bien le sens du mot « méthodologique », me taraudait : comment distinguer les odeurs produites par l'homme de celles transmises par l'environnement ? Le livre était-il resté longtemps sur une cuvette de toilettes, quelque part à côté d'une chasse d'eau, ou nous avait-il été rapporté, excusez-moi, par des mains sales ? La typologie de madame Natalija n'offrait pas de solution au problème.

Quant à mademoiselle Marija, notre cadette, elle cherchait à se démarquer par son insolence, je dirais même son excentricité, et cette volonté qui était sienne, ou devrais-je dire cet affront, je m'y opposais de tout mon cœur, et c'est pour cela que j'avais exprimé mon désaccord avec sa collection à diverses reprises, et par deux fois je l'avais même fait à voix haute. Et donc ? Existe-t-il une seule génération de l'humanité qui ait jamais écouté les sages conseils de ses aînés ? Mademoiselle Marija collectionnait – et elle savait, comme le font en général les jeunes gens malins et imprudents, renverser le sens d'un acte et présenter une mauvaise action sous les traits d'une bonne – « les pages abîmées » : irrémédiablement gribouillées, tâchées, souillées, lacérées ou déchirées. Lorsqu'elle tombait sur une proie blessée – et je peux jurer qu'en prononçant ces mots, aujourd'hui encore, je sens presque les pinces métalliques d'un bourreau anonyme me serrer fermement la main et arracher un ongle de la chair bien vivante d'un de mes doigts ! – elle l'extirpait et la mettait de côté pour sa collection. Je sais, je sais ! Une collection peut être à la fois un caprice culturel et une maladie barbare, mais tout de même – et je l'ai dit moi-même à mademoiselle Marija en la regardant droit dans les yeux (ne soyez pas surpris, moi aussi, Charlie, j'en suis capable quand...) – en la voyant se comporter ainsi, je pouvais l'imaginer s'approcher du corps d'un homme tué par balle et tirer dessus une seconde fois. Je ne sais pas si c'est un crime, mais ce qui est sûr c'est que c'est immoral.

Vous n'allez pas tarder à craindre (si ce n'est pas déjà le cas) que je me sois égaré en m'enfonçant dans les souvenirs de mon travail à la bibliothèque, et que je ne parvienne plus à revenir sur le bon chemin. Mais voulez-vous vraiment que j'y revienne ? Je plaisante ! Je vous prie de ne pas grimacer. Une description de l'atmosphère de la bibliothèque et la présentation de cette description semblaient nécessaires pour que, en planant en cercle comme des rapaces, nous puissions petit à petit nous approcher du cœur du sujet. Voyez-vous, parfois l'ennui à la bibliothèque était si accablant (j'emploie ici le mot « accablant » non pas pour dénigrer l'ennui, mais pour me conformer au lexique habituel utilisé pour en parler, même si celui-ci ne le mérite pas) que notre passion pour les collections ne suffisait pas, et nous devions trouver d'autres occupations. Nous avions nommé l'une de ces occupations « l'odyssée d'un livre » (je suis bien d'accord, aucune originalité, mais nous, les quatre bibliothécaires, ne rivalisions pas d'originalité) : chacun d'entre nous sélectionnait un livre tapi sur les étagères de la bibliothèque et nous lui accordions une attention toute particulière, c'est-à-dire que nous suivions sa vie et nous nous engagions à ce que ce livre rentre absolument chez lui, comme vous l'aurez compris, à Ithaque, et tous, même moi, Charlie, pas uniquement les trois petites femmes de la bibliothèque, jouions le rôle des Pénélopes, fidèles et attentionnées. Ce jeu peut, à juste titre, vous sembler incompréhensible, puisque les livres empruntés doivent être rendus, n'est-ce pas ? Détrompez-vous ! Après avoir travaillé un certain temps en bibliothèque, il faut accumuler une quantité incommensurable d'énergie pour ne pas céder au désespoir et assumer que l'homme est un voleur avant tout le reste. N'avais-je pas baissé les bras ? C'est une question trop complexe pour que je puisse y répondre maintenant. Je ne peux qu'ajouter qu'une fois arrivé au théâtre, j'avais commencé à me demander si le vol était vraiment le vice dont nous le qualifions usuellement. La bibliothèque, comme une station balnéaire bon marché, était le paradis des voleurs aux doigts agiles, et on devient un bon bibliothécaire, non pas en trouvant un livre les yeux fermés et en pouvant énumérer par cœur les cotes et les sommaires les plus étoffés et les plus détaillés, mais quand du premier coup d'œil on reconnaît un voleur de livres. Croyez-le ou non, c'est vous qui voyez, mais un bibliothécaire averti – et moi, Charlie, il me semble avoir mérité ce nom – peut déceler en un rien de temps lorsqu'une personne est là pour voler des livres et anticiper de quelle manière elle a l'intention de mener à bien cet acte crapuleux : s'il va se faufiler entre les étagères et, après avoir jeté un coup d'œil autour de lui, glisser le livre sous un pan de son manteau ou le coincer dans la ceinture de son pantalon ; ou alors, avec un visage parfaitement impassible, s'il va l'emprunter pour ne jamais le ramener ; ou bien s'il viendra lire le même livre jour après jour, mois après mois, jusqu'à endormir notre vigilance pour que nous ne remarquions même pas la disparition de l'ouvrage, comme s'il avait fondu dans la chaleur de ses mains ; ou encore s'il fera tourner la tête à tout le monde, nous hypnotisera, jusqu'à ce que nous, les bibliothécaires, lui mettions le livre dans les mains et lui demandions de l'emporter. Oh, que n'avais-je pas vu au cours de mes longues années de travail ! Je ne compte pas mentir et prétendre avoir réussi à exercer mes yeux à la perfection, parvenant à reconnaître chaque habile vaurien. Cela reste entre nous, apparemment il n'y a plus de sens à le cacher, mais arracher la mauvaise herbe des voleurs de livres demandait trop d'effort, et donc dans la bibliothèque flottaient non seulement des nuages d'ennui, mais aussi des nuages gonflés d'indifférence qui arrosaient généreusement les chénopodes, les pissenlits, les chiendents et autres mauvaises herbes – si vous m'accordez l'honneur de me laisser m'exprimer comme monsieur Charles Darwin.

Par contre, il y avait un livre, un unique livre, auquel nous accordions toute notre attention, jusqu'au dernier regard ! Il fallait le choisir avec beaucoup de soin.

Nous avions chacun une tactique différente, mais il ne faut pas oublier qu'il s'agissait d'un jeu et non d'une guerre, donc j'aimerais éviter ce genre de vocabulaire quand je devise à propos de livres. L'extravagante, ou peut-être devrais-je dire « l'intrépide » mademoiselle Marija choisissait un ouvrage du programme scolaire. Je dis « choisissait », car elle devait régulièrement en choisir un nouveau (et je soupçonnais parfois mademoiselle Marija de considérer ce jeu avec bien trop de désinvolture). Les œuvres littéraires au programme scolaire étaient comme les essuie-glaces du pare-brise avant d'une voiture - des objets de peu de valeur, qui attiraient comme de petits appâts une foule de voleurs paresseux et incultes (je ne vous apprends sans doute rien en vous disant que les adolescents qui arrivaient par vagues dans la bibliothèque, en traînant des pieds et en geignant parce que quelqu'un les avait traînés jusqu'ici, ne pouvaient être qualifiés autrement). Madame Onutė et madame Natalija préféraient les représentants d'un niveau de risque intermédiaire, la littérature populaire pour adultes, et protégeaient leur unique élu de voleurs peu expérimentés, souvent un peu confus, pas tout à fait décidés. Et moi, mes chères collègues me qualifiaient de conservateur (j'ai entendu une fois mademoiselle Marija lâcher grossièrement « Quel réac ! »), car j'avais tendance à choisir un livre sur une étagère isolée et qui y restait souvent pendant des années.

À dire vrai, je n'avais choisi qu'un seul livre et j'avais veillé sur lui comme la prunelle de mes yeux durant de nombreuses années, et parfois j'étais tellement absorbé par ce jeu que j'aurais préféré perdre un œil plutôt que de perdre ce livre (une fois, d'ailleurs, les événements avaient pris une telle tournure que le jeu s'était mis à ressembler à une guerre, et je m'étais surpris à penser que... enfin bref, ce sont des bagatelles inutiles à ce récit). Mon élu était grand comme ma main, assez modeste en réalité, mais je ne l'avais pas choisi parce que serré entre de grands livres épais il devenait presque invisible, comme la touche noire d'un piano qu'on aurait enfoncée, non, non ; plutôt en raison de l'idée rassurante que, si ce livre se trouvait en difficulté, je pourrais facilement le protéger – il me suffirait de le couvrir d'une main. Ne me prenez pas, moi, Charlie, pour un incorrigible idiot (même si je ne manque pas de stupidité, je ne peux rien y faire), mais même avec ma cervelle d'oiseau j'arrive à prendre la mesure de l'absurdité d'une telle pensée, qu'un livre puisse être en danger, qu'il faudrait le protéger, et que moi, Charlie, tel un gentleman, je proposerais avec empressement ma main comme un gilet pare-balles. Toutefois, si ce petit livre devait se transformer en une créature vivante, il deviendrait la femme d'un pauvre noble, sans le sou, à qui je m'adresserais avec respect en la rencontrant dans la rue, la saluant bien bas en l'appelant : « Madame... » Comprenez-moi bien, je n'avais rien prévu, je suis allé là où mes sentiments m'avaient mené. Et finalement, ç'avait été vers ce livre ! Simplement ce petit livre ! Évidemment, il est très mignon, timide, pas présomptueux, plutôt courtois, un peu irritable et négligent. Et si vous me permettez de le comparer encore une fois à madame, l'épouse du noble désargenté, eh bien, vraiment, enfin bref... cette dame aurait l'air souffreteuse, un air malade sur le visage, comme si elle avait récemment contracté la tuberculose ou une autre maladie encore incurable. En effet, la couverture de ce petit livre, je veux dire la jaquette en lambeaux qui le protégeait, brillait d'un jaune très pâle, si bien qu'on ne pouvait pas savoir s'il s'agissait de sa couleur d'origine ou si c'était la marque que le temps y avait laissée. En haut de la couverture, le nom de l'auteur est inscrit en fines lettres vert émeraude ; en bas, dans une police tout aussi délicate mais cette fois-ci bleu saphir, le titre du livre (certaines considérations me poussent à vous rappeler, et à faire appliquer, mon droit de ne rendre public ni le nom de l'auteur ni le titre du livre) ; et entre les lettres, comme entre deux rangées de dents entrouvertes, s'étalaient comme de la moisissure deux taches des mêmes couleurs émeraude et saphir – Dieu merci, ce n'était pas de la moisissure, mais bien les deux taches les plus exquises et artistiques, apposées là selon la volonté du graphiste souhaitant décorer le livre et lui donner la vitalité qu'un horrible champignon répandant la plus ancienne des puanteurs ne saurait mieux lui offrir. Et si quelqu'un venait à penser que la moisissure, eh bien, au final, ce serait peut-être mieux, alors je défendrais ma frêle dame des tripotages indésirables des imbéciles. Cette jaquette déchirée, cela va de soi, lui a été enfilée pour repousser les bons à rien de tous poils, qui, vous m'excuserez, n'y comprennent rien aux dames et les jugent selon les robes plus ou moins jolies qu'elles portent.

Moi, Charlie, j'avais l'habitude de me considérer plus proche du vieux mari de madame que de l'imbécile ordinaire – et si vous trouvez de la vanité dans cette fantaisie qui est mienne et ne fait de mal à personne, cela signifie que je m'y suis laissé aller plus souvent que je n'aurais dû –, mais vous ne trouverez rien de louche dans ces rêveries, à part le petit privilège d'apercevoir madame sans cette couche supérieure de vêtements qui ne convenaient déjà plus vraiment à son rang. De temps en temps, le soir après le travail, je me faufilais jusqu'à la salle du livre, lui faisais quitter la compagnie des grands formats épais, le déshabillais délicatement et me délectais de sa matérialité : sa surface régulière, rugueuse, couleur jade, avec deux petites lettres noires, les initiales de l'auteur, comme les marques d'un bronzage douloureux imprimé en relief pour punir madame d'une imprudence passée, ou comme le monogramme discret d'un royaume d'outre-mer où le charbon a plus de valeur que l'or, vous comprenez ? Voilà ce qu'elle était, remplie de secrets du passé, repoussée dans le coin le plus reculé, rarement désirée et encore plus rarement prêtée aux lecteurs. Je vous prie de ne pas m'accuser trop vite d'avoir choisi la stratégie la plus simple. Loin de là, croyez-moi, loin de là ! Laissez vos soupçons naïfs et ignares à mademoiselle Marija. Ce petit livre appartenait à un groupe particulièrement à risque, puisqu'il n'était visé que par des voleurs professionnels et expérimentés. Ils sont difficiles à reconnaître, se comportent avec prudence et se montrent assez rarement, donc le plus important était de ne jamais baisser ma garde. Je vais vous dire une chose : des nuages d'ennui et d'indifférence qui encombraient les salles de la bibliothèque dépassait mon antenne de surveillance à moi, Charlie. On ne me comprendra sûrement pas si j'avoue que ce jeu s'était transformé pour moi en un nouveau devoir. Lorsqu'un visiteur inconnu se dirigeait vers la pièce dans laquelle mon livre élu se tassait sur une des dix étagères (et même maintenant je ne souhaite pas dévoiler l'endroit exact), mon cœur se mettait à battre la chamade. Je me levais, repoussais ma chaise et allais me promener aux alentours. Si l'inconnu s'approchait de l'étagère du livre, ma pression sanguine augmentait et je desserrais le col de ma chemise. S'il prenait mon élu dans ses mains, moi, Charlie, rien n'y faisait, je me devais d'agir. S'il vous plaît, comprenez, je vous ennuierais trop si je poursuivais le récit de cette mission de sauvetage et des méthodes que j'utilisai pour sauver le petit livre, mais en guise de récompense (le mot n'est sans doute pas excessif) pour la patience héroïque dont vous faites preuve, je vais expliquer sans dérobade pourquoi je me suis brutalement souvenu de la dame de ce livre déchiré mais fier : Dorothée.

Elle s'appelle Dorothée. Je prononce ce nom et mes yeux s'illuminent si douloureusement que même si je n'avais plus envie d'ajouter quoi que ce soit, il le faudrait. La première fois que monsieur le Metteur en scène nous l'a présentée, le regard de Dorothée – avec votre permission, je vous le rappelle – s'était glissé dans la tanière de mon âme, et même si, par la suite, en travaillant sur la Fin avec Charles le Petit, je ne l'avais vue que de temps en temps, ce regard n'était allé nulle part, il avait continué à creuser – sans doute plus comme une taupe que comme une souris, si l'image de la taupe ne vous paraît pas trop dégoûtante – toujours plus profondément et s'était arrêté en tapant de ses griffes la partie la plus intime de mon être, dont je ne soupçonnais même pas l'existence. Cette partie intime n'a rien à voir avec ce à quoi vous pensez maintenant, de façon immature et adolescente, mais bien avec ce dont (et j'espère que vous serez d'accord avec moi sur ce point) nous ne parlons pas et ne devrions pas parler. Lorsque le regard d'autrui se fraie un chemin jusqu'à cet endroit – j'espère que vous en avez fait aussi l'expérience, bien que je puisse convenir qu'il ne s'agit pas nécessairement d'une expérience marquée par le plaisir –, il se transforme en autre chose qu'un regard, et rappelle plus une plante grimpante qui se propage en s'accrochant aux murs, ses petites feuilles caressant et chatouillant l'intérieur. Permettez-moi d'insister une fois de plus, afin que ne subsistent ni peurs ni malentendus : si cette description venait à vous faire penser aux sentiments inappropriés que peuvent éprouver certains hommes de mon âge pour les jeunes femmes (pour l'amour de Dieu, Dorothée a l'âge de ma fille), je vous prie de vous reprendre en main... Depuis tout ce temps, vous me connaissez suffisamment, moi, humble Charlie, pour ne pas vous laisser envahir par de telles pensées, qui n'augurent rien de bon pour l'une ou l'autre des parties. Une petite précision vous aidera peut-être à surmonter vos derniers doutes : la plante grimpante ressemblait plutôt à une vigne vierge automnale aux feuilles colorées mais flasques, et non pas, comme vous auriez pu l'imaginer, à une liane de copihue parée de clochettes impudentes (n'ai-je pas prouvé que je pourrais occuper le poste de troisième assistant de Charles Darwin ? Pardonnez-moi, je ne veux aucune fonction supplémentaire !) Toutefois, j'espère que vous avez confiance en ma parole, car il ne me semble pas vous avoir donné de raison de vous méfier. Alors que mes sentiments confus remontaient à la surface, je me suis rappelé le petit livre desséché de la bibliothèque que j'avais jadis promis de protéger précieusement. Et si en cet instant je vous regarde dans les yeux (regardez-moi, ne vous gênez pas), cela signifie que je n'ai pas manqué à ma promesse, n'est-ce pas ? Et donc moi, Charlie, aussi bavard que j'ai pu être, je peux tenir ma parole, peut-être même oserais-je l'appeler mon serment. Je devais la sauver. Cette fois-ci, je veux dire Dorothée, pas le petit livre. Et oui, je comprenais pleinement et incontestablement qu'une détermination de ce genre était dangereuse. Dangereuse, naturellement, pas pour moi, mais bien pour le théâtre, ses idées, son ordre et son plan (quoiqu'il s'agisse d'une seule et même chose pour un fidèle serviteur de l'art). Je ne voulais mettre en danger, évidemment, personne de vivant, en particulier si, en vous fiant à monsieur le Metteur en scène, vous pensiez que ce théâtre mettait en œuvre une tâche inhabituelle et désespérément fatale (je ne m'étendrai pas sur le sujet, car je n'ai pas beaucoup d'informations sur ce point qui ne fait pas partie de mes fonctions). Quoi qu'il en soit, au théâtre, les événements dont je ne vais pas tarder à vous parler prirent une telle tournure que même moi, simple machiniste dans l'exercice de ses fonctions, je commençai à m'inquiéter de ce qu'était vraiment ce plan si important, où il nous menait et qui en était responsable. Je nie catégoriquement toute intonation insolente ou rebelle que vous pourriez avoir entendue ! Je ne fais que m'interroger au sujet de ce que même moi, Charlie, je ne peux plus ignorer, vous comprenez ? La représentation de Dorothée, assez inutile à mon avis, allait à l'encontre du plan, je veux dire de tous les plans, de n'importe quelle version du plan, du plan de n'importe qui, et encore plus de celui, excusez-moi, de monsieur le Metteur en scène.

Vous savez, je ne doute pas que cela vous soit aussi arrivé : vous regardez de vieilles photos et vous vous étonnez – ce n'est pas vous, mon Dieu, pas vous, un point c'est tout –, vous ne reconnaissez pas cette personne que les autres appellent par votre nom, et qui, dans la somnolence de la fin d'après-midi, vous regarde depuis le ponton s'avançant dans une mer agitée, ou dont les petits yeux rouges resplendissent avec indécence à la table du banquet, puis votre perplexité se transforme en une terreur profonde lorsque vous comprenez que vous n'avez aucun souvenir de cette vie-là ; ni de comment vous vous êtes retrouvé là-bas, ni pourquoi, ni de la personne derrière l'objectif. Eh bien, après la mort de ma fille chérie, j'étais dans un tel état, comme si j'avais dans les mains non pas une seule photo, mais un gros album, une pile de photographies, et je n'avais aucun souvenir, aucun. Et ma fille chérie, elle y revenait rarement... comme s'il était possible qu'une personne ne brûle pas seulement physiquement, comme si le corps de sa mémoire en avait fait autant et qu'il n'en restait même pas les cendres que l'on pourrait prendre dans la main, verser dans une urne et répandre à dessein. Oh, que les courants d'air de l'oubli sont cruels, avec quelle indifférence ils emportent tout sur leur passage. J'étais saisi par le froid sans pouvoir trouver ce qui me réchaufferait. La mémoire sert bien à nous réchauffer, n'est-ce pas ? Même si vous étiez poussé dans un froid de tous les diables, le petit poêle de la mémoire serait obligé (obligé ! Mais, la mémoire a-t-elle un devoir, tout comme moi, Charlie, j'en ai ?) de maintenir quelques braises, que vous alimenteriez continuellement de nouvelles fournées de souvenirs. Mais à ce moment-là il ne restait plus rien : j'étais tombé dans un désert arctique sans le moindre petit arbre ou buisson rachitique que j'aurais pu couper, pas la moindre branche ni brindille en vue. Quel froid épouvantable ! Une insoutenable cruauté glaciale ! Et tout ce qui me restait, c'était ces gens : Paulius, Julita, Vincent, Ignas, Vita, Morta... monsieur le Metteur en scène ? Sans doute aussi monsieur le Metteur en scène, sans doute, et, évidemment, le petit homme, l'ébouriffé, Charles le Petit. Ils fumaient encore comme des braises mourantes. Dans mon poêle ! Dans le poêle de ma mémoire ! Ces braises fatiguées, fragiles comme une sucette dans la bouche d'un enfant, peuvent-elles encore allumer un feu ? (Attendez, une braise peut-elle être une sucette ? Je vous en prie, ne mettez pas de braises dans votre bouche.) Que me restait-il ? Moi, Charlie, excusez-moi, je me demande pourquoi eux, pourquoi ces personnes... Et Dorothée... pourquoi Dorothée ?

À un moment, dans le rétroviseur central de ma voiture, Dorothée et ma fille chérie s'étaient fondues en une petite tache émouvante. Je mentirais en disant qu'une inquiétude prophétique ou quelque chose du genre s'était glissée en moi, bien au contraire – les deux silhouettes qui s'éloignaient en se fondant l'une dans l'autre me donnaient la force qu'il me manquait avant la réunion avec monsieur le Maire. Lorsqu'elles finirent par disparaître de mon champ de vision, je me souviens avoir machinalement réajusté le rétroviseur comme s'il avait dévié exprès, mais je ne revis pas la piteuse tache – la boue grisâtre et insignifiante du matin avait recouvert la vitre. Vous comprenez, jusqu'à ce matin fatidique, je n'étais pas mécontent que personne ne nous explique rien. Inutile de vous dire que la connaissance offre de nouvelles responsabilités, or j'en avais déjà jusqu'aux yeux. Et le fait de savoir que monsieur le Maire arrivait à la bibliothèque – cet homme respectable dans cette institution si piètre et insignifiante, quoique tout à fait respectable elle aussi – m'étonnait quelque peu, d'autant plus que la réunion était prévue avant les heures d'ouverture, au petit matin, et c'est la raison pour laquelle je n'avais pas eu le temps d'emmener ma fille chérie à l'école. Je n'avais pas eu le temps ! Et monsieur le Maire était déjà arrivé. Je jetai un coup d'œil craintif à ma montre : non, je n'étais pas en retard, comme il se doit pour un homme de devoir, j'avais quinze minutes d'avance. Madame Onutė et madame Natalija s'étaient transformées en mouches aux mille yeux, bourdonnant autour de monsieur le Maire comme s'il dégageait une mauvaise odeur ; madame Onutė avait apporté une tasse de café (un œil surveillant le liquide noir qui menaçait de se déverser, un autre suivant le moindre mouvement de monsieur le Maire, un troisième pressant madame Natalija de faire quelque chose, un quatrième me reprochant je ne sais trop quoi, un cinquième... et ainsi de suite, vous voyez ce que je veux dire ?), et madame Natalija soulevait une pile de papier sur la table et ses mille yeux couraient dans tous les coins de la bibliothèque sans trouver sur quoi s'arrêter. Comme vous vous en doutez, il ne restait pas un seul nuage d'ennui et d'indifférence, madame Onutė et madame Natalija les avaient dispersés en battant leurs ailes translucides et monsieur le Maire se tenait dans une atmosphère limpide que la bibliothèque n'avait pas vue depuis des lustres. Il ne fit pas attention à la tasse de café qu'on lui avait apportée et sortit calmement un livre d'une étagère. Je compris immédiatement qu'il l'avait pris au hasard et ne s'y intéressait absolument pas, mais ses doigts grossiers, ses ongles rongés, si vous me permettez de dépasser un peu le ton convenable et de choisir un mot plus adapté, tripotaient la couverture et les pages du livre de manière lascive, on aurait dit que ses mains – et pas que deux, mais une infinité – manipulaient les livres de la bibliothèque comme un sultan les concubines de son harem. Ah, ne m'en parlez pas, évidemment, le visage maladif de madame m'avait traversé l'esprit, comme ce qu'elle pouvait ressentir à ce moment-là, prise au dépourvu par la visite de monsieur le Maire. Toutefois, vous m'excuserez, mais qu'aurais-je pu y faire, moi, Charlie ? Je n'étais encore au courant de rien, et l'on m'aurait accordé un Salut heureux en me laissant dans cette ignorance, je me serais glissé parmi les livres, auprès de madame, la joue contre sa robe gracieusement tachée, et j'aurais attendu de disparaître dans le tumulus de poussière, car le devoir, comme je l'ai déjà mentionné, ne vient qu'après le savoir. Mais monsieur le Maire était venu pour nous faire savoir que – à vrai dire, il me semble que je cite ici précisément les mots de monsieur le Maire : il avait décidé de venir lui-même nous annoncer ce que nous devions savoir (notez bien : pas ce que nous pouvions ou ce qu'il nous faudrait savoir, ce que nous devions savoir). Tant pis pour les rêves de doux tumulus de poussière ! La bibliothèque va fermer – voilà la nouvelle que monsieur le Maire, cet anticyclone clair et limpide, nous apportait. Il l'apporta et disparut en un instant, et à la place qu'il avait occupée dans la bibliothèque planait une odeur douceâtre et désagréable, comme celle qui se répand après le coït de deux personnes (mon Adèle, ma chère Adèle, ne supportait pas cette odeur, c'est peut-être pour cela que j'ai soudainement pensé à elle).

Madame Onutė et madame Natalija – ainsi que les autres personnes ayant pris part à cette réunion avec monsieur le Maire (dont l'impertinente mademoiselle Marija, qui évidemment était arrivée en retard, mais dont plus personne ne se souciait) – étaient assises, pétrifiées comme des mouches hibernant dans le double vitrage d'une fenêtre, leurs pattes velues suspendues en l'air. Vous comprendrez que je n'avais pas de temps à perdre avec ce genre de scène. D'un coup, monsieur le Maire m'avait confié un nouveau devoir qui en un clin d'œil avait tiré un trait sur toutes les tâches strictement réglementées que j'exécutais jusqu'alors. J'avais veillé pendant des années sur mon élue, ma dame à la peau pâle, peinte d'émeraude et de saphir, et il me faut reconnaître que j'avais dû dissuader plus d'un ou deux voleurs – que les autres considéraient seulement comme de simples usagers – à l'aide de mesures adaptées, pour que finalement, je sois obligé de trouver dans le mois qui venait (c'est le délai que monsieur le Maire nous avait donné) un voleur aux mains de qui la remettre. Vous savez, de toute ma vie je n'avais jamais été confronté à un tel événement, à mes yeux presque inconcevable, inédit dans l'histoire – la fermeture d'une bibliothèque (on les brûle, on les pille, on les profane, mais les fermer… ?), et donc je n'avais aucun moyen de savoir ce qu'on faisait des livres d'une bibliothèque fermée, et ma petite tête obstinée refusait tout simplement de se l'imaginer. Les livres, les chers livres, comme celui-là, mon élu, tout usé, grand comme ma main, souffreteux, plus jamais lu par personne. Il était de mon devoir de lui trouver un voleur.

CHAPITRE DIX
Chronothème

Oui, oui, il était de mon devoir de lui trouver un voleur. Non, non, pas pour le livre, je vous prie de ne pas revenir sur le sujet du livre, il me semble que nous en avons déjà fait le tour, et si les derniers points n'ont pas été mis sur les i, cela change-t-il quelque chose, et, si je puis vous poser la question, cela m'épargnerait-il quelques petites heures d'affliction ? Mon devoir était de trouver un voleur pour Dorothée. Elle n'est pas un livre, cela va de soi, mais il fallait qu'elle soit volée – enlevée du théâtre, de l'usine, du destin qui la guettait, qui s'abattait sur elle parce que quelqu'un n'avait pas pris ce qui lui appartenait. Je me souviens d'une fois où, après avoir redressé mon dos douloureux, je m'étirai et, en écoutant le métal cliqueter entre les mains de Charles le Petit, je scrutai le sommet de la Fin : d'un commun accord avec le bonhomme, nous n'avions pas accroché l'élément principal, il était étendu à côté, recouvert d'un drap noir (réfléchissez, les chats traînaient jour et nuit dans cette pièce, et si l'un d'entre eux tombait par accident dessus...), c'est pourquoi le sommet bâillait, vide, ce qui ne le rendait pas moins menaçant ; tel un général fait prisonnier, ses épaulettes arrachées, arrogant et furieux, la tête haute, attendant d'être libéré par son armée ; ou peut-être pas un général, car voyez-vous, un général aurait quand même l'air vulnérable et méfiant, alors que la Fin, elle, rappelait plutôt, eh bien, plutôt un gamin de onze ou douze ans, encore entravé par les chaînes de l'immaturité, mais dont le corps, les mouvements, le silence obstiné, l'éclat du regard méfiant disent que ses chaînes sont sur le point de se briser, et qu'il vaudra mieux ne pas se retrouver sur son chemin lorsque cela arrivera. Et sur le chemin de la Fin, il y a aura forcément quelqu'un ; la Fin ne peut pas être la Fin si personne n'est tué, détruit, sacrifié sur son chemin – mais pardon, apparemment je me suis mal exprimé : ce n'est pas ce qui se trouve sur son chemin qui périt, c'est son chemin qui est celui de la mort, de la destruction et du sacrifice. En l'observant, je fus frappé par une vision, et je ne parle pas d'une expérience mystique, juste d'une image assez médiocre, mais très nette et convaincante : le drap noir est déchiré, le métal étincelle, le verrou grince au sommet, et Dorothée... Un soir (ou plutôt une nuit), j'étais sorti me dégourdir les jambes dans l'usine selon un itinéraire que je connaissais bien, « chronologie » (si tu ne trouves toujours pas l'ascaris du temps après une dizaine de tentatives, faut-il abandonner pour autant ?), et en descendant pour la deuxième fois jusqu'au O, je commençais à regretter de ne pas avoir choisi un mot plus court pour ma promenade nocturne.

J'avais sous-estimé la fatigue que j'avais accumulée dans la journée, car je ne remarquai même pas que, poussé par la distraction et l'oubli, je n'avais pas tourné vers le L (c'est-à-dire la salle de bain), mais j'étais monté au troisième étage, qui, comme je l'ai déjà mentionné, n'est même pas digne d'être appelé étage, et j'avais émergé vers les turbines posées en vrac, c'est-à-dire vers la lettre T, bien qu'il ne fasse aucun doute que le mot « chronologie » se passe de cette lettre. Cinq ou six chats étaient blottis les uns contre les autres dans les tambours, noirs, compacts, comme des œufs couvés dans l'ombre, et parmi eux, au milieu d'une turbine, un autre œuf noir largement plus gros que les autres. Je m'en approchai et, sans rien soupçonner, touchai cette anomalie de forme arrondie, qui sursauta et releva la tête, celle de Dorothée. Je fis un bond en arrière, brisant la coquille de tranquillité et réveillant les chats. Dorothée ouvrit les yeux, l'air encore à moitié endormie, hébétée, et je doute qu'elle m'ait reconnu ou qu'elle ait compris ce qui s'était passé, car moi, Charlie, je détalai immédiatement de ce coin sans un regard en arrière, me reprochant d'être allé jusqu'à la lettre T sans penser au mot dont j'avais décidé de suivre l'itinéraire, et le mot « chronologie » m'étant sorti de la tête, je dus vouloir cueillir des « chrysanthèmes » car je me précipitai vers la lettre E qui attendait bien gentiment au bout de l'aile du premier étage, et retournai finalement dans ma chambre, perplexe, me demandant si le mot « chronothème » existait dans le dictionnaire et ce qu'il pouvait bien vouloir dire… attendez, il me semble que je n'avais pas terminé de vous parler de ma vision, ou plus précisément de cette image dans laquelle grince le verrou de la Fin et Dorothée... et rien d'autre, à vrai dire, rien qu'un grand fracas, comme si les fruits d'un panier renversé roulaient sur un parquet, un fracas qui annonce que tout est terminé, que la Fin est advenue, et que c'est ça, le cadeau de Dieu. Bien loin de ce à quoi on s'attendait, n'est-ce pas ?

Mais monsieur le Metteur en scène fit un autre cadeau. De la chambre de Vincent où les deux trous noirs étaient toujours immobiles sur le lit, je me hâtai vers le bureau de monsieur le Metteur en scène... studio, toutes mes excuses, je promets que c'est la dernière fois que je dis bureau, c'est un studio de création, un studio, un studio, et finalement, vu les circonstances actuelles, pourquoi pas un bureau ? Ce ne fut pas à mon honneur mais j'entrai dans son bureau... studio... sans frapper à la porte, et je surpris monsieur le Metteur en scène à côté de la fenêtre, comment dire, ne faisant rien, pétrifié, devenu trop grand pour cette pièce depuis la représentation d'Ignas, trop grand pour le cadre de la fenêtre à laquelle il semblait poser, pour la lumière du jour déclinante, qu'il bloquait avec son corps d'une part, et qui, d'autre part, le tenait dans ses bras et l'attirait vers elle. Il restait alors moins d'une heure avant le lever du rideau et moi, Charlie l'ignorant, je m'imaginais qu'à l'approche de la représentation il devait être en train de faire quelque chose (si vous me demandiez ce que j'espérais, évidemment, je ne bafouillerais rien de vertueux). Peut-être que monsieur le Metteur en scène attend toujours le début de la pièce de la même manière. À bien y réfléchir, c'est une sorte de devoir et de victoire pour un vrai metteur en scène : tout préparer à l'avance pour ne pas se laisser distraire pendant la dernière heure (à la différence des acteurs qui piaillent comme des footballeurs après un coup de sifflet mal placé de l'arbitre) et s'assurer que les choses se dérouleront exactement comme prévu. Être un vrai metteur en scène, c'est imiter le destin, choisir entre tragédie et félicité, se confondre et disparaître dans l'idée, l'ordre, le plan et, oui, oui, soyez bien attentifs – dans la fidélité à l'art. Un vrai metteur en scène... et monsieur le Metteur en scène ? Veuillez m'excuser, j'ai eu une absence et j'ai failli dépasser les limites. Donc, monsieur le Metteur en scène ne faisait rien et m'écouta, l'air apathique, un bon moment. Je dois reconnaître qu'au début je baragouinais de façon assez incohérente. Arrêté sur le pas de la porte, j'ouvris la bouche pour essayer de retrouver mon souffle perdu dans toute cette précipitation, et les goulées d'air que j'inspirais semblaient passer encore plus difficilement que les mots. Mais lorsqu'il m'eut entendu – quelle scène affreuse ! – il se transforma sans même me laisser le temps de cligner des yeux : monsieur le Metteur en scène se contracta, s'atrophia, se ratatina jusqu'à prendre la taille d'une tomate posée sur le rebord d'une fenêtre pour mûrir et, je le jure, il me vint douloureusement à l'esprit qu'il était temps de sortir de son bureau et de faire comme s'il ne s'était rien passé – ni avec monsieur le Metteur en scène, ni avec Vincent.

C'est sans doute ce que j'aurais fait si cette tomate, pardon, si monsieur le Metteur en scène ne m'avait pas stupéfait par la rapidité – je dirais presque l'imprudence, mais je ne peux pas parler ici d'imprudence car l'imprudence nécessite quelques secondes, or il avait pris moins d'une fraction de seconde – de sa réaction. Monsieur le Metteur en scène l'exprima d'abord d'un regard, puis de sa voix : il fixa le centre de moi, Charlie, c'est-à-dire la boucle de ma ceinture, et demanda si j'avais apporté des ciseaux. Lorsque j'allais laver l'acteur avant la représentation, je mettais ma ceinture à outils (par contre je ne prenais pas le chariot, son cliquetis risquait de rendre fous les acteurs déjà nerveux), et lorsque monsieur le Metteur en scène posa sa question, la minuscule paire de ciseaux suspendue à ma poche gauche s'alourdit sous le poids du soupçon sur les raisons de cette requête. J'acquiesçai et monsieur le Metteur en scène, dissipant la morosité qui assombrissait son visage sans éclaircie depuis des jours, m'ordonna de lui couper les cheveux. Maintenant ? Maintenant. Monsieur le Metteur en scène... J'acquiesçai à nouveau et sortis les ciseaux, puis je me souvins : monsieur le Metteur en scène, je vous prie de m'excuser, mais il faut vous... Vous comprenez, comme les autres, les autres comme vous, évidemment, loin d'être comme vous, et, étant donné la situation qui s'est développée, c'est-à-dire celle que vous, monsieur le Metteur en scène, avez créée et créez, ou résolvez, ce ne sont pas mes affaires, ne pensez pas que d'une façon ou d'une autre j'insinue comprendre, ou vous comparer, ou vous assimiler à d'autres, cependant, il faut vous... Eh bien, vous savez, il faut vous laver. Monsieur le Metteur en scène ne voulait pas être baigné et – hélas, j'ai le regret de vous dire, pas pour la première fois ! – déclara assez rudement que nous nous passerions, ce sont ses mots, de rituels fantaisistes. (Bien sûr, la température de mon corps augmenta quelque peu et mon cœur, souffrant depuis tant d'années, eut quelques battements irréguliers car, excusez-moi mais, si nous y regardions de plus près, en quoi la coupe des cheveux diffère-t-elle d'une toilette ?) J'acquiesçai et observai le crâne de monsieur le Metteur en scène : une demi-longueur de cheveux décolorés, soigneusement, proprement peignés sur le côté. Sur son visage, l'éclaircie faisait resplendir une bouillie de neige indescriptible, qui ne laissait pas deviner s'il s'agissait du printemps arrivant après les gelées de l'hiver, ou de la grisaille de l'automne se faufilant après les réjouissances estivales, quoi qu'il en soit, impossible d'en sortir sans se salir.

Nous nous rendîmes ensemble jusqu'à la scène (je me demande bien où se trouvait Charles le Petit à ce moment-là). Il fallut se dépêcher un peu car couper les cheveux, certes déjà assez courts, de monsieur le Metteur en scène avait pris du temps (il demanda à voix basse, la veine de son cou devenue bleue, « le plus court possible », comme s'il ne se souciait pas de ce que je ferais avec ses cheveux après, eh bien, vous savez, après la représentation de, oh, c'est difficile à dire : après la représentation de monsieur le Metteur en scène, comme s'il voulait tout simplement se débarrasser d'un fardeau inutile au spectacle) et nous n'arrivâmes dans les coulisses que quelques minutes avant le lever du rideau. Il n'est pas facile de deviner ce que pensèrent les acteurs lorsqu'ils virent monsieur le Metteur en scène, ses cheveux courts ressemblant à du givre sur sa tête (permettez-moi ici de ne pas faire trop de manières et de reconnaître que moi, Charlie, j'étais devenu très habile pour couper les cheveux depuis que je fréquentais la troupe, et le résultat de mon savoir-faire était tel que, de loin, monsieur le Metteur en scène faisait penser à une tomate givrée), ou plutôt d'expliquer quel vent de confusion perturbait leurs esprits, car la métamorphose de monsieur le Metteur en scène était encore plus fascinante : pendant que nous marchions dans les couloirs de l'usine, à ma plus grande surprise, il grandissait un peu plus à chaque pas, passant d'une tomate flétrie à une betterave de bonne taille, puis à un chou, à une citrouille gonflée, et finalement à un légume d'une dimension qui, à ma connaissance, ne se rencontre guère dans nos potagers. Monsieur le Metteur en scène s'arrêta sur la scène comme un géant déterminé !

Je suis un peu embarrassé. Désolé, je ne me souviens plus de quoi je vous parlais et ce que je vous en ai dit. Il est possible que je me mette à me contredire à nouveau, mais tout comme un méchant rhume vous bouche les deux narines, eh bien une pensée m'avait bouché le conduit du cerveau par lequel, vraisemblablement, sortent les idées, et donc tant que je n'aurais pas réussi à faire sortir ce bouchon, je ne peux rien dire de plus... mieux vaut se contredire que... Mais vous savez, avec votre permission, je dirais que seuls les gens qui n'ont rien vu de la vie ont peur de se contredire. Les contradictions ne conviennent pas vraiment au cerveau, car celui-ci fonctionne comme un fer à repasser qui défroisse les plis de la logique, alors qu'elles gênent la vie, qui comme... Pardonnez-moi, la vie n'a pas besoin de comparaisons. Il arrive que les petites gens, comme moi, Charlie, s'approchent véritablement de la vérité et vous savez pourquoi ? Parce qu'ils ne se distinguent pas par leur intelligence, mais n'ont pas peur des contradictions ! Je me dois d'expulser cette idée tant que je n'ai pas mal à la tête : avez-vous remarqué que le paradis est représenté comme un écrin de nature, sans la moindre trace de culture ? (Après tout, les chats, ces imprévisibles prophètes à fourrure, reniflent l'air, museau au vent et moustaches à l'affût, et font de même... ou pas, c'est-à-dire, la même chose, mais à l'envers – ils capturent l'odeur de paradis dont notre culture manque cruellement.) À mon avis, cela n'est pas arrivé par hasard, puisque, comme vous le savez, la nature a été créée par Dieu, et la culture... elle n'est rien de plus qu'une création humaine, mais peut-être devrais-je me méfier en disant « hélas, rien qu'humaine » ? En voyant les choses sous cet angle, il n'y a rien d'étonnant à ce que la nature soit l'ordre véritable et que la culture n'en soit qu'une imitation boiteuse créée par nos mains malhabiles. Après cette nuit à la fois romantique et empoisonnée (que j'espère ne pas vous avoir décrite avec trop de chagrin), je fis mes adieux à ma chère Adèle et me réfugiai à la bibliothèque durant des jours, oubliant la boule de métal qui roulait dans sa direction, incapable de supporter l'idée d'une perte de plus. Mais il me fallait parfois disparaître de la bibliothèque car, en préparation de sa fermeture, des inconnus la visitaient en dehors des heures d'ouverture, regardant autour d'eux en se grattant l'arrière de la tête (et s'ils sentaient quelque chose, ça devait être très différent de ce que sentaient les mignons petits chats !), mesurant les espaces en comptant leurs pas et avec des mètres à ruban, prenant des notes ; et même si j'avais pu me cacher d'eux, je me sentais tout de même comme un laquais humilié et congédié sans un sou et sans raison après que le duc en faillite qu'il avait honorablement servi eut été pris et condamné à mort, alors je partais. J'errais dans les environs de la bibliothèque, je faisais le tour de toutes les rues et ruelles dans un large rayon alentour, je tournais jusqu'à pas d'heure autour des flottilles de bâtiments naviguant sur la mer nocturne. Je découvris la ville à une heure que j'avais rarement connue auparavant, car avec mon Adèle chérie, de retour du travail, après la nuit tombée, nous ne mettions presque jamais le nez dehors et... eh bien, oui, nous demandions à notre fillette chérie, et parfois de manière assez sévère (après tout, vous savez comme il est difficile de s'entendre avec un jeune), de rester à la maison. Et donc, au cours de mes errances, je tombais sur toutes sortes de bizarreries, je veux dire, des bizarreries aux yeux d'un cœur qui n'avait que très peu connu la nuit et l'obscurité – avant tous ces événements.

Puis, comme vous l'aurez certainement compris, je commençai à méditer imprudemment sur le paradis et la culture – après tout, la ville est l'incarnation de la culture. Là où la ville s'installe, Dieu se retire, n'est-ce pas ? Je me promenais dans les alentours de la bibliothèque que je ne connaissais pas trop mal, puisque j'avais emprunté pendant de nombreuses années les chemins qui y menaient, mais je n'avais jamais remarqué le nombre de bâtiments abandonnés se mêlant au sombre paysage de la ville. Pour des raisons qui m'étaient inconnues, les ruines et les broussailles invisibles de jour se dévoilaient une fois la nuit tombée. Vous savez, on dirait une blague de la nature : tu penses regarder une terre sans vie, solide et rugueuse, et elle se met à remuer, un petit bout de chose de la même couleur s'en détache, et la queue d'un lézard disparaît rapidement derrière un monticule de terre en balayant le sol, laissant sur son passage une trace claire. C'était pareil pour les bâtiments abandonnés, avec leurs fenêtres brisées, leurs portes dégondées, leurs toits qui fuient, croyez-moi, je n'en rajoute pas ; ils se réveillaient et bougeaient une fois que l'obscurité s'était installée, comme si le soleil les tirait par une laisse pour les entraîner avec lui derrière l'horizon. Les maisons se cachaient derrière les lustres et les lampes illuminant les fenêtres, et les bâtiments abandonnés restaient les mêmes, vous me suivez ? Les mêmes, c'est-à-dire différents des autres ! Et maintenant essayez de répondre à cette simple question, mais, s'il vous plaît, ne vous faites pas avoir par sa simplicité : imagineriez-vous une pomme pourrie dans un arbre du jardin d'Eden ? Si je vous le demande comme ça, vous m'excuserez mais c'est parce que la réponse est évidente.

Et par conséquent, il me semble qu'il y a une autre chose qui ne fait pas de doute : Dieu n'a pas créé les villes, elles sont la preuve que le libre arbitre existe. Cela me donne envie de m'écrier : faites-en usage ! Mais il est sûrement trop tard, cela sonnerait certainement comme une plaisanterie de mauvais goût, peut-être faudrait-il même inviter tout le monde à s'en abstenir maintenant ? La culture, il me semble, est une tentative peu modeste et assez audacieuse de reproduire une harmonie à l'aide du libre arbitre qui nous a été offert. Voyez ce que cela a donné ! Rien à voir avec l'harmonie du paradis ! L'ordre créé par les hommes aboutit tôt ou tard aux ruines et à la violence. Nous sommes acculés, non pas entre l'ordre et le chaos, mais entre deux coercitions : celle du chaos humain et celle de l'ordre humain. Aucun choix possible ! Oserons-nous affirmer que la ville reproduit l'ordre du paradis, si les doigts de la nuit font trembler les bâtiments abandonnés comme des dents pourries ? Vous êtes-vous demandé ce qu'il était advenu de la bibliothèque ? Encore que... enfin, quoi qu'il en soit, veuillez excuser mon agitation inexcusable, cela n'en vaut pas la peine. Il suffit de faire le tour de l'usine pour se persuader que l'homme ne peut pas recréer d'ordre. Voilà le secret. Seule la mort renvoie l'homme à l'ordre. Oh ! Attendez. Attendez ! Une minute ! Me suis-je souvenu ou ai-je répété sans le vouloir les paroles sorties de la bouche de monsieur le Metteur en scène ? Ou bien... Attendez, cela vous arrive peut-être aussi : après une bonne heure, vous ne savez plus vraiment qui parle avec vos lèvres ? Vous ?

Ou quelqu'un d'autre ? Oh ! Attendez ! Peut-être que c'est moi qui ai imaginé tout ça ? Monsieur le Metteur en scène m'aurait-il confié une telle chose ? Quoi qu'il en soit, j'en suis désolé, mais ça ne change rien : la mort nous y renvoie. Ni inventée par l'homme, ni contrôlée par lui. Ce théâtre n'est-il pas là pour nous ramener à l'ordre ? Pour nous y renvoyer ? Il est fort possible que la culture n'ait d'effet que lorsqu'elle cesse d'être culture, lorsqu'elle cesse d'imiter maladroitement. Et d'ici là, vous m'excuserez, mais d'ici là rien ne change ! Toujours cette même illusion d'ordre affligeante ! Voilà ce que j'ai à dire, moi, Charlie (même si je l'ai peut-être entendu dire par monsieur le Metteur en scène), et vous pouvez faire de mes paroles ce que vous voulez.

Vous n'en ferez probablement rien, il n'y a rien à en faire. Les choses les plus inattendues se produisent dans l'illusion de l'ordre, les plus improbables lorsque vous voyez un semblant d'ordre, mais que vous ne voyez pas que c'est une illusion, vous me suivez ? Les catastrophes arrivent, cela va de soi, et lorsqu'une catastrophe arrive, nous pensons qu'après elle rien ne change, sauf pour une personne qui doit apprendre à s'y adapter. Ne vous ai-je pas dit, moi, Charlie, à combien de reprises j'ai entendu la leçon de ce qu'on appelle deuil : tu peux, il te faut et tu dois faire ton deuil ? C'est tout – faire son deuil. Et tu dois le faire ! Le devoir de l'homme est de préserver l'illusion de l'ordre. Nous nous délectons de l'ordre solide de la vie qui se dresse face à la catastrophe, mais, excusez-moi, nous gardons sous silence le fait que la catastrophe ne signifie rien à nos yeux, non pas en raison du puissant ordre de la vie, mais parce qu'il n'existe pas et n'a jamais existé ! Je vous prie de m'excuser… je vous prie de m'excuser, je ne comprends même plus de quoi je parle : de la bibliothèque ? De la mort de ma fille chérie ? Du théâtre ? Peut-être de tout cela à la fois, ou peut-être d'autre chose. Mais peut-être avant tout du théâtre… je parle du théâtre, où, à la suite de la représentation de monsieur le Metteur en scène, nous avons immédiatement ressenti l'illusion de l'ordre et nous nous y sommes accrochés comme à notre seule planche de salut. La représentation de Vita et de Julita se déroula aussi bien que possible – Dieu merci, pour la première fois depuis cette longue période, pour ne pas le dire autrement, de perturbations. Elles se sont allongées toutes les deux sur un gril et ont été réduites en cendres. Moi, Charlie, je n'ai pas eu grand-chose à faire : le feu avait pris un peu plus de temps que prévu. Julita, vous m'excuserez, se consuma rapidement, comme de la paille, et c'est pourquoi je dis « réduite en cendres », mais Vita, son corps pâle se révéla plus solide, plus résistant, comme fait d'un autre matériau, sans doute d'un bois à la combustion plus lente, de chêne ou de charme, car même après la représentation je pus deviner – ce qui est incompréhensible, même si ce n'est qu'un détail – où avait été étendue Vita sur le gril, pas seulement parce que j'avais reconnu le tissu épais de sa robe brodée de motifs fleuris rouges et jaunes, ainsi que le cône de ses cheveux épais qui n'avait pas été touché par le feu (une fois qu'il fut refroidi, je le pris et l'emportai pour le placer dans l'armoire auprès des autres petites sculptures – vous n'êtes pas sans savoir que je ne supporte pas l'art qui glorifie le méconnaissable, mais je fis une exception pour Vita, comme une sorte de déclaration d'amour). Des détails, rien que des détails ! Inutile de mentionner que le spectacle s'était passé sans problème, même avec la nouveauté introduite par monsieur le Metteur en scène – que le rôle principal soit interprété à deux. Lorsque nous apprîmes que Julita ne serait pas seule sur le gril, mais avec Vita, je compris que monsieur le Metteur en scène avait prévu que le partenaire de Julita soit Ignas, mais, bon, Ignas était déjà passé dans la gueule ensanglantée de la bête, et, espérons-le, attendait Julita avec impatience, si, pour ainsi dire, leur dernière étape du voyage coïncidait, une fois que tout se serait déroulé comme prévu.

Pour être honnête avec vous, dans la mesure où la franchise est nécessaire dans de telles circonstances, il me faut reconnaître qu'il y eut un petit incident. J'avais d'abord conduit Julita à la salle de bain. Elle avait ôté ses vêtements et dévoilé sa chemise de nuit en coton... la chemise de nuit qu'elle... la même chemise de nuit que la dernière fois, la nuit de Walpurgis, mais cette fois-ci son corps délicat bougeait de manière maladroite et saccadée, comme un morceau de métal qui serait tombé dans un mixeur, et donc je compris immédiatement que Julita, avec sa jolie nuisette, ne comptait pas me rappeler le rêve que nous avions vécu l'autre nuit, mais me dire adieu. Cet adieu subtil et poli, et même, je dois le dire, très précis (quoique je n'aie aucune idée de ce qu'il signifiait) m'évita de penser à autre chose, et son dernier vêtement tomba à ses pieds presque sans bruit dans mon crâne enflé, sans susciter chez moi la moindre pensée. Et c'est seulement lorsque Julita leva les deux bras pour détacher son chignon, et que ses guirlandes de boucles tombèrent sur ses épaules de manière presque sainte, que mon pauvre cœur souffreteux fit ce que ma tête creuse n'avait pas osé et émit une plainte silencieuse. Je n'avais fait aucune promesse la nuit de Walpurgis (et je n'y étais pas obligé, je n'avais rien à lui promettre), mais la promesse, comme une bague de fiançailles tombée dans la préparation d'un gâteau, tomba de la masse de ses boucles brunes en un éclat de reproche : dans ma cellule, dans le tiroir supérieur de mon établi, se trouvaient deux mèches de cheveux que j'allais entrelacer ensemble. Julita entra très poliment, très précisément dans la baignoire, mais l'eau, évidemment, s'agita un peu, et je ne remarquai pas immédiatement la présence dans mon dos. Une présence lourde, amicale et prudente, la nuque et l'arrière de la tête d'un bruit trouble. C'était la pâle Vita qui se tenait derrière moi. Pardonnez-moi, je vous en prie, ayez pitié et ne me demandez pas de détails, je me bornerai à dire que c'était la première fois que je voyais Vita sous cette forme qu'elle adoptait d'habitude plutôt dans un lit bien chaud (quant à l'endroit où elle avait quitté ses vêtements et celui d'où elle venait, mon imagination ne peut supporter de l'imaginer), et son palais capillaire semblait encore plus imposant que les somptueux manoirs à la fin de l'automne, ornés par les feuilles tombées des arbres, les pelouses grisonnantes et les fontaines éteintes dans les parcs alentour. Vita voulut se laver – je ne m'opposais pas du tout à son désir, bien au contraire, je l'avais humblement prévenue qu'elle devrait passer par le rituel de la toilette – mais Vita voulait prendre son bain maintenant, maintenant avec Julita, toutes les deux, dans la même baignoire, comme elle disait, avec la même eau. Je secouai la tête, comme si j'espérais y entendre soudain résonner une pensée dont je pourrais faire usage pour me défendre face à la lubie de Vita. Cependant, mes secousses n'apportèrent aucune pensée, et je ne sais pas combien de temps j'aurais continué à secouer la tête si le bonhomme n'était pas arrivé à ma rescousse, eh bien oui, qui d'autre : Charles le Petit. Il se glissa dans la petite pièce, qui n'avait sans doute pas vu autant de monde à la fois depuis une éternité, en tenant dans ses mains des fleurs jaunes sur un épais tissu rouge – c'est-à-dire la robe de Vita –, accompagné par trois chats irrités. Je ne trouvai dans ses yeux aucune étincelle de curiosité – ce qui signifiait qu'il était déjà venu dans la petite salle de bain. Lui, assistant salutaire, affirma calmement et fermement qu'il s'occupait de tout, et moi, Charlie, je fis ce que j'avais l'habitude de faire, ce que je considérais comme mon devoir – je me retirai dans les coulisses.

Je m'étais retiré dans les coulisses quand le gigantesque monsieur le Metteur en scène fit son entrée sur scène, chuchotant sèchement aux acteurs qu'il remplaçait Vincent. Vous ai-je dit à quel point l'enceinte du puits qui entourait la scène isolait les coulisses du bruit ? Si j'entendais quelques plaintes ou gémissements, elles semblaient provenir de l'extérieur, de derrière l'usine, et cela ne faisait même pas sursauter mon cœur. Le bruit de reptation qui faisait trembler les fondations se calmait pendant les représentations, comme si l'ascaris du temps, pris de curiosité, observait ce qu'il se passait sur la scène et en oubliait les douleurs interminables dont il était affligé et qui le condamnaient à gigoter et se tordre sans fin. Ce silence me rappelait la bibliothèque en dehors des horaires d'ouverture – les livres, comme vous le savez, tapagent et geignent eux aussi, c'est bien connu, toutefois leur vacarme n'agite pas le cœur, car il provient non pas des livres, mais du quotidien au-delà des portes de la bibliothèque. Peut-être parce que l'ascaris du temps lui-même se calmait, pendant les représentations je perdais la notion du temps et me mettais à penser que dans la vie, il n'existe réellement que deux forces supérieures qui s'affrontent – le temps et le silence. Elles ne partagent jamais l'espace, ne seront jamais équilibrées, ne s'uniront pas et ne nous pousseront pas plus près de l'éternité ; et le silence, grand gentleman, prendra un peu de retard sur le temps belliqueux. C'est la raison pour laquelle la fin de la pièce fut une déception.

Je fus le premier à apercevoir monsieur le Metteur en scène après le spectacle. Vous m'excuserez, que puis-je en dire d'autre ! Monsieur le Metteur en scène n'avait pas exécuté son rôle jusqu'au bout et pénétra dans les coulisses comme un homme qui, pour reprendre les mots de monsieur le Poète, avait enfreint le onzième commandement. Il chancelait violemment, visiblement bouleversé, et lorsqu'il traversa le ponton qui reliait la scène aux coulisses, j'eus peur qu'il perde l'équilibre et tombe. Pour être honnête, monsieur le Metteur en scène ne semblait pas savoir où il allait, mais en me voyant (les acteurs se faufilaient silencieusement hors de la scène derrière lui) il se figea et commença à se balancer nerveusement. Monsieur le Metteur en scène ! S'il vous plaît, suis-je le seul à trouver ce comportement indigne de monsieur le Metteur en scène ? Jamais ! En aucun cas ! Monsieur le Metteur en scène ! Il oscillait de droite à gauche en balançant son crâne rasé de près – diminué comme si ce n'était pas les cheveux qu'on lui avait coupés, mais les jambes. Est-ce que moi, Charlie, je pouvais comprendre ce que criait son corps vacillant ? Ou bien : je le pouvais ! Ou alors : il le fallait ! Ou peut-être : j'aurais dû ? Non, il ne criait rien, il oscillait inutilement, sans bruit, comme une cloche à laquelle on aurait arraché le battant, et son regard restait confus, comme s'il avait traversé l'itinéraire « chronothème ». Et c'est à ce moment-là, voyez-vous, que j'avais eu l'idée de lui écrire une lettre.

CHAPITRE ONZE
LA PELOTE LUMINEUSE

Quand notre civilisation s'effondrera-t-elle ? Vous aussi avez dû entendre plus d'une fois cette question bouleversante, stupéfiante et, en même temps, j'ajouterais, assez prétentieuse et importune. Et si tous les habitants de la Terre se mettaient en file indienne en fonction de leur capacité mentale à répondre à cette question, moi, Charlie, je me retrouverais sûrement tout à la fin, et il est fort probable que les décimales de ϖ s'épuisent avant que mon tour ne vienne. Au lieu d'attendre, j'ai décidé de passer devant vous et d'essayer de deviner ! Ma prédiction n'est en aucun cas définitive ou irréfutable, mais voilà ce que je dirais : notre civilisation disparaîtra lorsque sera lorsqu'on écrira une lettre à la main pour la dernière fois. Et si je vous pose la question : n'avez-vous pas déjà basculé dans le camp des ennemis de notre civilisation ? Ou, plus simplement : avez-vous jamais écrit une lettre à la main ? Vos doigts savent-ils encore saisir un stylo et tracer des caractères déchiffrables, si ce n'est par quelqu'un d'autre, au moins par vous-mêmes ? Veuillez m'excuser, mes questions sont peut-être un peu trop directes et certainement trop impertinentes, mais à la bibliothèque les nouveaux lecteurs devaient remplir un formulaire et il me passait sous les yeux toutes sortes d'ornements griffonnés à l'encre bleue, en comparaison desquels même les empreintes de l'oiseau de malheur dans la neige forment un texte cohérent. Sans parler d'une lettre... avec ses formules d'appel respectueuses, ses mouvements vocaliques et ses inflexions consonantiques imprégnés de la personnalité de l'auteur, ses allusions recueillies dans des flacons de chagrin comme des bateaux en bouteille, ses boucles de politesse qui tendent les pièges de la menace, ses rebondissements cachés sous des ratures, ses doux souvenirs éparpillés dans les marges de son papier parfumé, et, je vous prie de me pardonner, ses rappels un peu plus rudes, ses déchirures suspectes et les syllabes illisibles dans ses plis, ses traces de fluides corporels vitaux et de poisons subtils du silence, ses enveloppes sans destinataire ou portant le nom de personnes mortes depuis des années ; une lettre dans laquelle sont coulés et renforcés les fondements de notre civilisation, sans laquelle pas un seul des aspects de la vie dont nous sommes si fiers n'aurait vu le jour, et même si cela avait été le cas, ils auraient suivi d'autres règles et – c'est là le plus important ! – auraient pris d'autres formes. Je n'essaierai même pas de parler de la signification de la lettre manuscrite adressée aux plus nobles césars, rois, empereurs, présidents, dictateurs, bon Dieu – ou même à moi ? Je ne sais rien des gardiens de la paix, des commerçants, chanceliers, chroniqueurs, astronomes, mais je mettrais ma main à couper qu'aucun d'entre eux n'a pu traverser les siècles sans lettres, et puis, je ne sais rien non plus de l'amour, enfin pas plus que ceux qui ont aussi eu une femme, une fille... Pourtant, je voudrais ajouter que nous n'aurions peut-être jamais appris à aimer, que nous n'aurions jamais su que l'amour nécessite tristesse, mauvaise foi et patience, que nous n'aurions même pas connu le mot « amour », si les lettres manuscrites n'avaient jamais existé ! Les lettres d'amour... elles partent sans adieu, comme des parias, et dans le camp ennemi, telle une colonne de feu, les drapeaux sont levés et les armes retentissent. Mais moi, Charlie, je me mis à écrire une lettre d'amour pour faire mon devoir.

Un chat se faufila dans ma petite chambre en miaulant terriblement, comme s'il n'avait pas été nourri ou caressé depuis une semaine, au moment où je glissais dans l'enveloppe la première lettre, tirais la langue et léchais le rabat de papier. Le bord de la vieille enveloppe (je n'étais, hélas, pas parvenu à en trouver une autre) n'était pas devenu plus collant. Plissant mes lèvres en forme de tube comme pour pomper, j'enfonçai ma langue dans ma bouche à plusieurs reprises pour recueillir plus de salive. Je léchai à nouveau le papier. Mais le rabat triangulaire restait toujours aussi sec, comme l'oreille d'un éléphant satisfait. Je fourrai le pouce de ma main droite dans l'une de mes cavités nasales et y dénichait un morceau de mucus tiède (j'ajouterai avec votre permission que le rôle de l'index pour se curer le nez est bien trop exagéré, car le pouce permet d'atteindre les parois nasales bien plus facilement, et son ongle, si par hasard il n'est pas coupé, ramasse des quantités plus importantes). Je collai le bulbe jaunâtre, presque blanc, en haut du rabat triangulaire et fermai l'enveloppe. La force naturelle du mucus suffirait jusqu'à ce que l'enveloppe parvienne à monsieur le Metteur en scène. Le chat continuait de miauler terriblement et moi, habitué à tout un tas de bruits (car il y avait toujours un chat ou un autre pour venir me faire la conversation), je ne me retournai qu'à ce moment-là, en soupirant, pour le regarder. C'est alors que je remarquai qu'il s'agissait d'un nouveau venu : aussi blanc que la neige, comme lavé dans l'eau d'une source agitée après le dégel, tout juste arrivé de son lieu de naissance, avant d'être souillé par la vie terrestre, le blanc parfait de sa robe éclatante réfutant tous les autres blancs que j'avais jamais vus. Vous savez, j'ai lu un jour une idée selon laquelle les chats nous sauveront de ce monde. Désolé, mais c'est d'une naïveté indécente ! S'ils sont d'humeur généreuse – et, à vrai dire, nous ne leur donnons pas vraiment de raisons de l'être – ils nous aideront à évacuer, nous feront embarquer dans des bateaux, et nous laisseront flotter et nous débattre comme nous le pouvons, car je ne vois pas pour quelle raison ils nous emmèneraient avec eux dans le monde d'où venait cette incarnation de la blancheur parfaite et dans lequel tout est parfaitement léché, de l'arrière des oreilles jusqu'au derrière. Charles le Petit entra dans la pièce à son tour. Je pensais qu'il pistait le nouveau venu mais il s'arrêta sur le pas de la porte et me regarda les yeux écarquillés ; j'en déduisis que le bonhomme ébouriffé ne savait rien. Si la représentation de monsieur le Metteur en scène, disons-le franchement, n'avait pas été une réussite, et si monsieur le Metteur en scène restait enfermé dans son bureau à cause de nous (je n'oserais pas faire de suppositions sur ce qu'il y faisait, mais à mon humble avis, il avait arrêté de diriger le théâtre), pourquoi ce chat plus blanc que blanc s'était-il introduit dans l'usine ? Que pouvait-il bien signifier ? Je n'en avais aucune idée, et les réflexions qui suivirent se révélèrent soit infructueuses soit horribles donc je ne vois pas la nécessité de les partager. Comme d'habitude, Charles le Petit ne posa aucune question et je ne lui dis rien, je lui tendis simplement l'enveloppe en lui demandant gentiment de l'apporter à monsieur le Metteur en scène. Le petit bonhomme prit l'enveloppe et se dirigeait vers la porte quand, soudain, nous nous figeâmes tous deux devant les yeux perçants faits de chrysolithe enfoncés au-dessus du museau plus blanc que blanc : je vous prie de m'excuser, mais quel genre d'ignorant, ou même de grand naïf, faut-il être pour voir la peur ou l'espoir dans les yeux d'un chat ? Ah, ces yeux troublants de persécuteur ! Monsieur Friedrich von Schiller aurait pu écrire la tragédie *Cabale et Amour* rien qu'en les regardant !

Si quelqu'un venait à me reprocher que mes lettres à monsieur le Metteur en scène ne correspondaient pas aux exigences d'une correspondance amoureuse, il me serait fort difficile de trouver des arguments appropriés pour soutenir l'opinion opposée. Pas une seule fois dans ces lettres n'ai-je employé le mot « amour », ni même les verbes décrivant les activités imprudentes que nous justifions par ce même mot infiniment vaste, « amour ». Toutefois, je vous prie de m'excuser, mais cette combinaison de lettres et de sentiments a-t-elle réellement sa place dans les lettres d'amour sérieuses ? Verriez-vous une dame de la haute société, réputée pour ses bonnes œuvres, s'associer aux filles de mauvaise réputation – sauf, évidemment, dans ces nobles cas où, au risque de sa réputation, elle s'aventure parmi elles avec l'intention la plus honorable de les aider. Ce mot, et j'insiste, le mot lui-même n'est-il pas réservé aux grossiers épistoliers sans talent, aussi incapables de reconnaître leur passion que de l'exprimer, et, pour être honnête, incapables d'y plonger assez profondément pour attester d'avoir survécu à cet amour malheureux ? Et pourtant, même en tenant compte de ces circonstances, je dois reconnaître que ce ne sont pas des lettres d'amour au sens strict du terme. C'est tout à fait compréhensible, et il ne me viendrait pas à l'esprit de me comparer à monsieur le Poète – cette fois-ci monsieur Schiller – toutefois, si on m'acculait dans un coin et m'ordonnait d'expliquer ce que sont ces lettres (et, vous m'excuserez, mais qui pourrait donc exiger cela ?), eh bien, au risque d'être mal compris, je serais dans l'obligation de répondre qu'elles tenaient plus de la cabale que de l'amour... Quoique non, vous savez, non, non, moi, Charlie, je ne me laisserai pas plus longtemps compromettre par de telles considérations, qui gâcheraient les plus grandes intentions. Pas de cabale dans cette histoire, et s'il y en a, pas de raison de la dissimuler, il fallait bien que je m'en serve un peu. J'avais écrit à monsieur le Metteur en scène non pas des lettres d'amour, mais des lettres d'évasion.

Je ne compte aller nulle part ! Vous me voyez, moi, Charlie, debout face à vous, enfin, oui, oui, peu importe comment vous appelez ça, agenouillé devant vous, ce qui signifie que je ne me suis pas évadé. Mais si le mot « évasion » vous semble pire que « cabale », et même pire encore qu'« amour », je suis obligé d'être d'accord avec vous – jusque-là, personne n'avait quitté le théâtre de son plein gré. Les acteurs, comme suivant une lumière immaculée, allaient de l'avant, et l'idée qu'ils auraient pu faire demi-tour ne les avait sans doute même pas effleurés. C'était encore plus vrai pour monsieur le Metteur en scène – il pouvait, il devait, il lui fallait rester jusqu'à la fin. Cependant, s'il est possible d'aller dans une direction, pardonnez-moi mais n'est-il pas possible d'aller finalement dans la direction opposée ? Décontenancé par cette question troublante, ne sachant pas encore ce que j'allais écrire à monsieur le Metteur en scène dans la première lettre, j'ai imaginé comment tenir la promesse que je n'avais pas faite à Julita (vous devez me croire, je ne lui avais rien promis) et feindre que je lui avais donné ma parole – sur ce que je ferais des mèches de ses cheveux et de ceux d'Ignas qu'elle m'avait données la nuit de Walpurgis. Permettez-moi d'exprimer une fois de plus mon admiration face à la précision de Julita qui avait su prévoir l'imprévisible. Celle-ci se dévoile dans l'ignorance tout comme la haine dans l'amour, ou bien, si vous préférez une comparaison plus adaptée, comme les griffes acérées et meurtrières dépassant d'une patte de chat douce et duveteuse. Si Julita n'était pas passée chez moi cette nuit-là et ne m'avait pas donné les deux mèches de cheveux, quoiqu'en ayant recours à des moyens extrêmes qui ne convenaient pas à sa personnalité, je n'aurais pu fabriquer ni la petite sculpture de Julita, ni celle d'Ignas. Et la voilà, la promesse délicatement posée sur la paume de ma main (peut-être, je l'avoue, réalisée de façon un peu malhabile, un peu ébouriffée, mais tenue malgré tout) : une petite silhouette frêle, élancée, réalisée à grand-peine à partir des cheveux courts, qui d'une main tendue et de l'autre serrée contre sa poitrine jouait de la lyre, et celle-ci, cela se voyait à l'œil nu, comme il sied à un instrument aussi digne - bien que la lyre soit petite, minuscule - était faite du matériau le plus précieux dont les ondes se reflétaient dans les courbes de sa forme rappelant les cornes d'un taureau.

En observant attentivement le comportement des chats - et je consacrais toujours les quelques heures de liberté dont je disposais à cette science revigorante -, on peut apprendre beaucoup de choses sur l'homme. À vrai dire, bien plus qu'en observant l'homme lui-même ! Je pris un long brin de laine et invitai l'un d'eux à jouer avec. Le seul à avoir toujours résisté au brin de laine est le borgne au pelage noir, et il ne m'est pas donné de savoir si c'était la laine ou la main qui la tenait qui n'était pas digne de son rang, alors que les autres chats étaient très réceptifs, même le boiteux roux s'il était à proximité, et surtout le tigré fripon qui semblait être constamment roulé dans un coin et ne se levait que pour trottiner derrière une ficelle. Mais – et vous l'avez sans doute remarqué aussi bien que moi – aucun ne fonçait tête baissée. Il fallait m'armer de patience pour les faire bouger : on avait l'impression qu'ils ne voulaient pas du tout jouer, mais – patience, il faut faire preuve de patience – je compris bien plus tard qu'ils avaient commencé à jouer avec moi il y avait bien longtemps, car en réalité c'était avec moi, Charlie, tirant la ficelle – alors que les chats étaient trop distraits pour jouer avec – c'était avec moi que les chats jouaient, ces petites créatures malignes, c'était moi qu'ils pourchassaient. S'ils le pouvaient, excusez-moi, si nous le leur demandions, ils l'expliqueraient bien mieux, mais permettez-moi de continuer à partager ce que j'ai appris d'eux : les premières minutes, les premiers mouvements, sont essentiels, car il n'est pas facile d'attirer leur attention (même lorsqu'ils lèvent les yeux et se figent un instant, hélas, cela ne veut rien dire, ils peuvent tourner le dos la seconde d'après pour s'occuper d'affaires plus intéressantes), c'est pourquoi il faut bien réfléchir aux mouvements que l'on fait faire à la ficelle, sur ce qu'ils rappellent aux chats – une mouche entrée par une fenêtre ouverte, un moineau empêtré dans un buisson, un rayon de soleil scintillant sur le mur de la maison, des désirs invisibles qu'ils poursuivent en cherchant à attraper leur queue. Il est difficile d'avoir plus de patience que les chats n'ont de fierté, mais ceux qui y parviennent savent que cela en vaut la peine car, intéressés par le jeu, ils font preuve d'une habileté qui rend triste d'admiration, ou peut-être plutôt admiratif de tristesse, non, enfin tristesse... admiration... admirable... et puis finalement, vous savez, il y a le sentiment d'être confronté à un miracle, et toi, petit homme, tu n'en es qu'un témoin, un malheureux témoin impuissant, dont le récit sera plus tard pris pour une affabulation. Lorsque le chat, aplati contre le sol, s'apprête à bondir, il ne faut pas tirer trop tôt sur la ficelle, mais surtout, il ne faut pas le tirer trop tard, car s'il l'attrape du premier coup, vous perdez la partie et le chat arrêtera de jouer – vous ne vaudrez pas la peine de ses efforts. Si votre main tremble, il vaut mieux ne même pas commencer, et si vous voulez vraiment jouer, débarrassez-vous de la peur et des tremblements : vous pouvez, au moins pour un instant, perdre en humanité et gagner en félinité. Si vous réussissez, vous aurez gagné la faveur temporaire de la créature véloce et vous pourrez en profiter – elle vous suivra partout où vous souhaitez la mener. Mais attention, voyez-vous, un avertissement est nécessaire : vous ne savez jamais où vous l'emmènerez, vous n'êtes pas un chat, désolé, vous êtes humain ! Pardonnez-moi, je vous enseigne cet aspect élémentaire et bien connu du jeu félin parce que j'écris mes lettres comme si j'enroulais le fil d'une pelote lumineuse.

Monsieur le Metteur en scène ne répondit pas à la première lettre. Charles le Petit lui rendait visite tous les jours, passait plus d'une heure en sa compagnie, mais revenait les mains vides. Et une fois, alors qu'il était revenu particulièrement abattu, le bonhomme plissa un œil, ouvrit grand l'autre, et se mis à le tourner dans toutes les directions – de ma vie je n'avais jamais vu de telles acrobaties oculaires, comme s'il s'était transformé en... ah, donc l'autre jour les acteurs n'avaient rien inventé, c'était bien ça qu'ils avaient décrit après la représentation d'Ignas ! Je l'avais sous les yeux et n'aurais pas pu le nier : Charles le Petit ressemblait à un caméléon et, prenant un air effrayant, il murmura (nous étions assis seuls dans la petite chambre, comme d'habitude) que monsieur le Metteur en scène s'était terriblement flétri, et que lui, Charles le Petit, s'était s-ss-senti comme un géant à côté de lui. Parole d'honneur, ce fut la première et la dernière fois que j'entendis quelqu'un parler ainsi de monsieur le Metteur en scène, et j'en déduisis ce que tout un chacun aurait pu déduire, moi y compris : que monsieur le Metteur en scène répondrait. À la deuxième lettre.

Seulement quelques jours plus tard, le petit homme me tendit un drôle de morceau de papier, honteux comme on peut avoir honte des méfaits d'autrui, et m'annonça qu'il avait la réponse de monsieur le Metteur en scène. Au début, je ne compris pas ce qu'était cette loque que le bonhomme dégarni me mit dans la main, certainement pas une lettre – avec enveloppe ou non – comme je l'imaginais, comme celle que j'avais écrite moi-même, comme il m'aurait semblé approprié de... eh bien, lorsque ce chiffon m'arriva entre les mains, je me retrouvai avec une page d'un vieux calendrier, tellement vieux que son année ne vaut même pas la peine d'être mentionnée, et que les dates de fête, et les heures de lever et coucher du soleil ne donneraient que bien peu d'information. Me suis-je trompé, moi,

Charlie, en imaginant que monsieur le Metteur en scène m'écrirait une lettre ? S'était-il trompé en me remettant ce bout de papier ? Je n'en avais, excusez-moi, aucune idée. Une seule chose était claire, nous avions reçu de la part de monsieur le Metteur en scène une feuille de papier déchirée d'un agenda. Je dis « nous avions reçu » car c'est à deux - Charles le Petit et moi, Charlie - que nous enroulâmes la pelote lumineuse, et l'aide du bonhomme fut déterminante, puisque sans lui je n'aurais jamais eu cette idée : même si, hélas, il ne transporta pas que des lettres, il réalisa avec diligence et scrupules son devoir de messager, avec la discrétion requise par de telles affaires, confirmant une fois de plus qu'il est possible de concilier en l'homme la force de Goliath et l'ingéniosité de David, une combinaison envoûtante que nous négligeons souvent car nous considérons les petites personnes avec trop de légèreté.

Enfin, je dis « nous avions reçu », car c'est bien nous - Charles le Petit et moi, Charlie -, et ce n'est pas inexact, c'est une affirmation décrivant de manière assez précise la situation, cependant, il serait plus juste d'ajouter que c'était nous qui l'avions reçue, mais que ce n'était pas à nous de la recevoir, vous comprenez ? Il me semble que nous avons déjà expliqué qu'amour et cabale sont inséparables, et si nous parlons de lettres qui ne sont pas tout à fait d'amour, alors la cabale n'est pas tout à fait cabale, et donc ce n'est pas une grande surprise que ce soit nous qui ayons reçu le courrier de monsieur le Metteur en scène même s'il était adressé à Dorothée. Je m'empresse d'anticiper toute insinuation de votre part et vous assure que Dorothée n'était pas impliquée. Cette gamine aurait-elle pu commettre la moindre faute ? Oh, je ne veux pas dire que nous commettions une faute en signant nos lettres adressées à monsieur le Metteur en scène du nom de Dorothée – cela doit maintenant vous être clair – sauf si vous considérez que certains devoirs ne sont pas assez importants pour être menés à bien, méticuleusement et jusqu'au bout, cependant, je doute que vous soyez de cet avis. Voilà donc la façon dont je vous propose de voir les choses, libre à vous d'être d'accord ou non : je ne cachai pas ma déception face au bout d'agenda et le retournai à plusieurs reprises en vain, cherchant un message, même court, griffonné à son verso ; et malgré tout, même si les respirations entre mes mots sont remplies d'amertume, je vous prie d'y entendre aussi une forme de soulagement, car le morceau de papier, qui n'était pas vraiment une lettre, confirmait mon inquiétude première que l'expression « nous voilà dans de beaux draps » semblait bien appropriée pour résumer notre situation, et que nous devions continuer à enrouler la pelote lumineuse. Cet homme, monsieur le Metteur en scène – désolé, moi, Charlie, je n'oublie pas que nous parlons de monsieur le Metteur en scène, mais les circonstances doivent être rappelées –, aurait bien fait de peser la question, de se demander si le théâtre était encore l'endroit adapté pour lui ; la page d'agenda témoignait du désespoir qui s'était emparé de son bureau, enfin, de son studio, et qui brûlait lentement comme une flamme noire sur une mèche – le feu ne tarderait à atteindre sa destination, à exploser et à répandre la lueur silencieuse de l'hystérie et de la haine dans l'usine. Elle ne pouvait pas exploser ! Je vous le dis pour que vous compreniez la gravité de la situation si mon devoir envers Dorothée ne vous en avait pas déjà convaincu. Nous avons donc poursuivi notre travail de correspondance, et Charles le Petit rapportait à chaque fois un nouveau colis de chez monsieur le Metteur en scène : deux pages arrachées de l'agenda (le soleil se levait toujours plus tard), puis des feuilles cartonnées larges comme la paume d'une main et recouvertes de rangées régulières de zéros et de uns, et lorsque les feuilles cartonnées furent épuisées, le bonhomme m'apporta des chèques non encaissés froissés, comme si monsieur le Metteur en scène avait erré dans l'usine comme dans un entrepôt de papiers à recycler et avait pêché ces détritus sans valeur d'une main de mendiant. Pour être honnête, l'écriture quasi perfide des quasi-lettres d'amour semblait n'avoir aucun sens alors que le tas de papiers s'amoncelait sur la table.

Le tour de la représentation de Morta vint après les chèques. Elle ne posa aucune question, se fiant à Charles le Petit qui transmettait les indications de monsieur le Metteur en scène. Un autre acteur (je parle ici, évidemment, de façon théorique car, à ce moment-là, il ne restait déjà presque plus d'acteurs dans le théâtre et ceux-là... ces... enfin, ceux qui restaient... nous en avons déjà beaucoup parlé), emporté par son imagination, se serait très certainement embourbé dans un marécage de soupçons et qui sait ce qui serait advenu. Mais l'imagination de Morta, ou plutôt son absence d'imagination, la préserva – ou en tout cas préserva le théâtre. À l'inverse, mon imagination, qui avait si facilement supporté le gril de Vita et Julita, se retourna contre moi pendant la représentation de Morta, et seulement pendant celle-là. Me glisser dans le coin le plus sombre des coulisses ne m'en protégea pas, au contraire : une étourderie stupide me fit oublier que plus l'obscurité est profonde, plus l'imagination est vive, puisque celle-ci, comme le croisement d'un scarabée et d'une luciole, se nourrit de boulettes d'excréments et a l'arrière-train qui brille pendant la nuit ; j'aspirai de tout cœur à recevoir un peu du pouvoir de non-imagination de Morta. Hélas, elle emporta ce pouvoir avec elle, ou, pour être plus précis, il brûla avec elle, enfermé dans la fournaise rugissante, et un souvenir que je ne pouvais pas avoir, mais que mon imagination se chargea d'implanter en moi, se déchaîna dans ma pauvre tête. Le souvenir d'un coffre de voiture devenu torche enflammée, dans lequel... comme la sévère Morta aux cheveux courts, la dernière à avoir vu ce petit corps carbonisé, rappelant non pas les hautes terres sacrées mais... Mais qu'est-ce que je suis en train de vous raconter ? Pardonnez-moi ! Je vous prie de m'excuser ! N'est-ce pas la mort la plus horrible qui puisse exister – brûler vif ? Peut-être, peut-être, pourtant j'ai trouvé le réconfort là où personne ne penserait en trouver, et c'est pourquoi je n'en ai parlé à personne, mais, si vous m'écoutez avec attention et ne me condamnez pas, je vais vous en parler : si tu traverses le feu, il n'y a plus rien à craindre, car le feu emporte tout et ne laisse rien, n'est-ce pas ?

Ce n'est pas l'eau qui nous baptise, mais bien le feu, n'est-ce pas ? Il n'est pas un homme qui n'aurait rien à brûler, nous avons besoin du feu. Je me souviens de l'idée de monsieur le Metteur en scène selon laquelle ce théâtre est comme le feu, mais, vous savez, je ne suis toujours pas sûr de savoir comment l'interpréter, peut-être voulait-il dire que notre théâtre est à la fois éphémère et éternel, comme le feu ? Oh, je ne sais pas, je ne sais pas... pour penser une chose, il faut la surmonter, la transcender, mais le feu, moi, Charlie, je n'arrive pas à le transcender, donc je parle de ce dont j'arrive à parler. J'aimerais penser que le feu va enfin chercher à savoir ce qu'est le devoir de chacun. Et le mien, et le mien ! Le devoir de Charlie ! C'est pourquoi, lorsque je passe le bout de mon doigt dans le feu, je me réchauffe – et la langue, et tout le corps. Et si vous y réfléchissez plus attentivement, vous comprendrez à quel point le feu est intelligent, qu'il nettoie et purifie, qu'il sépare et unit, qu'il est le seul à pouvoir rivaliser avec la mort – non pas parce qu'il se comporte différemment, mais parce qu'il peut faire plus que la mort : à la fois prendre et redonner la vie.

Je montai sur scène une heure et demie après la représentation de Morta et y trouvai la fournaise qui rugissait de colère à intervalles réguliers, comme une foule d'ouvriers en grève. Je fus envahi d'une impression désagréable, tiède, comme si j'avais les pieds mouillés par une journée froide, que le théâtre redevenait usine à mesure que nous approchions de la fin (et nous en approchions, de cette fin, nous en approchions à grands pas ; la Fin attendait la fin !

Étais-je, vous m'excuserez, un peu impatient de voir comment fonctionnerait la Fin ? Un tel désir, à vos yeux, serait-il considéré comme indécent ?) ; nous revenions au point de départ, ce qui n'augurait rien de bon car, en revenant au point de départ, c'était comme si nous tirions un trait sur ce qui avait existé, et si c'était le cas, qui saurait ce qui s'était passé en réalité ? Le rugissement de la fournaise, il faut le reconnaître, ressemblait au son produit par l'ascaris du temps rampant sur le sol de l'usine, et c'est sans doute la raison pour laquelle j'avais commencé ce bavardage inquiet et futile. J'entrouvris les portes et la chaleur s'empara de mon visage : le corps osseux de Morta avait eu le temps de se désagréger et de calciner, rapidement, comme si on avait brûlé de la paille, mais il n'avait brûlé qu'à moitié, lui fallait encore deux ou trois heures et étant donné que monsieur le Metteur en scène n'avait donné aucune instruction, après m'être consulté moi-même, je laissai la fournaise rugir jusqu'à la fin. Ai-je le droit d'affirmer que c'est ce que Morta aurait voulu ? Non, je n'en ai pas le droit. Je ne lui avais jamais demandé et j'avais cédé à la conviction assez primitive que Morta, qui avait vu tant de corps raides, ne voudrait pas devenir l'un d'entre eux. Brûler sans brûler complètement, qu'avait-elle fait pour mériter un tel châtiment ? Et qu'avait-elle fait pour... Oui, oui, moi, Charlie, j'oublie souvent les mots que j'ai prononcés à voix haute (peut-être parce que, et j'en suis désolé, ils ne correspondent pas tout à fait aux propos que je tiens en mon for intérieur ?), cependant je n'ai pas encore oublié ceux-ci : « nettoie et purifie ».

Finalement, je me rends compte que je ne m'en sortirai pas sans vous raconter une certaine anecdote – insignifiante, banale, secondaire – qui ne concerne que Morta. C'était arrivé quelques jours auparavant : je travaillais d'arrache-pied sur la Fin dans l'atelier (même s'il n'y avait plus rien à faire, j'appréciais tout simplement ce que nous avions créé avec Charles le Petit) et j'avais entendu dans le couloir un miaulement qui ressemblait à un bruit de décharge électrique. J'avais couru hors de l'atelier mais n'avais rien vu – j'entendais seulement un grand vacarme et, de temps en temps, des grésillements électriques. J'avais remonté le couloir jusqu'à apercevoir deux spectres près de la cage d'escalier, l'un blanc et l'autre noir, crachant comme s'ils étaient faits de vapeurs toxiques de soufre. Les spectres s'étaient attaqués l'un l'autre et avaient roulé dans l'escalier. Inquiet, je m'étais précipité derrière eux. Arrivé près des escaliers, j'avais regardé en bas et été témoin d'un épisode intéressant : Morta avait plongé la main comme dans une casserole bouillante pour en tirer les deux chats, enfin, évidemment, je veux dire qu'elle les avait séparés – l'un plus noir que noir, l'autre plus blanc que blanc. Je ne saurais dire ce qui m'avait alors le plus étonné : que le borgne au pelage noir soit impliqué dans une bagarre ou que son adversaire soit le nouvel arrivant plus blanc que blanc ? Ils se battaient ! C'était du jamais vu au théâtre ! Je n'avais jamais vu cela et ne l'aurais jamais cru si je ne l'avais pas vu de mes propres yeux ! Je ne sais pas si Morta avait été surprise elle aussi, le sang-froid dont elle faisait preuve ne faisait ni le confirmer ni le réfuter, et seul un indice me laissait deviner qu'elle avait peut-être été troublée : elle avait brutalement envoyé dans un coin le chat blanc pendant au bout de son bras gauche comme un drap mouillé, et pris le borgne dans ses bras comme un bébé, l'emportant avec elle alors que ses miaulements de victoire caressaient les murs de l'usine. Pardonnez-moi mais, trouverai-je, moi, Charlie, la force d'éteindre la fournaise avant l'heure ?

Il semble que je vais devoir dire quelques mots sur ce dont je ne me sens pas prêt – et, j'en ai bien peur, ne me sentirai jamais prêt – à parler, car si je cesse d'enfoncer ce clou, un sédiment trouble d'incertitude coulera au fond de cette histoire. Si je ne parviens pas à trouver les mots justes, je vous demande votre pardon et votre indulgence. Comme vous, j'ai entendu plus d'une fois ces inepties ridicules – et je ne vois pas d'autre façon de les désigner – selon lesquelles la mort et le prétendu amour charnel sont inséparables, certains vont même plus loin et n'hésitent pas à affirmer qu'ils – ce qui est pour moi, Charlie, totalement incompréhensible – s'alimentent et se renforcent mutuellement. Je peux affirmer en toute responsabilité (et j'espère que vous savez maintenant apprécier ma prudence, et avez compris que je ne fais pas de déclarations audacieuses sans m'appuyer sur de solides bases) que le temps passé dans ce théâtre avait prouvé que c'était loin d'être le cas ! Je ne compte pas entrer dans les détails ni, disons, m'étendre plus longuement sur les liens qui enchaînaient Julita et Ignas, car je suis presque certain que vous, comme moi, Charlie, ne vous intéressez guère à leur relation, et que fourrer votre nez, pardonnez-moi l'expression, sous leur couverture ne vous aidera pas à mieux comprendre ce que j'ai à vous dire. J'ajouterai, uniquement pour me protéger des soupçons inutiles, que j'eus l'occasion de connaître l'amour charnel sous certaines formes acceptables, et qu'à cet égard le destin ne me fit pas trop de tort, car il m'offrit la chance de le vivre avec ma seule et unique élue, ma très chère Adèle ; quant au bonheur commun que signifiait ce lien charnel, je pense que l'existence de notre fille chérie, que nous aimions plus que la vie elle-même, en est le meilleur témoin. Nos longues années de mariage avec Adèle nous avaient enseigné que l'amour charnel ne peut que renforcer, et non affaiblir, le lien qui unit deux êtres humains (et je reconnais ouvertement penser que la débauche à outrance éloigne les couples plus qu'elle ne les rapproche) si l'on respecte un principe essentiel que j'appelle la règle d'or de la comète : l'amour charnel doit être goûté rarement, mais régulièrement – comme ces comètes illuminant les cieux d'une traînée scintillante. En ce sens, la voûte du théâtre nous enveloppait dans son absence d'étoiles, de lumières et de comètes ; la luxuriante tête de monsieur Copernic ne l'a pas transpercée, ce qui signifiait que rien – ni les représentations, ni leur fin, ni l'anticipation des performances – ne pouvait changer la disposition du ciel et des autres corps célestes.

Oh, moi, grand Dieu, je ne dis pas qu'il n'y a jamais eu de rapprochement d'une sorte ou d'une autre, mais je veux souligner qu'ils n'avaient aucune signification et n'étaient pas encouragés, pour ainsi dire, par l'objectif du théâtre lui-même. Si j'avais mis mon nez dans les affaires des autres, j'aurais peut-être pu vous régaler d'anecdotes croustillantes (ce dont je doute vraiment), mais à présent je peux témoigner du fait qu'ici, dans l'usine, j'avais observé les formes d'amour les plus inattendues, libérées de l'urgence charnelle, et si quelqu'un venait à penser que je ne parle pas d'amour, mais d'autre chose, je ne verrais pas l'intérêt d'argumenter et m'en tiendrais calmement à ma vérité. Car en effet, moi, Charlie, je ne vois aucune objection à ce que l'amour non charnel se transforme en pruneau flétri. Cependant, dans notre théâtre, les fruits secs sont plongés dans la boisson fumante de la mort et répandent un arôme des plus doux. Ce n'est ni la senteur du corps ni celle de ses fluides qui se détache de notre soulagement (ce qui, à mon avis, ne dit rien de bon du soulagement ou du corps), mais une douceur orientale surgissant de la vie lorsque nous ne sommes plus dépendants de notre corps sans distinction ; tout comme à l'automne, lorsque tout se fane et disparaît, les lilas font éclore leurs longues fleurs tardives. Voyez-vous, je suppose que ni la mort, ni l'amour n'ont besoin du corps, et qu'il est même plutôt un obstacle les empêchant chacun de dévoiler leur force, non, pardon, leur diversité kaléidoscopique. Et si c'est le cas, on peut raisonnablement se demander : si ni l'amour, ni la mort n'ont besoin du corps, à quoi peut-il bien servir ? Je ne sais pas, vraiment pas. Par contre, je me demande si Morta aurait pris le borgne au pelage noir dans ses bras si elle n'avait pas su que sa représentation aurait lieu deux jours plus tard.

Je ne vais pas juger si ces réflexions éclaircissent un tant soit peu la question des lettres d'amour de monsieur le Metteur en scène, bien que je pense qu'elles soient étroitement liées. Après la représentation de Morta, Charles le Petit apporta un nouveau message (je n'avais plus l'espoir de pouvoir les appeler lettres) : une fine page tirée d'un magazine féminin avec un sommaire et un ours. Quelques jours plus tard arriva l'arrière d'une boîte de céréales parfaitement découpé, puis un autre morceau de papier déchiré – cette fois-ci non pas de l'agenda, mais d'une déclaration d'impôt vierge –, et la notice froissée d'un appareil inconnu, parsemée de schémas et de pointillés. Il me semble que monsieur le Metteur en scène s'adressait à nous, c'est-à-dire à Dorothée, comme un conquistador sans le sou à de riches autochtones, car aucun des deux partis ne semblait comprendre les marmonnements de l'autre, et on ne savait pas bien qui était en train de gagner du terrain et qui perdait en silence ; ni moi, Charlie, ni Charles le Petit ne parvenions à déchiffrer quoi que ce soit dans ses courriers, et notre enthousiasme s'était douloureusement évanoui. Eh bien ! Je ne sais peut-être pas écrire de lettre, j'en assume toute la culpabilité, je ne sais pas les rédiger, mes phrases sont trop longues, embrouillées, mes idées s'interrompent et je n'en maîtrise ni le début, ni la fin, mais comme il vous est donné de le constater, je m'exprime bien mieux à l'oral, bien mieux ! Ayant perdu mon sang-froid, je ne pris pas le temps de répondre au nom de Dorothée. Ma table était recouverte de bouts de papier blanchâtres, grisâtres et jaunâtres qui masquaient la lueur déclinante du fil. Monsieur le Metteur en scène n'était pas un chat, je le savais bien, mais pourquoi n'avait-il pas été tenté par le jeu ? Qui était cette personne recluse dans son bureau ? Pouvait-on encore... fallait-il... devions-nous toujours l'appeler monsieur le Metteur en scène ? J'hésitai à répondre. Après avoir écrit la dernière lettre, je restai un long moment à la tripoter entre mes mains en écoutant la respiration de Charles le Petit, puis la déchirai et la jetai dans un coin, où gisait déjà la pelote lumineuse.

CHAPITRE DOUZE

LA FIN ET LA FIN

Ma pauvre tête, stupide, stupide, indigne de compassion. Si lourde et si vide ! Il faudrait la taper contre un mur pour la réduire en morceaux. Mais qu'est-ce que je... on est sur le point de... J'avais tellement honte que je n'arrivais pas à regarder Charles le Petit dans les yeux, mais il le fallait : une horrible expression caméléonesque déformait son visage, un œil braqué sur le côté, comme si quelqu'un essayait de dévisser sa tête telle une brûlante ampoule rouillée – et s'il y avait un avantage à cette situation terriblement humiliante pour moi, c'était d'enfin comprendre le sens de ce roulement d'œil surnaturel ; le bonhomme l'utilisait pour exprimer une déception aussi dégoûtante que glaçante. Quel supplice : comme s'il avait été brutalement déçu, par le genre de désillusion qui n'arrive qu'une ou deux fois dans la vie, et cette fois-ci, le responsable – que voulez-vous ! à juste titre ! –, c'était moi, Charlie. Je ne supportais pas son regard, sa rancœur sans issue, ce sentiment pesant, qui n'en finirait jamais. Pour ne pas voir le bonhomme – et lui restait silencieux, bien sûr, mais quelque chose à l'intérieur de lui gonflait, comme si la foudre s'apprêtait à frapper, et ses rares cheveux ébouriffés étincelaient presque – je me mis à regarder autour de moi, de haut en bas le long des contours de la Fin, comme si je mesurais pour la première fois la taille de l'atelier et la hauteur de l'appareil. Quelle négligence ! On apprend toujours trop tard de ses erreurs : le confort est la tentation du diable à laquelle je résiste, ne cède pas, me confronte modestement, et ma chère petite femme Adèle me soutenait dans cette lutte contre le confort, elle se montrait solidaire et patiente, et accueillait sans plaintes, gémissements ou griefs les défis qui accompagnaient inévitablement cette lutte (mais si, vous voyez ce que je veux dire : renoncer à une bouchée savoureuse, ne pas choyer son corps, ne pas se tourmenter de rêves, renoncer à la jalousie, etc.), et si nous étions tous les deux dressés contre les tentations sataniques du confort, qui aurait pu nous nuire, à quoi n'aurions-nous pu résister ? Je sais que mes pauvres pensées n'ont pas su vous exprimer ce qui nous reliait, ma chère Adèle et moi, et qu'elle a peut-être été un peu oubliée, ce dont je me repens sincèrement, il est cependant trop tard pour cela, ne revenons pas à l'époque où ma femme et moi luttions contre le confort, car je recommencerai à me demander pourquoi moi, Charlie, je n'ai pas su résister au théâtre, alors que ma chère Adèle n'y était pas. Oh, le charme du confort se cache dans les petites choses ! Cette poussière du diable est soufflée des enfers par une brise brûlante, mais si douce et agréable. Pardonnez-moi toute cette négligence, cette capitulation ! Comme il était confortable d'installer l'atelier à côté de ma petite chambre, de ne pas avoir à parcourir les longs couloirs de l'usine ni à fatiguer mes pauvres articulations et mes hanches qui ne sont plus de première jeunesse, me faisant boitiller plusieurs fois par jour du troisième étage au premier, et à nouveau du premier au troisième. Que pourrais-je, moi, Charlie, désirer de plus ? Un plafond suffisamment haut pour construire la Fin. Sans la force de Charles le Petit, j'aurais peut-être douté de mes capacités à construire ce mécanisme dans une pièce à laquelle la Fin s'adapte parfaitement en restant debout, mais où il est impossible de l'allonger où que ce soit. Et lorsque Charles le Petit avait fait preuve de ses talents pour l'escalader, acquis on ne sait où ni quand, il ne fut plus nécessaire de déplacer la structure. Malheureusement, jusqu'à cet instant. Alors que ma représentation (celle de Charlie !) approchait inexorablement – le premier coup de bâton avait déjà retenti, les vagues de spectateurs se déversaient doucement dans la salle qui faisait penser à un puits, cherchant leurs places – nous étions là, au deuxième étage, avec Charles le Petit, et, vous avez ma parole, nous n'avions pas la moindre idée de comment nous allions sortir la Fin de l'atelier.

Mon devoir était de nettoyer la scène après la représentation. Il ne m'était jamais venu à l'esprit qu'en acceptant volontairement des tâches supplémentaires au sein du théâtre je pouvais tomber dans le piège de faire reposer sur mes épaules de banal bibliothécaire – ni préparées ni habituées à ce poids –, toute la responsabilité du spectacle et, si on porte un regard d'ensemble sur la situation, il n'est sans doute pas excessif d'ajouter, du théâtre et, pauvre de moi, de la fin et de la Fin. C'était la responsabilité de monsieur le Metteur en scène ! Mais monsieur le Metteur en scène n'était plus là. Monsieur le Metteur en scène était parti. Le même jour, Dorothée avait disparu aussi. J'avais demandé à Charles le Petit de passer toute l'usine au peigne fin. Il était revenu en confirmant : « Je n-nn-n'ai pas trouvé Dorothée. » Nous avions reçu la nouvelle avec un effroi assourdissant et une douceur presque imperceptible sur le bout de la langue. La lueur soudaine du hasard projeta au sol la longue ombre noire de l'inquiétude : nous étions les derniers, seuls de chez seuls. Tu ne l'as pas trouvée, avais-je répété, et nous avons tous les deux tendu l'oreille alors que la reptation de l'ascaris du temps retentissait, comme si la gigantesque langue s'était transformée en lime raclant une surface métallique rugueuse. Nous ne saurons jamais pourquoi elle avait décidé de partir avec lui, mais en faut-il beaucoup pour attirer les jeunes filles dans des aventures imprudentes ? Cette soif d'aventures et de liberté est plus forte que la prudence rationnelle sur laquelle nous, les aînés, mettons l'accent, nous qui sommes déjà sevrés de la fureur de l'existence et des divers stimuli que la nature, la culture et l'histoire mettent sous le nez des jeunes gens. Voici ce que je dirais : autant qu'elle succombe à la liberté illusoire, car c'est la seule qui ne reviendra pas. Moi, Charlie – quoique vous pourriez avoir l'impression du contraire –, je suis assez sceptique envers le despotisme de la sagesse, même si j'en ai été un fidèle serviteur. Voyez-vous, il faut reconnaître (et le temps passé au théâtre a renforcé cette conviction que j'ai) qu'on ne peut pas bien vivre, on ne peut que bien mourir.

La mort est similaire... similaire à... eh bien, similaire à ce... eh bien donc, cette... vous m'excuserez, je ne trouve plus le mot, comme c'est embarrassant... je veux dire, embarrassant de ne pas trouver ce mot – en plus vous le connaissez ! – mais, à vrai dire, il n'est pas très agréable de parler dans cette position, la tête et les poignets coincés dans une mâchoire de bois, enfin, vous le voyez vous-même. Je ne suis absolument pas en train de me plaindre, simplement, dans ces circonstances, même les mots les plus simples se perdent... comme celui-ci... bon, regardez : je gonfle les joues et je ferme les yeux – cela ne vous dit rien ? Et si je baisse la tête, comme ça ? Rien ? Mais si, vous savez, ce croissant dans le ciel ! Ah, oui c'est cela, la lune ! La mort est similaire à la lune. La lune est le satellite de la Terre, et la mort est celui de l'homme. En fait, ce n'est pas la mort qui est le satellite de l'homme, mais l'homme qui est celui de la mort. Eh bien, je me suis souvenu de la lune, je veux dire, je m'en suis souvenu, et puis je l'ai oubliée, et puis, heureusement, je m'en suis souvenu à nouveau, car vous devez avoir entendu dire que (si je parviens à l'expliquer correctement) cet astre occupe une toute petite partie de l'étendue céleste, alors que les artistes, lorsqu'ils la représentent dans leurs tableaux, l'agrandissent disproportionnellement et la couronnent reine de la nuit – mais il n'y a pas à accuser les barbouilleurs du dimanche, car si nous savions peindre, nous ferions de même. Cette petite source de lumière dans le ciel s'étend dans notre conscience comme une tache de vin absorbée par le tissu d'un pantalon et qu'il sera impossible de nettoyer (ma chère, méticuleuse Adèle ne s'en était jamais fâché). Telle est la puissance de la lune, impressionnante, même si elle n'est utile à personne. La mort traite notre conscience de la même manière, vous comprenez ? Peut-être pas la vôtre, peut-être pas, ce n'est pas de mon ressort, d'ailleurs je n'aurais pas la prétention de présupposer la façon dont vous affrontez la mort, mais c'est le cas dans ma tête, cette même tête qui a déçu Charles le Petit, et à vrai dire, moi aussi, cette tête qui a déjà bien accusé le coup des malheureuses farces d'antan, dont la mort de ma fille chérie, et qui, quand je passais des journées entières à la bibliothèque, s'était tant dilatée que j'aurais pu dire que le reflet de la lune inondait ma conscience comme du beurre fondu. J'ai traversé des marées de désespoir qui me faisaient perdre le sommeil, puis, aussitôt, des flots d'indifférence, et lorsque je regardais à l'intérieur, je ne voyais qu'elle : la pleine lune de la mort de ma fille chérie. Le rythme de ces marées et de ces courants, plus que les marées et les courants eux-mêmes, finit par me faire perdre la tête et la raison, c'est pourquoi je ne me souviens plus très bien de ce que je faisais dans cette bibliothèque fermée jusqu'au matin lorsque, sans que je n'aie le temps de me retirer temporairement, trois hommes étaient arrivés : deux d'entre eux portaient des combinaisons gris souris élimées et regardaient autour d'eux (un peu comme moi, Charlie, lorsque nous n'arrivions pas à déplacer la Fin et que je fuyais du regard la désillusion de Charles le Petit), et le troisième, en costume, qui ressemblait à monsieur le Maire, quoique si je ne l'ai pas reconnu, c'est que ce n'était pas monsieur le Maire, mais je n'y mettrais pas ma main à couper, m'avait secoué alors que je somnolais confortablement sur le canapé défoncé de la salle de lecture, et dit sèchement que monsieur le Bibliothécaire (vous entendez, monsieur le Bibliothécaire !) était dans l'obligation de quitter les lieux, car la bibliothèque était en cours de désaffection, il me semble que ce sont les mots qu'avait choisis l'homme en costume, et qui ne m'avaient pas semblé inadaptés à la personne à laquelle ils s'appliquaient compte tenu du fait qu'il s'agissait après tout – et j'espère que vous en conviendrez – de la bibliothèque. J'étais sorti, les yeux remplis du clair de lune.

La tension s'accumulait de plus en plus sur le visage de Charles le Petit, et j'eus peur que quelque chose d'irréparable se produise, par exemple qu'il me laisse seul me débrouiller avec la Fin, et cela voudrait dire, il faut le reconnaître, que nous risquerions de n'aboutir à aucune fin. Misère, misère ! Le souffle coupé, j'attendais l'explosion de colère, mais le bonhomme ouvrit la bouche et soupira : pfff, pfff. Il appuya son épaule gauche contre la Fin et donna un coup d'épaule. L'appareil, dans un grincement désagréable, se déplaça de quelques centimètres. Charles le Petit contourna la Fin, s'y appuya à nouveau de l'épaule gauche et donna un coup, plus fort cette fois-ci : l'appareil bougea sans produire le moindre son – presqu'un mètre. Mais dans l'autre sens, en arrière. Je ne comprenais pas bien ce que le bonhomme avait en tête, hélas, ma traîtresse de tête avait perdu le droit de donner son avis, et donc j'attendais patiemment en silence et suivais des yeux les gestes de Charles le Petit. Il poussait la Fin dans un sens et dans l'autre, sans se presser, sans même penser aux spectateurs qui attendaient sagement au fond du puits (il semble que c'était à moi de me préoccuper d'eux), et celle-ci bougeait avec une amplitude croissante, comme s'il fallait uniquement la faire bouger de son emplacement et que le reste se résoudrait tout seul. C'était loin d'être le cas. Mais que pouvais-je dire ? Après avoir été poussée dans un sens et dans l'autre, la Fin se retrouva exactement au même endroit qu'au début. Mais moi, Charlie, je ne serais pas Charlie si je venais à oublier tout ce dont est capable Charles le Petit. Si j'oubliais ce qu'il a accompli. Lorsque la voiture fut éteinte et que les pompiers, après avoir observé la carcasse carbonisée sous la mousse blanche dégoulinante, décidèrent qu'il n'y avait plus de risque d'explosion, quelqu'un dut ouvrir le coffre. Les pompiers, les policiers et les ambulanciers s'étaient regardés, personne ne s'était avancé vers la voiture. L'indécision dura moins d'une seconde, un instant qu'aucune horloge au monde n'aurait pu capturer, et plus tard j'entendis un témoignage – ce sont les mots de Vita, ceux auxquels je me fie le plus – selon lequel ils avaient tous été pris de stupeur comme des coléoptères, vous savez, quand les coléoptères se retrouvent renversés sur le dos et bougent leurs pattes sans réussir à se retourner.

Je vous prie de m'excuser, Charles le Petit est plutôt Charles le Libérateur ! Et qui sommes-nous pour juger ceux qui peuvent nous sauver de la stupeur du coléoptère, c'est à dire, de l'éternité ? Personne n'avait demandé qui était Charles le Petit, personne ne l'avait averti de ne pas toucher à mains nues le métal brûlant de la voiture. Il s'était faufilé comme un esprit de la peur et avait ouvert le coffre avec une telle force que ceux qui avaient assisté à cet acte prétendirent plus tard que Charles le Petit mesurait deux mètres de haut, bien que, vous savez, et j'espère ne pas blesser le bonhomme avec ma remarque, il serait difficile de trouver un homme adulte plus petit que lui.

Charles le Petit se serra contre la Fin, mais cette fois-ci, au lieu de la pousser, il se mit sur la pointe des pieds et appuya sa tête parsemée de rares cheveux blonds contre le bois, puis, à la manière d'un lutteur, essaya de mettre la Fin à terre. Il n'y parvint pas du premier coup, mais la partie droite du support de la Fin se décolla difficilement du sol et la structure de l'appareil se mit doucement à vaciller sur le côté comme un hippopotame touché par une balle entre les deux yeux. Le sommet tapa contre le mur, et les vibrations du trapèze métallique scintillant résonnèrent à l'intérieur du cadre de l'appareil. Monsieur le Metteur en scène me traversa l'esprit. Très brièvement, juste l'espace d'un instant : la façon dont il coupait l'espace sans y entrer et en y disparaissant. La Fin, enfoncée de travers dans l'atelier avec ce trou au milieu, rappelait une fissure, une déchirure par laquelle il nous est permis de sortir du sein d'Abraham. De l'autre côté, c'est-à-dire à travers la fente, je distinguais les yeux brillants du bonhomme. Il attrapa l'appareil, le remit sur son support. Il le tira vers la droite et le fit tourner à nouveau. Cette fois, la Fin prit un angle plus large et frappa le mur avec fracas. Comme vous l'aurez remarqué, je ne peux pas vraiment me fier aux suppositions de ma petite tête, toutefois j'avais la vague impression d'avoir enfin saisi l'ambition de Charles le Petit. Il ne redressait pas l'appareil mais tirait vers lui le bas du support surélevé pour laisser le sommet de la Fin glisser de quelques centimètres vers le sol, laissant de longues rayures blanches sur le mur et en répandant par terre la poudre des briques. Le sommet de l'appareil s'écrasa à plus d'un mètre de moi, Charlie, et à deux mètres de Charles le Petit et de la porte. Si un autre costaud avait entrepris une stratégie similaire, il aurait trimé pendant une bonne demi-journée avant que la pointe de la Fin, rayant le mur, ne se retrouve devant la porte grande ouverte. Permettez-moi tout de même de vous rappeler que le bonhomme se distinguait non seulement par sa force de Goliath, mais aussi par son ingéniosité de David, et si, jusqu'à présent, vous auriez pu attribuer ce genre d'épithètes à un embellissement de ma part (ne vous imaginez pas que je n'en ai pas conscience), le labeur de Charles le Petit aura dispersé vos moindres doutes sur une exagération concernant l'harmonie de sa force et de son esprit. Il soulevait, poussait, tirait avec des gestes précis et saccadés, et moi, Charlie – qui n'aurait pourtant plus dû m'étonner de cette rare manifestation de la beauté de la nature dans un environnement dévasté par l'homme –, je me mis à chercher dans l'air les fils presque invisibles desquels Charles le Petit devait bien tirer les forces supérieures qu'il déployait. Lorsque la Fin eut tracé la dernière rayure blanche sur le mur et plongea par la porte ouverte dans les profondeurs du couloir, où l'obscurité étouffait les fracas métalliques et les craquements du bois, je m'émerveillai non pas de l'exploit du petit bonhomme, mais de cette épigraphe blanche inscrite sur le mur d'une écriture rudimentaire, que j'étais incapable de déchiffrer car, vous m'en voyez désolé, je n'en étais pas digne, mais dont je pressentais qu'il était destiné à célébrer ce à quoi mes yeux venaient d'assister, comme si nous – Charles et moi, Charlie – avions été transportés à une époque où l'honneur déterminait la valeur de la vie, et la gloire celle de la mort.

Mais où étaient donc passés les guerriers du bien ? Où étaient donc passés les chats ? Cette question est survenue au mauvais endroit et au mauvais moment, alors que je regardais la Fin étendue dans le couloir, et elle était loin d'être primordiale, mais mon esprit chargé de tension et de peur recherchait quelque chose de doux et de réconfortant. Ils ne rataient jamais une occasion de s'empêtrer dans nos jambes, surtout lorsque nous travaillions dans l'atelier, et son exiguïté (quelle surprise !) semblait être un autre avantage, car les chats s'y installaient sur la pointe des pattes, et sans doute aussi parce que cette petite pièce ressemblait à une boîte, du genre dans lesquelles les félins aiment se rouler.

Le vacarme produit par notre lutte avec la Fin avait bien sûr pu les effrayer, mais même avant cela je ne me souviens pas en avoir aperçu un seul. Pardonnez-moi, ma naïveté n'est pas démesurée au point de ne pas comprendre que les grondements et le tumulte auraient pu atteindre leurs oreilles bien avant que ne commence réellement la lutte avec la Fin. Tout comme le vol bas des hirondelles annonce la pluie, la disparition des chats annonce la fin prochaine du silence. À votre avis, que fait un chat assis sur le seuil d'une porte ? Cette explication bien idiote (même pour nous, les hommes) selon laquelle il ne parvient pas à décider ce qu'il va faire vous suffit-elle ? Croyez-vous vraiment que les chats considèrent des dilemmes qui ne semblent fatals qu'à nous – et puis quoi encore ? Ne comprenez-vous pas en observant ce chat installé là que la différenciation du passé et du futur est aussi futile pour nous, humains, que tout ce que la créature quadrupède détruit en un instant en trottinant dans une pièce, en jouant avec sa queue, en posant sa patte sur une mouche au bourdonnement agaçant, en s'asseyant devant sa gamelle en argile pour y boire de l'eau ou en lézardant par terre au soleil : elle ne différencie pas l'être vivant de l'objet, le jeu du meurtre, son environnement d'elle-même, le rêve de la réalité, la seule chose qu'elle différencie est le plaisir de la douleur, la satiété de la faim, le silence du bruit. Voilà ce qu'est l'art... enfin, je veux dire, bien sûr, voilà ce qu'est un chat. Et si un chat s'assied dans l'embrasure d'une porte, cela signifie qu'à cet instant le monde est séparé selon l'une de ces divisions, et c'est seulement parce que Dieu nous a donné le libre arbitre (et comme je le disais, il n'est pas sûr qu'Il ne le regrette pas) que vous pouvez ignorer la signification de l'instant.

Enfin, excusez-moi, mais où étaient-ils passés ? En pénétrant dans le couloir, ce fut comme si quelqu'un avait recouvert ma pauvre tête d'une coulée de plomb – l'aveuglement complet ! J'avais parcouru ce couloir des centaines de fois et c'était la première fois qu'il y régnait une telle obscurité. Je ne voulais même pas y plonger un doigt, j'avais peur de le tendre en avant et que quelqu'un le coupe, vous comprenez ? Je fus pris de vertiges et, en avançant mes mains, sentis un support en bois – sûrement le socle rectangulaire de la Fin. Je m'y accrochai et pris une grande inspiration dans laquelle flottait une légère odeur de glands de chêne. Charles le Petit s'était engagé en premier dans la gueule béante des ténèbres et se tenait devant moi, ce que je compris à l'aide d'une déduction logique : s'il était sorti de l'atelier en premier, alors il devait être devant, n'est-ce pas ? Car je ne discernais même pas la silhouette de Charles le Petit, et le flamboiement de ses cheveux ébouriffés s'était tout bonnement évaporé. Comprenez-moi bien, je n'ai pas peur de l'obscurité, je ne la fuis pas, l'homme a besoin de l'obscurité. L'obscurité est parfois la seule issue. J'ai éprouvé de sa part la plus grande gentillesse possible, si cette formulation ne vous effraie pas. Oui, l'obscurité peut avoir un cœur, et moi, Charlie, je m'y étais déjà frayé un chemin ! Au sens propre du terme, devrais-je dire. Voyez-vous, lorsqu'avait eu lieu la « désaffectation », pour reprendre les mots de l'homme en costume qui ressemblait à monsieur le Maire mais qui n'était pas monsieur le Maire, quoique la ressemblance, une fois de plus, ait été frappante (sauf pour les traits du visage), j'y étais retourné quelques fois pour y passer la nuit. Ni l'homme ressemblant à monsieur le Maire, ni les ouvriers en combinaison élimée ne verrouillaient la porte pour la nuit, ce qui avait joué en ma faveur puisque les derniers jours, ou plutôt les dernières nuits que j'avais passées dans la bibliothèque ne constituaient ni une effraction, ni une désobéissance à l'ordre général. Bon, un cadenas était peut-être accroché, enfin, il était peut-être installé pour la nuit, et alors ? Vous m'excuserez mais le fait de suspendre ce cadenas change-t-il quelque chose s'il n'était pas fermé ? C'est pourquoi je dis que la porte n'était pas verrouillée, et si quelqu'un suspendait le cadenas, je ne pense pas l'offenser avec cette vérité.

Le dernier soir à la bibliothèque, j'avais facilement arraché le cadenas, ce qui n'augurait rien de mauvais. Et même si la différence entre le passé et l'avenir, comme il me semble en avoir convenu avec vous, n'existe pas, je ne sais pas pourquoi, j'avais senti en passant la porte que je disais adieu à ma vie d'hier. Le mot « désaffection » est assez vilain, c'est la raison pour laquelle on peut en attendre toutes sortes de choses, mais ce que j'avais vu en entrant était bien trop ignoble, même pour ce mot qui aurait pu demander à être retiré du dictionnaire : en voyant les salles de la bibliothèque, je n'avais pas immédiatement compris ce qui s'était passé, mais je m'étais dit que c'était à cela que devait ressembler un corps dont on aurait arraché tous les os – tous, pas seulement les côtes ! Une masse molle et tombante, la voile d'un parachute étalée sur un corps gisant après un atterrissage malheureux. L'espace de la bibliothèque avait gonflé au fur et à mesure que les étagères en avaient été arrachées, et au milieu de la salle principale se trouvait un monticule de milliers de livres, comme si nos ancêtres avaient ressuscité pour édifier une colline fortifiée. Pour se protéger des étrangers ! Pour se protéger des mangeurs de mouettes, de grenouilles et de vers ! Des barbares qui déclarent porter la civilisation sur leurs boucliers ! Quel genre de civilisation, si elle nécessite des étagères mais pas de livres ? En contournant la colline fortifiée et en passant mes mains sur l'escalier de livres poussiéreux, je marmonnais qu'on leur préparait peut-être des étagères plus spacieuses, plus solides, et j'espérais qu'ils entendaient ma compassion, mais les livres avaient été balancés comme des mottes de terre dans un champ labouré : des feuilles volantes, des jaquettes déchirées, des couvertures arrachées, comme si, après avoir été protégés et entretenus pendant tant d'années, ils cherchaient à se sauver d'eux-mêmes – et la colline fortifiée ressemblait de plus en plus au tumulus d'une tombe. Avec précaution, aussi doucement que me le permettait mon petit corps, et, je le reconnais, qui tend à l'embonpoint en vieillissant, j'avais escaladé le tas et, en brassant les livres à la surface du tas, plongé vers les profondeurs du tumulus. Moi, Charlie, veuillez m'excuser, bibliothécaire de profession mais aussi, j'ose le formuler ainsi, par vocation, je nageais vers le bas, et les livres, mes auxiliaires en toute situation, m'enveloppaient d'une couche de plus en plus épaisse, m'aidant à atteindre le fond. Une fois mon objectif atteint, je m'étais retrouvé plongé dans les ténèbres aveugles, impitoyables, mais pas au point d'avoir l'impression de recevoir un coup de matraque sur le crâne. Dans cette obscurité, je retrouvais une sérénité dont j'avais oublié l'existence. J'avais quitté le reflet glacial de la lune et son attraction écrasante, et j'entendais la pulsation d'un espace qui ne se limitait sûrement ni à l'intérieur du tumulus ni à la bibliothèque, mais je n'avais aucun moyen de m'en assurer, une pulsation d'une force infinie, insaisissable, qui aspirait dans un tourbillon tous les souvenirs, devoirs, rituels, erreurs, orgueils, appels à l'aide – voilà comment devait palpiter le minuscule grain de poussière à l'origine du Big Bang – c'était le battement du cœur des ténèbres.

La Fin bougea et je compris que Charles le Petit était bien devant moi. Le socle rectangulaire était grand et lourd, j'eus peur de ne pas en venir à bout. Mais il céda sans difficulté, comme si le bonhomme, en soulevant l'avant, réussissait d'une façon ou d'une autre à m'aider moi aussi, Charlie. Je ne voyais rien devant moi, c'est-à-dire derrière le socle. Je m'en remettais à Charles le Petit. Je devais lui faire confiance. N'est-il pas juste de dire que je pouvais, et plus encore, que je voulais lui faire confiance ? C'était un moment tout à fait singulier, et bien sûr très rare : il ne m'était pas souvent arrivé, à moi, Charlie, d'aller non pas du désir au devoir, mais dans la direction opposée. Il me vint à l'esprit que vu de l'extérieur, si quelqu'un pouvait apercevoir quoi que ce soit derrière ces rideaux noirs, nous devions ressembler à deux mineurs martelant tant bien que mal les galeries d'une mine de charbon. Nous avancions lentement, nous balançant d'un côté à l'autre, et le bonhomme, notre guide, s'arrêtait de temps en temps, peut-être pour se reposer, ou peut-être parce qu'il savait que son assistant, c'est-à-dire moi, en avait besoin. Arrivé au premier escalier, j'entendis le sommet de la Fin heurter le sol. Charles le Petit l'avait posé et réfléchissait à la bonne façon de manœuvrer. Je savais qu'il trouverait une solution sans moi. À ce moment-là, j'étais convaincu que la meilleure façon d'aider à transporter la Fin jusqu'à la fin, c'était de rester silencieux et de suivre les indications que Charles le Petit me donnait de la même manière : sans dire un mot. Lorsque l'avant recommença à bouger, je soulevai à nouveau mon côté. Le bonhomme – je l'entendais – tournait à gauche à tout petits pas en me poussant vers la droite, contre le mur. Lui, vers la gauche, moi, vers la droite, plaqué contre le mur, et l'odeur profonde qui se dégageait de la Fin était de plus en plus couverte par une odeur âcre de moisissure. Et alors que je commençais à comprendre qu'il me faudrait renoncer au vœu de silence que j'avais fait pour le voyage de la Fin dans le but d'avertir Charles le Petit que moi, Charlie, j'allais bientôt être très indignement écrasé contre le mur, le socle bascula en avant et se mit à descendre sans que j'aie à intervenir. J'eus à peine le temps de le rattraper et de trouver une marche pour y poser maladroitement le pied.

Si vous me voyez sur scène, agenouillé devant vous, maintenu par le cou et les poignets (et si mon visage fatigué ne parvient plus à gonfler suffisamment les joues pour que vous reconnaissiez la lune, j'en assume pleinement la responsabilité), vous comprendrez peut-être que le voyage de la Fin s'est déroulé sans encombre, essentiellement – et je vous prie de prendre une fois de plus cet élément en considération – grâce à Charles le Petit. Et nous vous présentons nos plus plates excuses pour le retard qu'a pris le spectacle, et en même temps nous espérons que vous comprenez notre situation, au vu de la sincère explication que vous avez entendue. Le fardeau de ce voyage réalisé du deuxième étage au puits de la scène ayant reposé sur les épaules de David et Goliath – c'est-à-dire d'une seule et même personne –, je dois reconnaître ne m'être occupé que des derniers détails, dont je peux, il me semble, vous faire part. Je ne reviendrai pas sur les broutilles qui se sont produites entre le deuxième étage et le rez-de-chaussée, et qui, vu notre situation actuelle, semblent insignifiantes, toutefois, dans le silence qui était devenu pour nous deux une force motrice, moi, Charlie, je ne parvenais pas à me débarrasser d'une pensée persistante, qui l'est encore plus maintenant : avec ce voyage de la Fin, j'ai dû faire une croix sur ma toilette – je me suis dépensé, j'ai transpiré, et à présent, même si ma tête et mes narines sont séparées de mon corps par cette plaque de bois, je sens ce que, j'espère, vous ne pouvez pas sentir. Alors si par hasard, vous comprenez... enfin, je vous prie de m'excuser !

Comment se fait-il que je ne vous aie pas parlé de la toilette ? Je ne peux pas le croire ! Qui n'est pas passé par là avant de monter sur scène ? Un acteur peut-il se présenter devant les spectateurs sans s'être lavé ? Et voici une autre question qui me trouble : moi, Charlie, lavé ou non, puis-je monter sur scène et interpréter le dernier rôle ? Aucune idée ! C'est du jamais vu. Une exception. Une curiosité. Peut-être même une farce. Je vous prie de bien vouloir me croire : une farce imprévue et indépendante de ma volonté. Moi, Charlie, je suis le plus grand ennemi des plaisanteries ! Je me souviens encore très bien de ce qui était arrivé à monsieur le Metteur en scène lorsque celui-ci avait refusé de se rendre jusqu'au Ł, nommé ainsi en l'honneur du Poète. C'est la raison pour laquelle je m'inquiète de ces odeurs corporelles qui me parviennent malgré la plaque de bois et se fraient un chemin jusqu'à mes narines, et je me demande si elles ne sont pas le signe (il existe toute sorte de signes, n'est-ce pas ?) que nous – moi, Charlie, et Charles le Petit – avons pris la mauvaise décision. Voyez-vous, dans l'atelier, à l'approche de notre rencontre, lorsque nous avons retiré le drap noir qui recouvrait le trapèze métallique et l'avons accroché tout en haut, entre les montants de la Fin, nous n'avions pas encore décidé lequel d'entre nous – Charles le Petit ou moi, Charlie – aurait la responsabilité de la dernière représentation. Cela semblait évident ! Je ne suis que machiniste, alors que lui est acteur, n'est-ce pas ? Mais une fois arrivés dans la salle de bain, alors que l'eau éclaboussait l'émail jauni de la baignoire, le bonhomme n'avait pas entrepris de se déshabiller, au contraire, il m'avait observé d'un regard fixe, et peut-être un peu interrogateur. Je vous l'accorde, j'aurais sûrement dû lui rappeler que je n'étais pas monsieur le Metteur en scène et n'avais pas le droit d'ordonner quoi que ce soit à quiconque. Mais Charles le Petit le savait bien. Vous connaissez Charles le Petit – pas moyen de lui faire dire un mot ! Et moi, Charlie, j'ai dû avoir peur qu'il se mette à faire tourner ses yeux dans tous les sens et se transforme en ce caméléon qui me mettait si mal à l'aise. Bref, sans réfléchir, j'avais retiré ma ceinture à outils et commencé à me déshabiller. Ou peut-être avais-je capitulé car ce rituel, la toilette, était plus important pour moi qu'il ne l'était pour Charles le Petit ? J'avais enlevé mes habits et les avais offerts en sacrifice (au plan ? à l'ordre ? à la direction ?) en ayant l'impression de donner encore plus : ma nudité – qui plus est une image de ma nudité qui ne pouvait évoquer à personne la moindre idée agréable, et que seules quelques rares personnes avaient vue, sans parler des observateurs inévitables et fortuits comme les médecins ; une image corporelle qui me semblait ne s'être reflétée que dans les yeux de deux personnes jusqu'à présent : ma mère (car je mets mon vénérable père dans la catégorie des observateurs fortuits) et ma très chère Adèle, et, à vrai dire, elle ne la voyait qu'avec de sérieuses réserves, la lumière éteinte et sous un drap de coton. Moi, Charlie, je comprends que la nudité nous rapproche de la nature, tout comme, et peut-être même plus, elle nous rapproche de la mort, ce qui devrait signifier qu'un homme nu est plus fort, n'est-ce pas ? Mais la nature et la mort ont en commun, entre autres, d'être toutes deux à la fois très fortes et très faibles face à un ennemi commun, que nous désignons – et ce n'est pas la première fois – par le terme assez vague de « culture ». Cette dernière triomphe d'elles par sa réserve et sa timidité de jeune fille, et cette victoire s'exprimait par le regard de Charles le Petit qui, je peux vous l'assurer, regardait droit devant lui sans être tenté par une curiosité déplacée, et donc, s'il avait vu ce que seules ma mère et ma chère Adèle avaient vu auparavant, ce n'est que de façon très ponctuelle et, disons, par inadvertance. Cette forme de culture apathique – voir sans voir, sentir sans ressentir et savoir sans savoir – prend les dessus lorsque la nature (ou la mort) ne peut se manifester dans toute son essence, dans son entièreté, et qu'elle se contente d'une forme à peine tangible comme mon corps nu, ou la partie du corps la plus naturelle (ou mortelle ?), que même moi j'évite de regarder lorsque je suis occupé à mes besoins naturels (une sorte de taxe que nous payons à la mort).

J'ai dit « sans réfléchir », mais en réalité il n'y avait pas grand-chose à réfléchir. Le devoir l'emporte sur toutes les réflexions. Les réponses ne se trouvent pas dans les délibérations, mais dans l'ordre que j'ai promis de maintenir selon mon devoir. Ainsi le devoir permet d'agir plus rapidement et il entraîne des conséquences différentes : la réflexion cause des souffrances avant la prise de décision, et le devoir après, vous comprenez ? Vous pouvez choisir de réfléchir, et moi, Charlie, je ne m'en mêlerai pas, mais je reste convaincu que cela ne facilite pas notre combat. Vous savez, on dit que l'homme est aux prises avec ses démons. Mais j'aimerais attirer votre attention sur un point tout aussi important : l'homme est aussi aux prises avec ses anges. Il n'est ni ses démons, ni ses anges, mais quelqu'un qui sait se battre et ne veut devenir ni l'un ni l'autre. Permettez-moi de vous faire part d'un dernier avis, qui n'est, bien sûr, pas un ordre : lorsque tu luttes non seulement contre tes démons, mais aussi contre tes anges, le sabre du devoir semble forgé dans un métal plus solide que, pardonnez-moi, toutes ces considérations en papier. C'est par devoir que j'avais déposé ma fille chérie à l'arrêt de bus et m'étais rendu à la bibliothèque pour y entendre monsieur le Maire annoncer que la bibliothèque allait fermer. Et si je n'avais pas déposé ma fille et que Dorothée avait attendu seule le bus ?

Je comprends maintenant où étaient passés les chats. Espiègles gardiens du bien, un petit mot m'a peut-être échappé à votre sujet, qui sait ? Aucun des mots qui ont retenti durant le spectacle – et je vous prie de m'excuser si je me suis embrouillé à certains moments, si j'ai eu des oublis (voyez : je gonfle les joues, je ferme les yeux, c'est la lune), ou si je me suis égaré dans l'ombre sans le vouloir – n'est irrévocable. Seul le devoir est irrévocable. Laisser la Fin attendre la fin. Voici le loquet de la Fin qui se desserre, et le brillant trapèze métallique qui se reflète dans les yeux des chats en glissant vers le bas... toujours plus bas... attendez, pardonnez-moi, il y a quelque chose qui ne va pas. Je n'entends pas la pince s'ouvrir. Se pourrait-il que lorsque nous – oui, enfin,

Charles le Petit – cherchions à la sortir de l'atelier, la pince ait pris un coup et se soit abîmée ? Malheur, nous n'avons pas eu le temps de vérifier ! Charles, mon petit Charles, pourrais-tu regarder ce qui se passe ? Quoique, non, attends, une seconde, une seconde, je peux peut-être bouger un peu, même si mes mains et ma tête sont maintenues, voilà, secouer un peu cette chos

Épilogue

Treize chats sautèrent des strapontins et les assises percutèrent les dossiers dans un son étouffé. En un instant, ils disparurent ; plus un seul n'était visible depuis la scène. Ils se tapissaient sous les rangées et attendaient quelque chose. Ici et là, les éclats d'yeux bleus, marron ou jaunes dansaient comme des feux follets qui se seraient répandus en tombant de la poche d'un spectateur étourdi. L'un d'entre eux, n'y tenant plus, émit un faible miaulement dont l'écho fut absorbé par l'épais rembourrage des strapontins avant d'avoir pu atteindre les murs de la salle de spectacle contre lesquels il se serait réverbéré. Un autre trouva un billet d'entrée chiffonné et, pris de curiosité, s'oublia un moment et l'attaqua toutes griffes dehors. Le premier à sortir la tête fut le chat noir, son œil unique à l'affût. Aplati contre le sol, il rampait en regardant lentement autour de lui. Puis il se releva, dressa les oreilles et écouta le silence, immobile. Bientôt, les autres chats réapparurent entre les rangées. Une petite bête au pelage bleu gris scintillant était si maigre que ses pattes semblaient toujours sur le point de se dérober sous son poids ; toute sa force se concentrait dans ses yeux effrontés. À côté d'elle, comme un compagnon de destinée, un autre chat boitillait. La fourrure noire qui recouvrait son dos se fondait dans la pénombre, si bien que la tache blanche qui se dessinait sur son ventre faisait penser à une ville en feu brillant au loin. D'autres quadrupèdes se faufilèrent le long des murs, de part et d'autre de la salle. Deux autres, plus prudents, se cachaient toujours sous les strapontins d'où dépassaient leurs museaux roses (l'un d'eux percé de deux losanges sombres). Et au fond, presque tout en haut, dans l'allée centrale, la plus large, celle qui creusait un fossé séparant l'espace en deux, apparut un gros chat tigré, tenant dans sa gueule une boulette de papier froissé. Il fit un pas en avant puis s'arrêta, comme honteux, bien que personne ne lui prête attention, laissa tomber sa proie et sembla l'oublier aussitôt. Le tigré s'étira en cambrant le dos et leva le menton dans un ronronnement paresseux, révélant une petite tache blanche dans sa fourrure. À ce moment-là, un chat d'un blanc éclatant sauta sur le dossier d'un strapontin du premier rang, brisant ainsi la prudente symétrie qui régnait dans la salle. Ensuite, même les plus peureux sortirent de leur cachette et avancèrent vers la scène, sans qu'aucun n'ose y sauter. Le noir fut le premier à le faire. Alors que les autres se frottaient contre le plateau comme des revendeurs de billets, il monta la volée de marches latérales. Mais même lui était apeuré par les nuages d'odeurs qui flottaient sur la scène. À la senteur de chêne bien connue de l'atelier se mélangeaient d'autres odeurs piquantes et acides, auxquelles ses narines n'avaient été confrontées que de très loin et à contrecœur. Le borgne humait l'air, déterminé à trouver le chemin le plus sûr. Les autres le regardaient d'en bas, comme s'il était un chamane négociant avec de mauvais esprits. Le chat au pelage noir ne parvenait pas à se décider. Sa queue s'agitait, balayant les poussières du sol, puis battant l'air. Le maigre chat gris-bleu fut pris d'un grand éternuement, manquant de se casser les pattes, et il était difficile de déterminer si la cause en était les poussières éparpillées ou l'angoisse qui émanait de la scène. Le blanc s'impatientait. Il sauta du dossier du fauteuil et se dirigea vers l'escalier menant au plateau. Le tigré et cinq autres chats trottèrent à sa suite, essayant peut-être de lui barrer la route, ou bien trop paresseux pour sauter sans emprunter les marches. Ils furent bientôt tous sur scène, distrayant le chat noir et l'agaçant manifestement. Les odeurs assaillirent et enivrèrent agréablement le chat blanc. Levant ses pattes avant, il commença à en battre l'air. Les autres se laissèrent contaminer par son enjouement : le boiteux cherchait maladroitement à attraper sa queue, trois chats, suivant l'exemple du tigré, se roulaient par terre, quatre autres se couraient après en crachant et en glissant, seuls les deux petits roux observaient calmement cette frénésie montante d'en bas. Le borgne ne leur prêtait plus attention. Il dessinait un triangle équilatéral autour de la grande structure en bois qui trônait au milieu de la scène, hésitant à s'en approcher. Les odeurs s'amplifiaient par vagues, dominant le vacarme des chats et le calme du crépuscule. Le chat noir ne savait pas lui-même combien de fois il lui fallait tracer le triangle avant de pouvoir y entrer. Le gros chat tigré traversa soudain la délimitation géométrique du chat noir. Il s'était tellement pris au jeu de la course-poursuite qu'il n'avait pas évalué sa vitesse et le poids de son corps, et même en freinant autant que possible avec ses pattes avant, il ne parvint pas à s'arrêter et dérapa dans la flaque de sang chaud qui se répandait au milieu de la scène, ce qui le fit glisser encore plus loin et, éclaboussant les alentours de liquide cramoisi, il se cogna dans la tête en décomposition, la faisant légèrement rouler. Comme s'il était le plus rapide, celui au bas-ventre griffé de flammes blanches se retrouva rapidement à côté de lui. Cependant, ce n'était pas pour offrir son aide au tigré ; tout en maintenant une distance adaptée à sa curiosité – équivalant à environ la longueur d'une queue de taille moyenne – il entreprit de renifler la boule grisâtre recouverte de sang, la source principale des odeurs suspectes. Le blanc se rendit compte qu'il avait manqué l'occasion de profiter de ce petit plaisir avant les autres. Traversant la flaque de sang, qui tacha sa fourrure immaculée et remonta le long de ses pattes, il s'approcha de la tête et donna un petit coup de museau dans les cheveux durcis. Le blanc fut le premier à se dire qu'on pouvait non seulement renifler, mais aussi ramasser cette chose encore chaude, et il essaya de mordre les cheveux. Il la saisit par les crocs, accrocha une touffe de poils, mais ne parvint ni à la soulever ni même à la déplacer. Sans attendre, s'approchant d'une longueur de queue, un autre chat mordit une oreille et essaya de l'aider.

Les deux chats serrèrent leurs mâchoires fermement et tirèrent ensemble. Comme projetés par un coup de vent, ils tombèrent à la renverse sur leurs arrière-trains, tenant chacun un trophée entre les dents : une touffe de cheveux noirs et un petit morceau d'oreille. Les autres s'intéressèrent alors à l'origine des diverses odeurs, reniflant, tâtant du bout des pattes, tirant la langue pour lécher les parties les plus intéressantes. Aucun n'entreprit de réitérer la tentative infructueuse du blanc et du boiteux. Ils étaient assis, immobiles, les moustaches hérissées de déception. Le chat noir s'assit avec eux une petite minute. Puis il s'approcha de la chose grisâtre, pencha la tête vers elle et y donna de petits coups. D'abord doucement, puis plus fort. La masse se mit à bouger, laissant sur son passage une épaisse trace rouge. Le borgne ne s'arrêta pas de pousser – d'abord avec le haut de sa tête, puis avec ses pattes avant. La masse, prise dans son élan, tournait avec des sursauts, retombait durement puis rebondissait mollement, et tourbillonnait à travers la scène en direction des marches. Lorsqu'elle atteignit le bord de la scène, tous savaient déjà ce qu'il fallait faire : les chats descendirent et s'alignèrent en deux colonnes de six, prolongeant la ligne des escaliers en arc de cercle jusqu'à la porte de la salle de spectacles. La tête dévala les marches et roula doucement jusqu'à l'issue, comme une bille le long d'une rigole. Le chat noir, resté un peu en arrière, la rattrapa et poussa la porte pour la libérer du puits des représentations. Grimpant les uns sur les autres, les chats se bousculèrent par la sortie. Il leur restait encore à parcourir quelques mètres sur le sol en béton qui séparait la salle de spectacles de l'entrée principale de l'usine. Tous les chats voulaient maintenant pousser la tête et la faire rouler. Ils se bagarraient et miaulaient, avançant en zigzags vers leur but, et seuls les deux petits roux peureux et le gris faiblard restaient en retrait. La porte principale à l'extérieur était bien plus lourde que celle de la salle de spectacles, et la force du borgne ne suffisait pas. Debout sur leurs pattes arrière ancrées dans le béton, ils en vinrent à bout ensemble. La porte s'ouvrit et derrière elle, l'heure de la journée était indéterminable ; il ne faisait ni plus clair, ni plus sombre qu'à l'intérieur.

Janvier 2020, Nida – Juin 2021, Vilnius

Table

Cet ouvrage a été achevé d'imprimer sur Roto-Page
pour le compte des éditions Aux forges de Vulcain
par l'Imprimerie Floch, à Mayenne,
en septembre 2024.

Imprimé en France
Dépôt légal : octobre 2024
N° d'édition : 186 – N° d'impression : 105580